길은 사람 사이로 흐른다

967일, 낯선 여행길에서 만난 세상 사람들

길은 사람 사이로 흐른다

글 · 사진 김향미 양학용

WISDOM HOUSE 예담

길. 나그네. 꿈. 밤……
낯선 곳에서의 낯익은 시간은 예기치 않게 찾아와
여행의 클라이맥스가 되었다

들어가는 말

마법에 걸린 여행자,
길 위에 서다

서른다섯에 길을 떠났다.

절반의 인생을 살아왔고 나머지 절반의 인생을 남겨둔 나이에 한 번쯤 쉬어가고 싶었다. 앞만 보고 달려왔던 시간 속에 버려진 나를 돌아본 것은 감동 없는 일상 속에서 허우적대고 있던 어느 날이었다. 세상에 발을 딛던 첫 열정은 사라지고 세월이 준 관록만으로 살고 있었다. 더불어 내 꿈도 저 언덕 너머에만 존재하는 무지개처럼 멀리 달아나 있었다. 문득문득 밀려드는 이런 생각들로 괴로운 날이 이어졌고, 아내와 나는 서로에게 묻고 있었다.

'이대로 살아도 좋은가.'

때마침 결혼하며 약속했던 10년이 되던 해였다. 우리는 잊고 지냈던 오래된 꿈들을 불러냈다. 사막. 길. 무지개. 여행자. 한번 불려나온 꿈의 단어들은 출근길에도 퇴근길에도 따라다니면서 발바닥을 긁어대며 길 위에 서라 했다. 그들을 불러낸 건 나였지만 아내와 나를 길 위에 서게 한 건 그들이었다. 어린 시절 첫 기차 여행이 남긴 생생한 기억들. 덜컹거리는 객실과 흐린 전등 불빛, 짐 보따리와 땀냄새, 사람들의 웅성거림, 설렘, 두려움…… 그리고 낯선 도시의 부연 새벽 안개까지. 그날의 아련한 여행자의 로망을 그들도 나도 잊지 않고 있었다.

처음에는 1년 정도 돌아보고자 했다. 어리석은 생각이었다. 길은 생물처럼 스스로 길을 만들었다. 길은 만남으로 이어지고 만남은 또다른 길로 태어났다. 길 위에서의 초대가 길을 이탈하게도 했고, 오히려 길을 잃고서 사람을 만나기도 했다. 어느 도시는 예정과 달리 훌쩍 건너뛰기도 하고, 또 어느 도시에서는 몇 달 동안 천막을 치고 유목민의 흉내를 내기도 했다. 마침내 길은 우리더러 설계도를 그만 내려놓으라 했다.

아내와 나는 별 수 없이 길 위에 우리를 맡겨야 했다. 그날 이후 길은 1년에서 3년으로 자라났고, 만남이 쌓여가며 여행은 이제 또 하나의 삶이 되었다. 여행자의 시간은 압축적이라서 한 번의 여행에서 한 번의 삶을 산다고 했던가. 아내와 나는 평생 만날 사람들을 만나 평생 받을 사랑을 받고 평생 아파할 이별을 하며 매일매일 길 위에 서 있었다.

세상 어디에서나 사람들은 일하고 노래하며 시를 쓰며, 제각기 크고 작은 삶의 무게를 지고서 때로는 울고 웃으며 고단하고도 따뜻한 삶을 끌어안고 있었다. 우리는 피부색과 언어와 국적이 다른 사람들의 삶 속에서 '나와 우리의 삶'을 발견하고는 묘한 연대감에 눈시울을 적셔야 했다. 또 어떤 만남은 그들 삶 속으로 우리를 초대했다. 그 순간 평범했던 도시는 매력적이고도 성스러운 나의 도시로 변했다. 마법 같은 일이었다. 지저분하고 우울하며 한없이 낯설게만 굴었던 도시가 한순간에 따뜻한 백열등을 밝히고 여행자를 향해 가슴을 내밀었다. 그 숱한 사기를 당하고도 웃을 수 있고, 길을 잃고 헤매면서도 당당할 수 있었던 것도 돌아보면 우리에게는 다 마법 같은 일이었다.

사람들이 가장 많이 하는 질문이 있다. 어디가 제일 좋았느냐. 그때마다 머뭇거리게 된다. 그 자리에 따라 네팔이나 이란, 혹은 아르헨티나나 볼리비아 또는 다른 어떤 나라라고 달리 답해 주고는 한다. 제각각 매력적인 자연과 문화, 역사를 가진 나라들을 한 줄로 세워 순번을

매기기란 결코 쉬운 일이 아니기 때문이다. 다만 우리에게도 어떤 기준이 있다면, 그건 사람들이다. 내 자리를 떠나서 만난 친구들, 만약 그들을 만나지 못했다면 우리 여행은 어떻게 되었을까. 상상할 수 없다. 길이 우리를 떠나게 했다면, 사람들은 우리를 돌아오게 했다. 우리 여행의 주인공은 그들이었다.

여행은 세 번 한다고들 한다. 여행을 준비하며 한 번, 길 위에서 한 번, 돌아와서 먼지 풀썩이는 배낭 속에 든 추억을 정리하며 또 한 번. 세 번째 여행이 생각보다 길고 힘들었다. 하지만 내 안에 자리한 친구들과 함께 새롭게 여행을 떠난 행복한 시간이었다. 이제 '스물여덟 개의 이야기'를 놓아 보낸다. 스스로 길을 만들어 사람들 사이로 흘러가기를 바란다. 이 이야기들을 읽는 이들도 낯선 도시로 여행을 떠나 우리 친구들을 만나서 사랑하고 이별하는 유쾌하고도 따뜻한 마법에 빠져보시길.

여행자는 돌아오는 순간부터 그리움이 시작된다고 하더니, 세 번째 여행을 끝내는 지금 그들이 많이 그립다.

"안녕, 친구들아! 잘살고 있지?"

마법에 걸린 여행자
김향미, 양학용

CONTENTS

ROAD 1 :

설렘의 길

ROAD 2 :

만남의 길

ROAD 3 :

길 안의 길

ROAD 4 :

그리움의 길

ROAD 1 :

설렘의 길

먼저 앉는 놈이 임자라고?

중국 기차 삼등칸의 사람들

황산에서 구이린桂林으로 가는 길이었다. 세계여행을 떠난 지 2주, 아내와 내게도 나그네 냄새가 나기 시작했다. 달려드는 삐끼에게 슬쩍 웃어줄 줄도 알게 되었고, 서투른 필담으로 숙박 요금을 에누리했으며, 식당 주방으로 들어가 요리를 손가락으로 찍어 주문할 만큼 얼굴도 두꺼워졌다. 조금씩 낯선 세상에 적응하고 있었다.

기차가 왔다.

나는 손에 쥐어진 표를 내려다보았다. '잉쭤' 였다. 참고로, 중국 기차는 다섯 가지 종류의 승객표가 있다. 딱딱한 의자 잉쭤硬座, 부드러운 의자 란쭤軟座, 딱딱한 침대 잉워硬臥, 부드러운 침대 란워軟臥, 그리고 입석이다. 결국 기차 삼등칸에서 90도로 꺾인 딱딱한 의자에 앉아 스물한 시간 동안 달려야 한다는 뜻이었다.

그래도 설렘이 가득했다. 이처럼 긴 시간 기차를 타보는 건 처음이었기 때문이다. 아내와 나는 차오스(슈퍼마켓)에서 사둔 컵라면과 과자 등 식량을 양손 가득 들고 씩씩하게 올라탔다.

"으악! 자기야……."

아내의 비명소리가 들려왔다. 통로는 사람들로 가득 차서 발 디딜 틈도 없었다. 수풀을 헤치듯이 인간 장애물을 뚫고 우리 자리를 찾아갔다. 이마에서는 진땀이 흘러내렸다.

'어?'

어찌된 일인지 우리 좌석에는 이미 다른 두 사람이 앉아 있었다. 다시 한 번 번호표를 확인했지만 틀림없이 아내와 내 몫의 자리였다. 비켜달라는 뜻으로 표를 보여주었다.

그런데 웬일이람! 두 사람이 막 화를 내더니 일어나서 소리까지 질러대는데 무슨 말인지 알아들을 수도 없었다. 그러더니 팔짱을 턱하니 끼고서 그대로 자리에 앉아버렸다. 아내와 나는 영문을 몰라 서로의 얼굴만 쳐다봤다.

"도대체 우리가 뭘 잘못했지?"

"가만, 이제 보니 이 사람들 우리가 외국인이라고 우습게 보는 거 아냐?"

그들에게 표를 보여달라고 했다. 입석이었다. 기가 막혀서. 할 수 없이 나도 째진 눈을 최대한 부릅뜨고 인상을 썼다. 어차피 알아듣지도

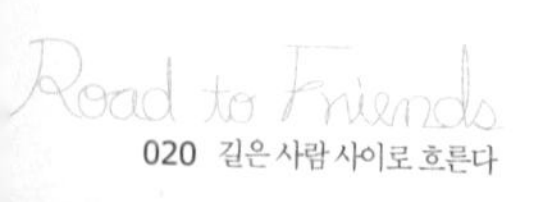

까오티엔. 정겨운 시간의 향기가 묻어나는 흙 벽돌집

못할 테니 한국말로 나오는 대로 지껄였다.

"당신들 뭐야? 왜 당신들이 화를 내, 화를! 말 못하는 외국인이라고 깔보는 거야? 먼저 앉은 놈이 주인이라는 거 아냐 지금!"

그제야 그들은 마지못한 듯이 자리에서 일어나 비켜주었다. 황당한 마음을 가라앉히고 주위를 둘러보니, 기차칸의 사람들 시선이 몽땅 우리에게 집중되었는데 얼굴이 하나같이 험상궂게 생겨먹었다.

"큰일 났네. 스물한 시간 동안 잠은 다 잤다. 잘못하다간 짐이 홀라당 없어지게 생겼어."

"그래, 번갈아 자야겠어. 바싹 긴장하고."

아내와 난 속삭이듯 말을 주고받았다.

잠시 후, 저녁식사를 하기 위해 컵라면에 온수를 받으려고 연결 칸으로 나갔더니 여기는 또다른 전쟁터다. 밀고 당기고 새치기하고 소리지르고……. 휴, 도무지 자신이 없다. 조금 한가해지면 먹기로 하고 그냥 돌아오면서 보니, 어느새 기차 바닥은 해바라기씨 껍질과 과자봉지와 컵라면 쓰레기로 시장 바닥이나 다름없었다. 식사를 마친 남자들은 자리에 앉은 채로 담배까지 피워댔다.

아내가 신음하듯 말했다.

"으, 기차 여행의 낭만은 사라지고 인고忍苦의 시간만 남았도다!"

그때였다. 뒤쪽에서 큰 소리가 나기 시작했다. 싸움이 난 모양이다. 동서고금을 막론하고 제일 재미난 구경거리가 싸움 구경이라 했던가. 모두들 일어났다. 기차표를 들고 소리를 질러대는 걸로 보아 좌석과

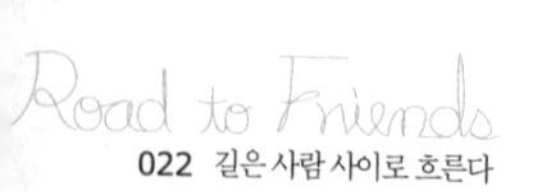

연관된 문제임이 틀림없었다. 두 사람 다 30분이 넘도록 조금도 물러서지 않자 결국 승무원이 나타났다.

싸움의 원인은 간단했다. 처음에 나는 좌석표가 중복되었나 생각했지만 그것이 아니었다. 주변 사람들의 해설을 나름대로 종합해 보자면, 상황은 이랬다.

입석표를 가진 한 사람이 난징南京에서부터 쭉 앉아왔다. 그런데 어느 역에서 뒤늦게 좌석 주인이 타게 되었다. 당연히 비켜달라고 했겠지. 그러나 그가 당당하게 거부한 것이다.

"열 시간 가까이 내가 맡아놓은 자린데, 당신이 뭔데 이제 나타나서 비키라는 거야?"

입석표를 가진 이의 주장이었다. 마침내 승무원이 힘으로 끌어내려고 팔을 잡아당겼지만 그 사람도 막무가내로 버텼다. 어찌 이런 일이! 그런데 황당해 하는 사람은 아내와 나뿐, 구경하는 이들 모두가 그러려니 하는 표정들이다.

'참 재미있는 나라네. 우리한테만 그런 것이 아니잖아.'

풋. 웃음이 났다. 그제야 여유 있게 다시 주변을 돌아보니 사람들 얼굴이 다르게 보이기 시작한다. 모두 맑은 눈을 가진 순박한 얼굴들이다. 내가 미소를 보내면 금방 수줍은 얼굴로 웃어주었다. 앞자리에 마주 앉은 인상이 좀 더러운(?) 아저씨들도 알고 보니 공안(경찰)이었다.

건너편 옆자리에 앉아 있던, 황비홍 머리를 한 꼬맹이가 뒤뚱뒤뚱

1 **싱핑** 너, 집 지키는 칠면조 봤어?
2 **구이린** 20위안 지폐와 똑같은 리강의 배경
3 **양수오** 사람 사는 냄새가 그리우면 시장에 가자
4 **양수오** 이 가지로 말할 것 같으면……

걸어왔다. 아내가 초콜릿을 쥐어주었다. 다시 할머니가 해바라기씨 한 줌을 아이의 손에 쥐어주며 우리에게 가져다주라고 시킨다.

이번에는 공안이라던 친구가 필담으로 말을 걸어왔다. 종이에 '韓國'과 '朝鮮'이라고 적고는 볼펜을 내게 건넸다. 난 필요 없다는 듯 손을 휘 내젓고는 자신에 찬 표정으로 한마디 했다.

"워 쓰 한궈런(난 한국 사람입니다)!"

"우와! 와하하!"

모두들 포복절도, 박수 치고 한바탕 난리가 났다.

순박한 사람들. 시간이 지날수록 그들을 경계했던 마음은 점점 미안함으로 바뀌어갔다. 처음 우리 자리에 앉아 화를 냈던 부부도 서른 시간이 넘게 서서 가는 중이었다. 그들의 고단한 땀냄새가 기차 안을 채우고 있었다. 모든 것이 삼등칸 기차의 일상이었다. 겨우 며칠 전에 보았던 상하이의 마천루나 도발적인 밤거리와는 또다른 세상이었다. 따뜻했다.

어느새 밤이 수북수북 쌓였다. 한 사람 두 사람 잠이 들었다. 좀 전에 좌석을 두고 싸웠던 두 사람도 엉덩이를 나란히 붙이고 졸고 있었다. 한참 긴장했을 때는 "난 잠에 강하잖아. 걱정하지 마!" 하고 큰소리치던 아내도 편안한 얼굴로 내 어깨에 머리를 기댔다.

'덜커덩 덜커덩' 기차 소리가 '푸우' '쌔액' 사람들의 지친 숨소리를 덮어주었다. 가끔 역에 정차할 때마다 승무원이 맨 목소리로 내릴 사람들을 깨웠을 뿐 기차는 변함없이 달려갔다. 마침내 혼자서 말똥말

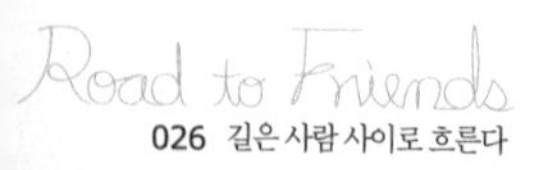

똥 앉아 있던 꼬마 황비홍의 예쁜 눈꺼풀도 흘러내렸다.

그리고 내 눈도, 내 안에 있던 편견의 벽도, 고단하지만 정겨운 삶의 냄새 앞에서 스르르 무너져 내렸다.

구이린 부연 아침, 가마우지와 함께 낚시를 떠나는 어부

나마스테, 안나푸르나!

네팔 탄촉 마을의 아기 엄마 푸르나

여인 네 명이 저 앞에서 걸어왔다. 하늘은 파랗고 햇살은 눈부셨다. 12월 25일, 네팔의 안나푸르나 트래킹 4일째 되는 날이었다.

"나마스테!"

"마낭으로 가려면 어느 길로 가야 하죠?"

아내와 나는 갈림길에서 길을 물었다. 그네들은 눈만 껌벅거리더니 이내 자기들끼리 옥신각신하기 시작했다. 이방인이 던져놓은 낯선 말을 두고 격론(?)이 벌어진 모양이었다.

"마. 낭. 이쪽? 아니면 저쪽?"

손가락으로 두 길을 차례로 가리키며 다시 물어보았다.

"아하!"

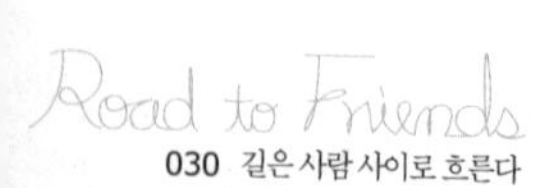

넷 중 제일 젊은 여성이 그제야 고개를 끄덕이고는 두 손가락을 맞대어 보인다. 양쪽 길은 곧 만난다는 뜻이다.

"그래요?"

그 순간 아내와 나의 눈빛이 동시에 반짝였다. 여행을 떠난 지 70일째. 그동안 아내와 나는 하루 24시간 내내 붙어 다녀야 했던지라 둘 다 한나절만이라도 혼자 걷고 싶은 심정이 간절했던 것이다.

만약의 경우 '라타마낭'의 산장에서 만나기로 약속하고 헤어졌다. 아내는 왼쪽, 나는 오른쪽 길로 걷기 시작했다. '룰루랄라' 콧노래가 절로 나왔다. 혼자라는 것이 이렇게나 좋을 줄이야! 파란 하늘과 하얀 설산과 흙색 돌집은 물론이고 사방에서 풍기는 말똥 냄새까지도 상큼했다.

30분이나 지났을까. 좀 이상했다. 내 길은 마르상디 강을 따라 자꾸만 오른편으로 굽어지는데, 아내의 길은 산을 넘어 왼편으로 멀어져갔다. 때마침 나무장작을 지고 가던 모녀를 만나 물어보았다.

"이런!"

두 길은 라타마낭을 지나 차매라는 마을에서야 만난다는 것이다. 한나절 길로는 너무 먼 거리였다. 차매에 도착하기도 전에 해가 질 것이 분명했다. 더구나 아내에게는 돈 한푼 없었다.

'히말라야 산중의 이 낯선 길에서…… 아, 어떡하지.'

나는 곧바로 뒤돌아서 뛰었다. 얼마나 차이가 났을까. 마음은 급한데 아내를 쫓아가는 길은 가파르게 산을 타넘고 있었다. 숨이 턱까지 차오를 때쯤, 마침내 아내가 보였다.

히말라야 언제부터 나는 히말라야를 그리워했을까. 안나푸르나에서의 15일간의 트레킹

"휴, 이젠 됐다."

나의 이런 심정을 아는지 모르는지 그녀는 네 명의 여인들과 신나게 수다를 떨고 있었다. 곧 숨이 넘어갈 것처럼 나타난 나를 이해할 수 없다는 양 물끄러미 쳐다보면서 말이다.

아내를 보면 가끔 신기할 때가 있다. 그녀는 네팔어를 모른다. 네 명의 여인들도 한국어나 영어를 알 턱이 없다. 그런데도 그들은 수다를 떨고 있다. 나중에 더 많은 나라를 여행하고서야 알게 된 일이지만 순박한 사람들에게는 특징이 하나 있다. 우리가 자기네 언어를 알아듣지 못한다는 사실을 좀처럼 인정하려 들지 않는다는 것이다. 그들은 묻고 또 묻는다. 그때마다 아내는 답을 할 뿐만 아니라 도로 물어보기까지 했다.

'아내는 혹시 우주인이 아닐까.'

가만히 지켜보고 있으면 나만 이상한 사람이 되고 만다. 그들은 마치 모든 언어는 한 뿌리에서 나왔으니 서로 통한다고 믿는 것만 같다. 그런데 신기한 일이다. 가만히 듣고 있으면, 아니 보고 있다고 해야 옳겠지만, 나도 언뜻 말뜻을 알아들을 때가 있다.

아직도 숨을 할딱거리고 있는데 아내가 뒤를 돌아보라고 손짓했다.

"아!"

말문이 막혔다.

"멋있지? 저 산이 쿠쿰부로래. 저기도 달력, 여기도 달력, 대단하지? 그리고 이 마을 이름이 티망이래. 할머니가 다 설명해 줬어."

"그러게. 히말라야가 주는 크리스마스 선물이네."

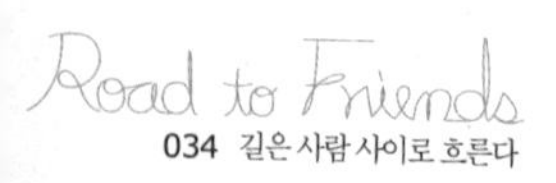

만년설산 쿠쿰부로(해발 5,900미터)가 구름 띠를 두르고 있었다. 내가 가진 지도에는 없는 마을, 티망. 만약 길을 잘못 들지 않았다면 만나지 못했을 풍경이다. 여행은 가끔 그렇게 길을 잃어버리고 여정에 없던 곳을 방문하는 순간, 그 속살을 보여주고는 한다.

그날은 트래킹을 시작한 후 처음으로 어두워질 때까지 걸었다. 티망에 있는 할머니의 친구 댁에서 화롯불에 알루(감자)를 구워 먹으며 한 시간쯤 놀았기 때문이다.

아내의 해석에 의하면, 네 명의 여인은 탄촉 마을에 산다. 할머니의 딸, 친구, 친구의 딸이라 했다. 갈림길에서 길을 가르쳐주었던 젊은 여성은 할머니의 딸 푸르나로 도시에 시집갔다가 잠시 지내러 오는 중이라는데, 친정에 한 번 오기 위해 4일 동안 걷는 셈이다. 그런데 두 아이의 엄마라는 푸르나는 대단한 '인상파'였다. 우리는 알아듣지도 못하는 자신의 말에 귀기울여주지 않는다고 금방 양볼에 불통을 만들며 인상을 써댔다.

이런 일도 있었다. 티망을 벗어나 산길을 내려가고 있을 때였다. 푸르나가 갑자기 비명을 지르더니, 신발을 벗어들고 치맛자락을 걷어 손으로 말아 쥐고서 왔던 길로 뛰어갔다. 내가 놀라서 무슨 일이냐고 물어보았지만 할머니 일행은 별일 아니라는 듯 계속 길을 갔다. 30여 분 후, 맨발로 달려온 그녀는 발바닥을 쓱쓱 닦더니 신발을 다시 신었다. 티망에 짐 보따리를 두고 왔던 것이다.

탄촉에 도착하자 그녀가 자기 집으로 가자고 했다. 집 안에 들어가

보니 흙바닥에 카펫이 깔렸고, 한쪽에는 나무 침대가, 다른 쪽에는 선반 가득 식기구가 놓였다. 그 한가운데에 네모난 화덕이 온기와 불빛을 동시에 만들어주고 있었다. 원룸인 셈이다.

나이든 부부가 반갑게 맞아주었다. 그런데 푸르나는 이분들도 '맘'이라고 불렀다. 함께 걸어왔던 할머니가 '맘' 이냐고 물었을 때 그렇다고 하더니……

'역시 아내는 우주인이 아닌 모양이다.'

아내는 곧바로 낮에 산길을 같이 걸었던 할머니는 이모일 거라고 정보를 수정했다. 푸르나의 부모님은 나그네 부부를 먼 길 온 자식처럼 눈길로 쓰다듬으며 바라보시더니 곧 질문을 쏟아내기 시작했다. 아이는 있는지, 부모님은 건강하신지, 왜 이렇게 먼 길을 돌아다니는지……. 그런데 재미있는 일은 전격적으로 푸르나가 통역으로 나선 것이다. 눈앞에서 네팔어를 네팔어로 통역하는 진풍경이 펼쳐졌다. 신기하게도 그녀는 우리말을 곧잘 이해했다.

그녀는 한껏 신이 나 있었다. 부모님 앞에서 외국인과의 통역을 해내는 자신이 자랑스러운 모양이었다. 그녀를 바라보며 사람과 사람이 소통하는 일은 단지 언어만의 문제는 아니지 않을까, 이런 생각을 하고 있을 때였다. 불쑥 또 한 명의 젊은 여성이 들어왔다.

"Where are you from?"

"어머나! 당신 영어 할 줄 알아요?"

아내와 나의 눈이 똥그래졌다. 푸르나의 자매였다. 그녀는 마낭의

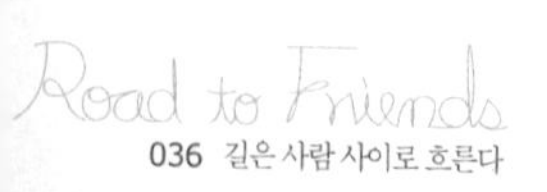

카트만두 특히 눈이 예쁜 네팔의 아이들

호텔에서 일하는데, 지금은 비수기라 집에 돌아와 지낸다고 했다. 아내와 나는 질문을 쏟아냈다.

"이분들이 부모님 맞죠? 여긴 이모님이구요? 푸르나의 아이는 몇 명이에요? 저 많은 식기들은 '맘의 맘' 때부터 내려온 거죠? 가족이 더 있어요?"

아내의 정보는 80점 이상이었다. 푸르나에게는 오빠가 한 명 더 있는데, 현재 한국에서 일한다고 했다. 조금 전 부모님들의 눈빛에 담긴 의미가 짠하게 다가왔다. 아마 한국에서 많이 고생할 거라고 내가 이야기해 주었다. 그녀도 안다고 했다.

"그래도 한국에서 몇 년만 고생하면, 여기에서는 호텔을 가질 수 있어요. 오빠가 돌아오면 마낭에서 호텔을 함께 운영하는 게 제 꿈이에요."

푸르나 여동생이 자기 방으로 가자고 했다. 놀랍게도 신형 비디오 기기가 놓여 있었다. 우리에게 이걸 보여주고 싶었던 모양이다. 그녀가 최근 뮤직비디오를 틀어주었다. 그러는 동안 푸르나는 아내 옆에

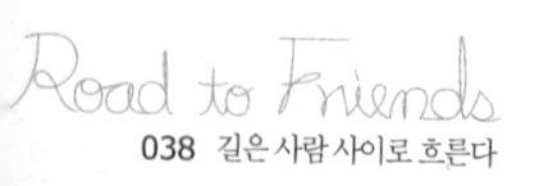

안나푸르나 마낭 이틀 동안의 폭설이 그치고 난 아침 풍경

앉아 줄곧 인상을 써댔다. 이제는 대화에 낄 수 없어 불만이라는 건지, 뮤직비디오 가수가 마음에 안 든다는 건지, 동생의 꿈이 싫다는 건지 도통 알 수 없었다.

나 역시 마음이 편하지 않았다. 꿈속에서 비밀스럽고 아름다운 세상을 여행하다가 별안간 현실로 통하는 문 앞에 선 기분이랄까. 사실 동생은 다부지게 생겼고 영어도 잘했다. 그런데 왜일까. 나는 푸르나의 말과 이야기가 더 편하게 느껴졌다. 들어보지 못했지만 그녀의 꿈도 예쁠 것만 같았다.

다음날 새벽, 첫 닭이 우는 소리를 듣고 게슴츠레 눈을 뜨니 할머니가 화덕에 불을 지피고 계셨다. 화롯불이 일렁이며 할머니의 얼굴에 꽃을 피웠다 접었다 했다. 바닥에서는 흙냄새가 올라오고 화덕으로부터 장작 타는 냄새가 날아왔다. 음, 좋은 냄새, 행복한 느낌……. 머리에 이런 단어들을 떠올리다 다시 까무룩 잠이 들었나보다. 다시 일어났을 때는 날이 완전히 밝아 있었다. 몸이 아주 개운했다. 할아버지가 만들어주신 티베트 버터차를 마시고 아침 일찍 길을 나섰다.

"나마스테!"

작별 인사에도 푸르나는 답을 하지 않았다. 우리가 하루 만에 떠난다고 잔뜩 화가 났던 것이다. 그만 돌아서려는데 할머니가 부르더니 손짓으로 부지런히 뭔가를 말씀하신다. 동생이 통역해 주었다.

"길을 잃어버리면 언제든 다시 와요."

돌아서려는데 뭔가 가슴에 와서 박혔다. 혹시 할머니는 알고 계셨던 걸까. 길을 가고 사람을 만나고 세상을 살아가다보면 길을 잃어버릴 때가 있기 마련이다. 그럴 때마다 아내와 나는 안나푸르나의 푸르나 가족을 기억하리란 것을.

"나마스테!"

그때서야 푸르나가 손을 흔들며 웃고 있었다.

15일 만에 포카라로 돌아왔다. 이튿날은 잠만 잤다. 그 다음날 아침, 눈을 떴을 때 푸르나 가족과 찍은 사진이 생각났다. 포카라를 다 뒤진 후에야 한 인터넷 카페에서 디지털 사진을 인화할 수 있었다. 그날 바로 우체국으로 달려가 사진을 부쳤다. 보름에 한 번 조랑말을 타고 다니는 우편배달부가 잘 전해줬을지 궁금하다. 혹시 안나푸르나에서 길을 잃는 나그네가 있어 빛바랜 사진을 보시거든, 소식 전해주시길.

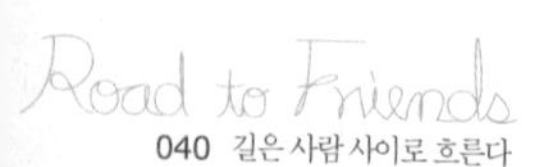

중국 리강 20031104

자전거를 빌려 타고 까오티엔 현高田懸의 흐어방 촌鶴峰村
이라는 마을에 갔다. 사진으로 본 풍광이 너무 고즈넉하고
아름다워서 무작정 자전거 페달을 밟았다.
두 시간쯤 걸렸나. 마을 입구에 자전거를 두고 걸어 다니는데,
온 동네 꼬마 녀석들이 따라다닌다. 집집마다 서로 통하는지,
골목에서 훔쳐보던 녀석들이 건넛집 문간 밖으로 얼굴만
살짝 내밀더니만 어느새 앞쪽에서 나타나서 소리치고는 했다.
붉은 흙벽돌로 지어진 집들, 말리느라고 늘어놓은 벼 위를
무자비하게 걸어 다니며 쪼아대는 닭들, 곶감을 만드느라
바쁜 손길들, 따뜻한 햇볕을 쬐며 두런두런 정담을 나누시는
할머니들……. 마을은 잡티 하나 없이 그렇게 맑은 곳이다.
마침 우리가 지나는 길에 식사중이었던 한 가족은
자꾸만 들어와서 같이 먹자고 한다. 말도 안 통하는데.
정말정말 고마웠지만, 우리까지 그 많은 식구들 틈에 끼어
양식을 축낼 수는 없지. 배를 한껏 두드리면서 밥을 먹었다고,

고맙다고, 인사를 건넸다.

디지털 카메라가 신기했는지 멀찍이서 따라오던

아이들이 하나둘씩 모여든다. 남편이 마을 입구에서부터 찍어온

사진을 아이들에게 보여주자 한 장 한 장 넘길 때마다 자기들끼리

웃고 소리 지르고 난리가 났다. 아마 이건 너희 집이고,

이건 자기 할머니고, 이건 또 누구네 집 닭이고……

이런 이야기들 같았다.

모두 같이 사진을 찍자고 제안하니 이번에는 한 명 두 명

꽁무니를 뺀다. 쑥스러운 모양. 그래도 사진을 찍으니까

모두 모여들어 활짝 웃으면서 "이, 얼, 싼, 김치!"

지금까지의 여행으로 다소 힘들었던 우리들의 마음까지

덩달아 활짝 펴졌다. 이런 게 사람 사는 냄새가 아닐까?

난 이런 느낌이 좋다.

너희 릭샤왈라는 몽땅 다 사기꾼이야

인도 아그라의 늙은 릭샤왈라

인도 아그라에서의 일이다. 아내와 나는 5일 내내 호텔 옥상에서 타지마할을 보며 지냈다. 저녁놀을 받아 붉어진 타지마할은 매혹적이었다. 야무나 강가에 비친 그 뒷모습마저도 아름다웠다. '세상에서 가장 아름다운 무덤' 이라고 극찬했던 이의 마음을 조금 알 것도 같았다. 그런데 이상하게도 한국에 돌아와서 아그라를 기억할 때 제일 먼저 떠오르는 건 그 아름다웠던 타지마할이 아니라 늙은 릭샤왈라에 대한 추억이다.

기차역에 도착했을 때였다.

"쁘렌드!"

"왓 뚜아 네임?"

"워띠 깐뜨리 아 유 쁘럼?"

릭샤왈라들이 우르르 달려들었다. 그들은 여행자의 혼을 빼놓겠다는 듯 인도식 영어로 와글거렸다. 나는 그 무리를 물리치고 몇 발자국 뒤에서 가만히 지켜만 보던 친구를 선택했다. 그가 한결 젊어 보였기 때문이다.

'릭샤'란 자전거에 이어 붙인 인력거고 '릭샤왈라'란 릭샤를 몰아가는 인력거꾼인데, 어찌해서 노인의 릭샤에 올라타기라도 하면 도착할 때까지 미안한 마음에 엉덩이를 들썩거려야 했던 것이다.

"후욱 후욱."

우리를 릭샤에 태운 그가 기친 숨소리를 뱉어내며 아침 안개 속을 내달렸다. 그때였다.

"앗, 흰 머리!"

아내가 절망스러운 표정으로 말했다. 어찌된 셈인지 머리에 두른 광목천 사이로 짧은 흰 머리가 보였다. 목덜미에는 주름이 문신처럼 선명하게 새겨져 있었다. 페달을 밟는 깡마른 다리도 곧 눈에 들어왔다.

"아, 또 실수다."

"분명 타기 전엔 젊었는데…… 언제 노인이 된 거야?!"

아내와 나는 마음이 불편했지만 별 도리가 없었다. 다만 내릴 때에 팁을 약간 주어야겠다고 생각했다. 그리고 타지마할 정문 앞까지만 데려다달라고 요구했다. 그건 그가 노인이라는 이유만은 아니었다.

여행자들 사이에 아그라의 릭샤왈라는 아주 악명 높았다. 어느 호텔

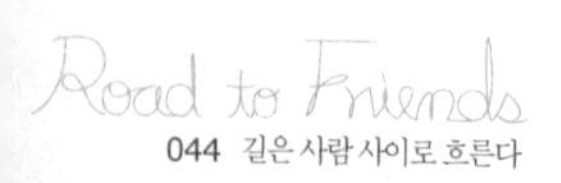

자이살메르 인도의 도시는 우주에 질서가 부여되기 전 혼돈의 세상인 양 신비롭다

에 가자고 하면, 한 달 전에 불타 없어졌다는 둥 지난 수해로 공사중이라는 둥 별 기발한 이유를 내세워 자기가 커미션을 받는 곳으로 데려가 바가지를 씌운다고 들었다. 그래서 우리는 아예 타지마할 정문에 내려서 호텔을 찾아다닐 요량이었다.

잠시 후, 그는 낡은 성문을 가리키며 타지마할의 정문이라고 내려주었다. 나는 팁으로 10루피(250원)를 더 얹어주었고, 그는 고맙다는 인사와 함께 사라졌다.

이제 배낭을 짊어 메고 숙소를 찾아나서야 할 때다. 그런데 길이 지도와는 전혀 맞지 않고 이상했다. 한참 헤매고 나서야 좀 전부터 우리를 지켜보던 남자에게 길을 물어보았더니, 그가 안쓰럽다는 표정으로 말하는 것이 아닌가.

"타지마할? 1킬로미터는 더 가야지. 저쪽으로."

"뭐라구요? 또 속았다!"

엉뚱한 곳에 내려놓은 그에게 나는 미안해 하며 팁까지 준 것이다. 기가 막혀서. 우리는 화가 나서 식식거리며 걸었다. 그때, 뒤에서 릭샤 하나가 졸졸 따라오며 치근대기 시작했다.

"어이! 친구, 타지마할까지는 멀어. 걸어가기 힘들다고."

우리는 또 한 번 릭샤를 탈 기분이 아니었다. 나는 뒤도 돌아보지 않고 소리쳤다.

"필요 없어! 이제 릭샤 같은 건 절대 안 타! 당신네 릭샤꾼들은 몽땅 다 사기꾼이야!"

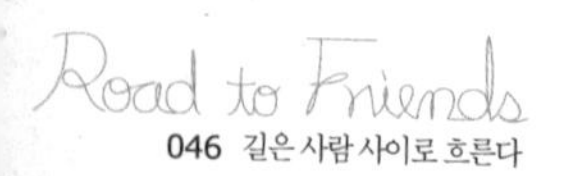

"어이, 친구. 내가 좋은 가격에 해줄게. 너희는 내게 두 번째 손님이니까, 5루피만 내. 이번에는 정말로 타지마할까지 데려다주지. 약속한다니까!"

뭐라고? 깜짝 놀라 뒤를 돌아봤더니 조금 전의 그 늙은 릭샤왈라가 아무렇지도 않게 웃고 있었다. 화가 머리끝까지 올라왔다.

"당신, 어떻게 이럴 수가 있어!"

"어이, 진정하라구."

"기가 막혀. 당신 때문에 30분이나 헤맸는데 진정하라니. 엉뚱한 장소에 내려주고서는 이제는 가격을 깎아주겠다? 이 나쁜 놈! 사기꾼!"

내가 마구 쏘아붙이자 그가 내 눈을 가만히 쳐다보며 짐짓 진지하게 말하는 것이다.

"이봐 친구, 잘못은 내가 했는데 왜 당신이 화를 내지? 이미 지난 일이잖아. 지난 일로 화내는 건 네 마음의 평화를 해칠 뿐이야. 그리고 넌 타지마할에 가야 하잖아. 길은 멀고 배낭은 무거워. 안 그래?"

그는 안타깝다는 표정을 지어 보이고는 휑 가버렸다. 말문이 막혔다. 어찌 그리 당당할 수 있는지. 사기를 친 사람이 도리어 자기 하고 싶은 말을 다 하고서 가버린 것이다. 한참을 멍하게 서 있었다. 그런데 '풋' 웃음이 났다. 여전히 괘씸했지만 재미있다는 생각이 들었다. 그렇지, 화를 내면 나만 손해지. 길은 가야 하고. 맞는 말이었다.

그때는 아내와 내가 인도를 여행한 지 한 달쯤이었는데, 이런 경우가 처음은 아니었다. 예고 없이 기차가 열 시간씩 연착할 때나 물건 값

뭄바이 낯선 세상과의 만남, 빨래 공장 풍경

1 아메다바드 신 앞에 겸손한 사람들
2 아그라 타지마할은 강가에 비친 뒷모습마저도 아름답다
3 자이살메르 사막의 로망, 낙타 투어

에 바가지를 씌웠을 때도 인도인들은 이렇게 이야기했다.

"왜 화를 내지? 그런다고 안 오는 기차가 빨리 오나?"

"그 돈이 언제부터 당신 돈이었지?"

나는 그들의 말솜씨에 번번이 당했다. 그러고도 이렇다 할 대꾸 한마디 못한 것은 단지 그냥 우리가 손해 보면서 넘어갈 만큼의 적은 비용이었기 때문만은 아니었다. 과거와 시간과 돈……. 인도인들은 결코 가볍지 않은 질문을 나그네에게 던졌던 것이다.

사실 인도는 이해하기 힘든 것들로 넘쳐나는 나라다. 첨단 IT 산업 강국이면서도 소똥을 연료로 사용하고, 릭샤와 손수레, 우마차, 오토바이, 고물버스, 고급 승용차 등 상상할 수 있는 모든 바퀴 달린 것들이, 도로를 어슬렁거리며 가로지르는 소나 개와 뒤엉켜서 굴러다닌다. 지켜보고 있자면 100년의 시간이 한자리에 공존하고 있는 듯 어지럽다.

그래서일까. 인도를 다녀온 여행자들의 반응은 극히 대조적이다. 어떤 이들은 영적이고 신비로운 인도를 그리워하고, 어떤 이들은 더럽고 지겨운 곳이라 몸서리 치고는 한다.

세상에 존재하는 모든 종교가 한곳에 있고, 과거와 현재 그리고 미래가 공존하고, 철학적이고 종교적이면서도 사기꾼과 도둑이 넘쳐나는 인도는 다양하면서도 늘 모순적이어서 여행자를 당혹스럽게 만들었다.

어떤 여행자들은 인도의 릭샤왈라를 두고 사기꾼이라고도 하고 거리의 철학자라고도 한다. 아내와 내가 만난 릭샤왈라는 인도의 얼굴로 다가왔다. 욕심 없고 순수한 영혼을 가진 장난꾸러기 악동. 그들은 익살스럽게 우리에게 말하고는 했다. 많이 가졌으니 조금만 내려놓고 가라고, 급하게 살아왔으니 조금만 쉬었다 가라고 말이다.

아그라를 떠나는 날이었다.

"위띠 깐뜨리 아 유 쁘럼(which country are you from)?"

릭샤왈라 한 명이 따라오고 있었다. 첫날 만난 그는 아니었다. 이번에는 정말로 젊은 친구였다. 인도는 여행할 때는 지긋지긋하다지만 정작 떠나고 나면 그리워지는 땅이라고들 한다. 아내와 나도 벌써 인도가 그립다. 아마도 그건 그들 때문인지도 모르겠다.

드라큘라 백작 마누라 같으니라고!

루마니아 국경 마을의 인터내셔널 미용사

신이 났다. 루마니아에 도착해서 오라데아에서는 매일 영화와 오페라를 보았고, 부쿠레슈티의 국립극장에서는 하프 독주회도 관람했다. '고급' 레스토랑에 앉아 식사하고 카페에서 커피를 마셨다. 가난한 여행자 부부가 유럽에 입성한 후 처음으로 먹고 싶은 것을 마음껏 먹고, 하고 싶은 짓을 다 하며 지냈다.

연일 그렇게 돈을 펑펑 써댔다. 이국땅에서 로또라도 당첨된 것일까? 물론 아니다. 루마니아 국경을 넘자마자 물가가 '뚝' 하고 떨어졌기 때문이다. 1유로를 40만550레이로 환전할 때부터 예감이 심상치 않았다. 당장 기름값부터 리터당 2만 7,000레이(0.6유로)로 하루아침에 절반가량 떨어진 것이다. 시장 물가는 서너 배도 더 차이가 났다.

하늘같이 높던 유럽의 물가가 루마니아에서는 아내와 나의 호주머니보다 더 아래로 납작 엎드린 것이다.

'여행자의 천국이 아닐까. 아니면 드라큘라 백작이 나그네를 포동포동 살찌워서 피를 빨아먹을 심산일지도?'

마침내 루마니아를 떠나는 날이었다. 아쉬웠다. 그래서 국경 도시 지우르지우에 차를 세우고 마켓에 들러 잔뜩 장을 봤다. 애마에 기름도 빵빵하게 채웠다. 그러고도 '뭐 더 할 일이 없을까?' 미련이 남아 두리번거리며 거리를 천천히 걷고 있을 때였다.

"저거야!"

아내가 무언가를 찾아낸 모양이다. 그녀가 자신 있게 펼친 손가락 끝에 미용실이 있었다. 옳거니! 마침 머리카락 손질이 필요한 시점이었다. 미용실은 한국의 동네 미용실과 크게 다르지 않는 분위기였다. 자리에 앉자마자 아내는 웨이브 파마를 부탁했지만, 난 잠시 고민에 빠졌다. 길 떠나고 8개월째, 곱슬머리인 내 머리카락은 엉망으로 자라 있었다. 어떻게 하긴 해야겠는데 언제나처럼 짧게 커트로 할지 이참에 한번 파마에 도전해 볼지 그것이 문제였다.

"좋아, 결정했어! 스트레이트 파마로 해주세요. 우습게 들릴지 모르지만 이건 제겐 꿈이라고 할 수도 있는 거니까, 잘 부탁드립니다."

"굿! 걱정 말아요. 지금은 이런 변두리에서 일하지만, 나도 한때는 인터내셔널 미용사였어요. 라인 강을 따라서 독일까지 오르내리는 유람선에서 일했다니까요."

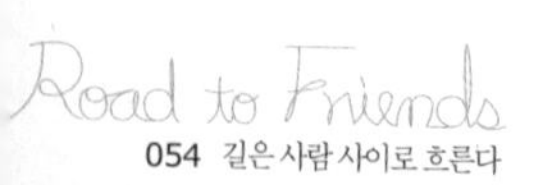

중고등학생 때였다. 바야흐로 이현세의 '떠돌이 까치'가 날리던 시절. 태생적으로 곱슬머리였던 나는 '까치'의 삐죽삐죽 뻗친 그 카리스마 넘치는 머리가 정말 부러웠다.

크리스마스 이브였던 걸로 기억한다. 친구들 다섯 명과 밤을 새워 놀기로 하고 택시를 탔다. 운전사 아저씨가 룸미러로 우리들을 힐끗 보더니 "야, 이 녀석들 모두 잘생겼구나" 하는 것이다. 정말이지 내 친구들은 탤런트처럼 잘생겼었다. 그런데 아저씨가 다시 한 번 룸미러를 힐끗 보더니 이렇게 말하는 것이 아닌가.

"거기 가운데 앉은 친구가 제일 못하구만."

아, 그날의 절망이란! 우리 집 냉장고 안에 친구네처럼 늘 콜라가 들어 있지 않는 것이나, 나이키나 아식스 같은 '메이커' 운동화를 신고 다니지 못하는 것과는 비교도 할 수 없는 큰 충격이었다.

그날 이후 까치머리에 대한 나의 선망은 더욱 깊어져갔고, 마침내 그 아저씨가 나를 '못생겼다'고 지목한 건 곱슬머리 때문이라고 나름대로 단정하기에 이르렀다. 그리하여 누나의 헤어드라이기로 머리카락을 세워보기도 하고 스프레이를 뿌려보기도 했지만, 비 오는 날이면 금방 풀이 죽어 허사가 되어버리고는 했다. 그 시절의 내게는 미용실에 갈 돈도 용기도 없었던 것이다.

드디어 미용사가 능숙한 솜씨로 내 머리를 말기 시작했다. 그리고 파마 약을 발랐다. 음, 드디어 꿈이 이루어지는……. 가만, 이건 좀 이상하잖아. 왜 '뻐다귀'로 말지? 평평한 판에다 붙여야 하는 것 아닌가?

오라데아 이곳 주차장이 오늘 우리의 숙소가 되려나?

체코, 루마니아, 폴란드에서 만난 동유럽의 아이들

"저, 저기요, 이렇게 말아도 스트레이트 파마 머리가 나오나요?"

"노 프로블룸! 아이 언더스탠드 유!"

나를 이해한다는데 뭐 더 할 말이 있겠는가. 마치 그녀는 나의 오랜 꿈마저도 이해할 것처럼 단호하게 말했다. 께름칙했지만 그녀를 믿기로 했다. 더구나 파마라고는 태어나서 처음이어서 나라마다 다른 방법이 있겠거니 생각했다.

"어디에서 오셨어요?"

"한국이요."

"루마니아 어때요?"

"다들 매우 친절해요. 드라큘라 백작이 루마니아에서 태어났다는 것이 이상할 정도로요. 하하하!"

그녀가 내 머리카락을 돌돌 마는 동안 우리는 농담을 섞어가며 재미있게 이야기를 나누었다. 그녀는 유로 통합 이후, 많은 젊은이들이 돈을 벌기 위해 서유럽으로 떠나면서 동유럽의 인구가 꽤 줄었을 거라는 나름대로의 분석도 들려주었다. 나는 오랜 꿈이 완성되기를 기다리는 시간이 무척 즐거웠다. 마침내 '인터내셔널 미용사'가 다 끝났다며 머리의 수건을 '짠' 하고 벗겨주었다. 그런데…….

"으악!"

난 그만 기절하는 줄 알았다. 새까만 얼굴에 뽀글뽀글 '착' 올라붙은 머리. 거울 앞에는 처음 보는 아프리칸 흑인이 놀란 눈을 똥그랗게 뜨고 앉아 있었다. 그런데도 다른 미용사들까지 죄다 모여들어 머리가 예쁘게 되었다며 웃고 박수 치고 난리가 났다.

난 자못 심각해졌다.

"아니, 내가 스트레이트로 해달랬잖아요?"

"당신 머리카락은 짧아서 불가능해요."

"그럼, 처음부터 안 된다고 했어야죠. 이건 제게 꿈이라고요! 원래 제 머리로 돌려놔주세요!"

"그것도 불가능해요. 아, 아니 난 몰라요. 지금 그 머리가 스, 스트레이트예요."

이제 그녀는 완전히 횡설수설하기 시작했다. 스트레이트 파마라는 것 자체를 처음부터 몰랐던 것인지, 일단 아무렇게나 해주고 나서 돈이나 벌자는 심산이었는지 통 알 수 없었다.

나는 스트레이트 파마를 다시 해주든지 원래 머리로 돌려놓든지 하지 않으면 돈을 지불하지 않겠다고 했다. 돈을 안 내기 위해서가 아니라, 내 머리를 어떻게든 수습하고 싶어서였다. 마침내 그녀가 경찰을 불렀고 달려온 경찰에게 상황 설명을 했다. 물론 루마니아 말로. 설명을 듣고 난 경찰이 내게 왜 돈을 지불하지 않느냐고 따져 묻는 것 같았다. 역시 루마니아 말로. 미용사가 앞뒤 사연은 싹둑 잘라먹고 아내와 나를 파마 비용이나 떼먹으려는 불한당으로 몰아붙인 모양새였다.

"이런 드라큘라 백작 마누라 같으니라고!"

나는 화가 났다. 하지만 경찰은 오히려 나를 경찰서로 데려갈 태세였다. 그때였다. 학생처럼 보이는 젊은 남녀가 미용실 문을 열고 들어

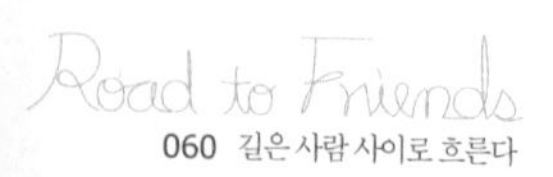

섰다. 아내가 얼른 그들에게 뛰어갔다.

"영어 할 줄 아세요?"

"네."

"좀 도와주세요. 저희는 한국에서 온 여행자예요. 지금 억울한 상황을 당하고 있는데, 말이 통하지 않아요. 경찰에게 저희 얘기를 통역해 줄 수 있겠어요?"

"글쎄요……."

그들은 미용사의 눈치를 보며 머뭇거렸다. 서로 잘 아는 사이인 모양이다. 이제 내가 나설 차례다. 젊은 친구들의 가슴에 못을 박듯이 힘주어 말했다.

"당신들이 도와주지 않으면 저희는 경찰서로 끌려갑니다. 그러고는 곧 풀려나겠죠. 아무 잘못이 없으니까요. 하지만 마음에 상처가 남을 겁니다. 당신들의 나라 루마니아가 먼 이국에서 온 여행자에게 준 상처 말입니다!"

다행히 그들의 마음이 움직였다. 설명을 다시 들은 경찰은 미용사를 한 번 째려보고는 중재안을 내놓았다. 나는 뽀글뽀글 파마머리에 만족하고 미용사는 비용을 포기하라는 것이었다. 나로서는 만족할 수 없었지만 눈물을 머금고 받아들여야 했다.

그날 이후 파마머리는 조금씩 부풀어 오르더니, 한 달쯤 지났을 때는 거의 펑크 머리로 변해갔다. 그런데 어쩐 일일까. 점점 내 머리 모양이 마음에 들기 시작했다. 생각할수록 파격적이고 멋있었던 것이다.

리토메르시 그림처럼 예쁜 집, 저 집에는 누가 살까

나의 소심함에다 주변에서 쏟아질 눈총과 '입총' 까지 고려해 본다면, 한국에서는 결코 시도도 못해봤을 헤어스타일이었다. 여행이 아니었다면, 혹은 그 미용사를 만나지 못했다면.

그런데 그날 난 왜 그렇게 흥분했던 걸까. 아직도 '떠돌이 까치' 에 대한 열등감이 남아 있었던 걸까. 시간이 갈수록 이름도 모르는 그 '인터내셔널 미용사' 가 오히려 고마워지는데 말이다.

바이킹을 위한 '김치 담그는 법'

스칸디나비아의 늙은 바이킹 얀과 아이다

바다를 보았다. 투명한 바닷물과 뱃전에 부딪치는 하얀 포말. 언제나 바다는 내게 설명할 수 없는 그리움이다.

바다 끝에서 북극으로 가는 땅 스칸디나비아 반도가 보이기 시작했다. 언제 나타났는지 새하얀 유람선도 나란히 달렸다. 빙하가 녹아 만들어진 바다 계곡 피오르Fjord · 峽灣로 들어선 모양이었다. 왼쪽은 노르웨이, 오른쪽에는 스웨덴의 예쁜 마을들이 이어졌다. 그리고 그 바닷길 끝에 오슬로가 기다리고 있었다.

"친구들, 어서 오게나! 두 늙은 바이킹이 환영한다네."

얀과 아이다가 두 팔 벌려 안아주며 즐거워했다. 우리는 베트남에서 만났다. 그것도 세 번씩이나. 늙은 그들은 비행기로, 젊은 우리는 버스

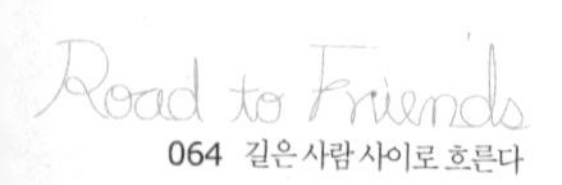

로 이동했는데도 약속한 것처럼 다시 만나고는 했던 것이다. 호이안에서 세 번째 만났다가 헤어질 때 아이다가 아쉬운 듯 말했다.

"이제 다시 못 만나면 어쩌지?"

"그럼 저희가 노르웨이로 찾아가죠, 뭐!"

10개월 만에 다시 만난 얀과 아이다는 조금 더 늙어 보였지만 장난기 가득한 그 따뜻한 웃음은 여전했다. 두 사람 집은 오슬로에서 15킬로미터 남짓 떨어진 베케스투아라는 작은 마을에 있었다. 정원에 예쁜 그네가 걸려 있는 집은, 1층은 손님방과 TV룸, 2층은 주방과 넓은 거실, 3층은 침실과 서재와 욕실로 그 쓰임이 나누어져 있었다.

"아이다, 집이 정말 좋아요. 마음에 꼭 들어요. 만약 저희가 오래 머문다 해도, 절대 저희 잘못이 아니에요. 당신 집이 이렇게 예쁜 탓이에요, 아시겠죠?"

"물론이지. 그리고 바닷가에 여름 집도 있는데. 작은 요트도. 다음에 다시 오면 우리 거기로 놀러 가자."

"정말요? 그런데 두 분 부자인가 봐요."

"그건 아냐. 우린 그저 평범한 연금생활자일 뿐이야. 노르웨이에서 30년 이상 일한 사람이면 누구라도 가지는 권리라고."

아이다와 아내는 만나자마자 수다에 빠졌다. 얀이 보여줄 게 있다면서 내 손을 잡고 3층 서재로 데려갔다.

"이제나저제나 자네들이 오기를 기다렸지."

그의 컴퓨터 모니터에는 아내와 나의 여행 이야기를 담은 웹사이트가 떠 있었다.

"한국어를 읽을 수는 없지만 사진을 보며 점점 노르웨이로 오고 있구나 생각했다네."

"얀……."

아, 수평선 바다 너머 그리움의 정체가 얀과 아이다였던가! 감동의 눈으로 쳐다보자 그는 장난기 가득한 표정으로 웃으며 한쪽 눈을 찡긋해 보였다. 감동은 그걸로 끝나지 않았다. 얀과 아이다는 오슬로가 한눈에 내려다보이는 레스토랑 창가 자리를 예약해 두었던 것이다. 젊은 웨이터가 와인을 따라주었고 연어 스테이크가 나왔다. 가난한 여행자에게 자주 오지 않는 순간이었다.

"아, 행복해!"

"자네들이 찾아와줘서 우리도 행복하다네."

다음날도 두 늙은 친구의 환영 이벤트는 계속되었다. 아침부터 그들은 오슬로 관광을 가자고 재촉했다.

"노르웨이에 왔으면 바이킹을 보고 가야지! 그 옆에 아문센의 프람호 박물관도 있으니까 말이야."

우리는 두 늙은 바이킹의 안내를 받으며 박물관 투어를 끝냈다. 솔직히 생각보다 좀 시시했다. 그러나 한껏 신이 난 얀은 해변을 걸으면서도 쉴 새 없이 설명해 주었다.

"사실 신대륙을 가장 먼저 발견한 것도 바이킹이었어. 그리고 아문센이……."

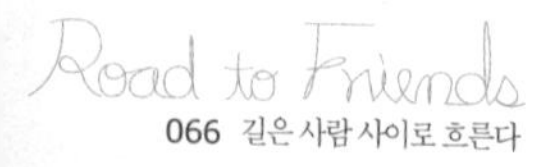

"와, 홍합이다!"

아내와 나는 1초의 망설임도 없이 바지를 걷어붙이고 바다로 뛰어들었다. 새까만 홍합이 지천이었다. 이제는 우리가 신이 났다. 말문이 막혀버린 얀은 당황해하고 아이다는 배꼽을 잡고 웃어댔다. 그래도 얀은 변호사인 딸에게 전화해서 홍합을 채취해도 되는 시기인지 확인하는 걸 잊지 않았다.

그날 저녁, 우리 넷은 홍합탕을 맛있게 끓여 먹었다. 그런데 요리 재료를 찾느라고 지하 식품 저장고를 뒤지다보니 온통 냉동식품뿐이었다. 마음이 짠해졌다.

"냉동피자, 냉동새우, 깡통어묵……. 노인들이 매일 냉동식품만 드셨던 건가."

아내와 나는 머무는 동안만이라도 따뜻한 요리를 해드리기로 마음먹었다. 다음날 아침 일찍 얀을 재촉해 온갖 야채, 고춧가루, 베트남 액젓, 소고기 등을 잔뜩 사서 돌아왔다. 마침내 바이킹 노부부 앞에서 때 아닌 아내의 요리 강습이 시작되었다.

"김치의 핵심은 시간이에요. 배추를 절여두고 기다리는 시간, 담근 후에 맛 들기를 기다리는 시간. 아시겠어요? 자, 절인 배추는 여기 두고, 이제 소스 만들기를 해봅시다."

얀은 노트에 아내의 설명을 깨알처럼 적어가며 열성적이었다. 그는 이미 김치를 열광적으로 좋아하는 사람이었다. 은퇴하기 전에 터널 공사 전문가였는데, 서울에서 장기간 터널 공사를 한 적이 있다고 한다.

오슬로 가는 페리에서 피오르를 따라 늙은 바이킹을 만나러 간다

김치와 순박한 사람들이 지금 그에게 남은 서울에 대한 기억이다. 아내는 내친김에 불고기 요리 강습도 곁들인다. 이건 또 아이다가 가장 좋아하는 한국 요리이기 때문이다.

"어렵지 않죠? 가끔이라도 한 번씩 해 드세요. 인스턴트 냉동식품만 드시지 말구요."

"우리 어릴 때만 해도 이러지 않았는데. 부부가 맞벌이하고 핵가족이 되다보니, 간편한 요리에만 익숙해진 거지."

불고기 만찬 덕분에 그날 밤에 자정이 넘도록 이야기가 이어졌다.

오슬로 가는 페리에서 솜사탕 같은 구름 한 줌 먹어볼까?

아이다는 음식 문화에서 깎인 점수를 만회라도 하려는 듯이, 노르웨이의 노인 복지와 무상 의료와 무상 교육에 대해 끝도 없이 자랑을 늘어놓았다. 부러움을 넘어 얄미울 정도로. 자랑이 과한 것 같다고 옆에서 눈치를 주던 얀도 결국에는 은근히 자랑을 덧붙였다.

"한마디로 말하자면, 높은 세금과 평등한 삶High tax and Equal life, 이게 노르웨이 사회의 핵심이지."

다음날, 둘 다 변호사라는 딸과 사위가 손녀를 데리고 왔다. 얀과 아이다가 멀리서 친구들이 왔으니 다녀가라고 한 모양이었다. 그런데 그들은 꿔다놓은 보릿자루처럼 조금 무뚝뚝했다. 인형처럼 생긴 손녀만 빼고. 난 그제야 두 늙은 친구의 보일 듯 말 듯한 그늘의 정체를 알 것도 같았다. 딸네 식구가 돌아간 후 얀에게 슬며시 물어보았다.

"자녀들이 자주 다니러 오나요?"

"음…… 얼마 전에 이 동네에서 노인 한 명이 죽었어. 자식들이 일주일쯤 지난 후에야 발견했다지, 아마. 자네들, 우리 부부가 아시아를 여행할 때마다 가장 부러운 것이 뭔지 아나?"

"……."

"가족과 공동체 문화라네. 잃어버리지 말아야 할 것들이지. 친구들, 이건 말이야, 민주주의나 복지와는 달라. 절대 서양을 따라 해서는 안 돼."

또다시 아쉬운 이별을 해야 하는 날이었다. 아이다가 긴 모피코트를 아내에게 건넸다. 자신의 어머니에게서 물려받은 옷이라고 했다. 배낭 여행자에게 어울릴 턱이 없었다. 그럼에도 받아든 건 유럽에서는 중고차를 사서 여행중이기도 했지만, 무엇보다 아이다의 마음을 잘 알기 때문이었다.

"이제 아시아로 여행하기는 힘들 것 같아. 내 몸은 내가 알거든."

아이다가 어느 저녁 했던 말이다. 어떤 헤어짐인들 아쉽지 않던 적이 있겠냐만, 두 늙은 바이킹과의 이별은 가슴 한쪽이 시리도록 아프게 했다.

'북쪽으로(Nor) 가는 길(Way)'. 노르웨이의 북쪽으로 차를 몰았다.

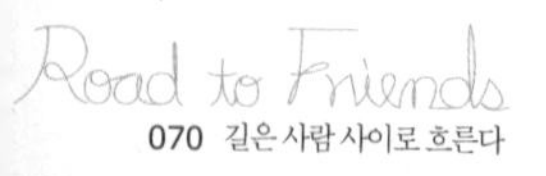

송내 피오르Sonne Fjord
물 속 마을과 물 밖 마을이 마주보고 인사하는 피오르
집도 사람도 나무도 산도 폭포도 물 속에 담겨 있다

내내 울창한 숲과 맑은 호수가 이어지는 풍요로운 길이었다. 한나절을 달려도 차 한 대 만날 수 없는 적막한 길이기도 했다. 꼭, 얀과 아이다 같았다.

얼마 후 얀과 아이다는 베케스투아의 예쁜 3층 집을 팔았다. 얀은 일주일에 한 번씩 해오던 회사의 자문역 일마저도 그만두고는 바닷가 여름집으로 이사했다. 다시 만나면 여름집에 놀러 가자던 아이다의 말을 기억한다.

얀과 아이다의 귀여운 손녀

헤이! 엽서 고마워.

엽서 사진 속의 자네들 아주 행복해 보이는군.

그래서 자네들이 여전히 건강하고 좋은 친구라는 걸 확인했네.

자네들이 떠난 지도 참 오랜 시간이 흘렀군그래.

자식과 손자들 안부 물어줘 고맙네. 그들은 잘 지내.

참, 우리 집을 팔아서 바다 근처에 땅을 좀 샀다네.

지금은 새로운 환경에서 좋은 시간을 가질 수 있기를 희망하고 있어.

Merry Christmas and a Happy New year.

얀과 아이다가 안부 전하네

한국 사람들이 이란 사람 잡네

이란 밤에서 만난 친구들

터미널도 없었다. 이란의 고도古都 밤Bam에 도착했을 때는 이미 날이 어두워졌고, 버스가 멈춰선 곳은 터미널이 아니라 어느 도로변이었다. 어둠이 삼켜버린 도시는 길가에 늘어선 차도르(천막 텐트)에서 흘러나오는 희끄무레한 불빛이 전부였다. 힘겹게 찾아간 호텔 자리도 무너진 건물 잔해뿐. 지진이 지나간 도시 전체가 폭격당한 것처럼 처참했다.

"밤에는 아무것도 없어! 무너진 도시에 뭘 하러 가려는 거지?"

이란 국경에서 만난 여행자들은 하나같이 충고했다. 그럼에도 그냥 지나칠 수 없었던 건 왜일까. 얄궂게도 그들의 상처를 확인해 보고 싶은 마음, 어쩌면 도울 일이 있을지도 모른다는 생각이 섞여 있었던 것 같다.

하지만 상황은 생각했던 것보다 훨씬 심각했고, 우리는 당황하고 있었다. 당장 오늘 밤을 길거리에서 보내야 할지도 모를 처지였다. 그때 우리 부부와 국경에서부터 동행한 한국인 여행자 상수씨 앞에 승용차 한 대가 멈춰 서더니 콧수염을 멋지게 기른 친구가 창밖으로 고개를 삐죽 내밀었다.

"Can I help you?"

처음으로 만난 이란 친구 '베흐루즈' 였다. 그의 집은 이라크 국경과 가까운 하마단 근교지만 재건 공사를 위해 밤에 와 있다고 했다. 얼마 전의 지진으로 6만 5,000명이 넘는 사람이 희생됐고, 건물들의 80퍼센트가 무너졌으며, 현재 주민들 대부분은 구호물자를 받으며 차도르에서 지낸다고 했다. 이런 상황에서 여행자가 머물 호텔이 남아 있을 리 만무했다.

그는 사정이 딱하게 된 우리를 자신의 친구네 차도르로 데려갔다. 미리 연락 받고 기다리던 친구 '모흐센' 이 호쾌하게 맞아주며 난(세숫대야만 한 이란 빵)과 참치 통조림과 차이(이란 차)를 내놓았다. 곧 한 무리의 동네 아이들과 청년들이 낯선 외국인의 출현을 확인하기 위해 모여들었다. 어느새 차도르 안은 꽉 차버렸다.

"유어 컨트리?"

"유어 네임?"

그들은 알고 있는 영어를 총동원해 질문을 퍼붓고 자기네끼리 까르르 웃어댄다. 우리가 뭐라 대답하기만 하면 또 까르르 넘어간다. 그러더니 이번에는 이 동네 건달의 '짱'임이 분명한 모호센이 목에 힘을 주어가며 식솔(?)들을 한 명 한 명 엉터리 영어로 소개한다.

"유(you) 아미르, 유 자흐라, 유 모슬렘, 유 요세프……."

그때 모호센의 식솔과는 전혀 다른 분위기의 여성들이 들어왔다. 그들 중 한 명이 유창한 영어로 자기를 소개했다.

"안녕, 나디아라고 해. 너희 영어 잘하니? 호텔에서 일할 때 보니까 한국하고 일본 애들 영어가 형편없던데. 그건 그렇고, 너희들 여기 왜 왔니?"

갑작스러운 질문에 주저하며 말문을 뗐다.

"그냥…… 뭐라도 도울 일이 있을까 해서……."

"아마 그럴 일 없을걸? 우리도 할 일이 없어 매일 놀고 있거든! 그리고 죄다 무너져 관광할 것도 없을 텐데."

나디아는 퉁명스럽고 호의적이지 않았다. 이곳은 석 달째 재건축 공법으로 논의만 무성하다는 것이다. 그녀는 집도 직장도 모두 무너져 아무 할 일 없는 상황을 지루해하는 것 같았다. 이런 상황에서 찾아온 여행자들이 못마땅하기도 했을 것이다. 하지만 그녀만 빼면 모든 아이들은 의외로 표정이 밝았다. 지진이 할퀴고 간 도시에 살고 있다고는 생각할 수 없을 만큼.

다음날 아침, 밖에 나와보니 눈이 휘둥그레졌다. 지난밤 어둠에 덮여 있던 상처들이 그대로 드러났다. 엿가락처럼 휘어진 철근, 밀가루처럼 부서져 내린 벽과 천장, 그 속에 묻혀서 드문드문 고개를 내민 살

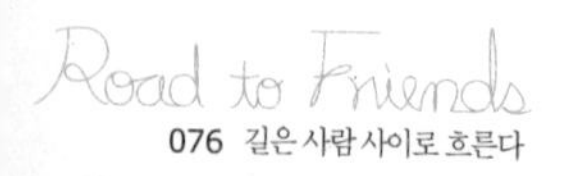

림살이들. 120여 가구가 산다는 B9 지역은 거대한 철거촌이었다.

처참한 광경 앞에 넋을 잃고 서 있는데, 전날 밤 보았던 열 살 소녀 '자흐라'가 아내의 손을 이끌며 자꾸 어디로인가 가자는 눈치다. 그 아이는 제르젤레(지진)로 엄마 아빠를 모두 잃고 오빠와 단둘이 남았다고 했었다. 어느 무너진 집터 앞에 멈춰 자흐라는 슬리퍼 한 짝을 주워 들고는 훌쩍이는 것이다.

"마마……. 마마……."

이 아이의 집이었다. 그 순간 아내와 나의 가슴도 그 집처럼 무너져 내렸다. 삶이 뭔지도 아직 모르는 나이에 가족의 죽음을 먼저 경험한 이 아이에게 우리는 해줄 게 아무것도 없었다. 그녀를 껴안고 가만가만 머리를 쓸어주던 아내의 눈에도 눈물이 맺혔다.

그러나 그뿐이었다. 자흐라는 차도르로 돌아오자 어느새 아내의 손에 매달려 전날 밤처럼 까르르 웃고 있었다. 어린 나이에 벌써 슬픔을 이기는 방법을 터득한 걸까. 다른 아이들도 마찬가지였다. 그들은 세상 어느 아이들보다 맑고 밝아 보였다.

아이들은 아침부터 몰려와서 축구를 하자고 상수씨와 나를 졸라댔다. 그 다음에는 배구. 다시 오후에는 아파트 10층 높이는 되어 보이는 물탱크 오르기. 우리가 골목대장이라도 되는 양 아이들은 졸졸 따라다녔다. 그 덕분에 우리는 어느새 10대로 돌아가 있었다.

저녁에 재수생 '알리'의 차도르에 다시 모였다. 알리의 형, 삼촌, 그리고 전날 싸늘한 말투로 우리에게 무안을 주었던 나디아도 왔다. 알리의 집은 그나마 마당이 무사해서 그곳에 차도르가 있었는데, 뜻밖에도 컴퓨터가 무사했다.

알리가 굳이 자기네 차도르로 데려온 이유가 그것이었다. 지진이 나기 전의 밤Bam을 보여주고 싶었던 것이다. 알리가 찍었다는 동영상에는 도시의 하늘을 받치고 선 키 큰 대추야자나무 숲과 오래된 문명의 시간이 스며 있는 골목길, 그리고 가족들의 웃음이 넘쳐났을 품위 있는 집들이 담겨 있었다.

그런데 모두들 말이 없다. 동영상을 들여다보는 그들의 눈에 물기가 어렸다. 아름다웠던 그들의 마을, 그들의 집, 그리고 엄마, 아빠, 형제, 친구들…….

알리의 어머님이 차이를 날라주는 틈을 타서 내가 분위기를 바꾸고자 카드 마술을 보여주겠다고 나섰다. 나는 여행을 떠나기 전 카드 마술을 두세 가지 익혔는데 친구 사귀기에 아주 유용했던 것이다. 역시 아이들은 금방 빠져들었다.

처음에는 좀 떨어져서 시큰둥하게 바라보던 나디아도 한 번 더 해보라고 성화를 부리다가 결국 감탄을 쏟아냈다. 여기에 상수씨가 볼펜 마술까지 보여주자 그들은 한국에서 온 나그네들을 경이로운 눈으로 바라보기 시작했다.

이튿날, 까칠했던 나디아가 자기네 차도르로 우리를 초대했다. 영어가 유창한 그녀를 통해 이 동네 사정을 좀더 알 수 있었는데, 지진이

새벽에 들이닥치는 바람에 피해가 더 컸으며 가족 중에 한두 명을 잃지 않은 가정이 없다고 했다. 모두들 낮에는 수다를 떨고 놀지만 밤이면 베갯머리를 적신다는 것이다.

하루는 모두 함께 알리의 음악 선생 차도르로 갔던 적이 있다. 선생은 작은 가야금처럼 생긴 '산토스'라는 악기를 연주해 보였는데 소리가 그렇게 슬프게 들릴 수 없었다.

한 곡이 끝나자 상수씨가 그 이유를 물어보았다. 선생은 쓸쓸하게 웃고 나서 천천히 말했다.

"사실 방금 연주한 건 슬픈 곡이 아닌데……. 아마 이번 지진으로 제 스승을 잃어서인가 봅니다."

그가 다시 연주를 시작했을 때는 알리도 자흐라도 나디아도 그동안 참았던 눈물을 흘리기 시작했다. 그들의 슬픔이 선율을 타고 차도르 안을 자유롭게 날아다니다가 우리의 가슴에도 내려앉았다. 누구나 밝은 웃음 속에 슬픔을 하나씩 가지고 있었던 것이다.

차도르에서 지낸 지 4일째 되는 날이었다. 그날도 동네 짱 모흐센은 온종일 동네 청년들을 모아놓고 해시시(마약 종류)를 하며 시간을 죽이고 있었다. 그는 지진으로 발목을 다치기 전만 해도 정육점 사장이었다. 나디아의 말처럼 사람들이 할 일이 없다는 게 가장 큰 문제였다.

"학용! 해시시 굿! 컴 온!"

천막 문을 들쳐보면 언제나 그는 꿈을 꾸는 듯한 얼굴로 배시시 웃으며 내게 소리쳤다. 우리가 뭔가 할 수 있는 일이 없을까? 그때 아내

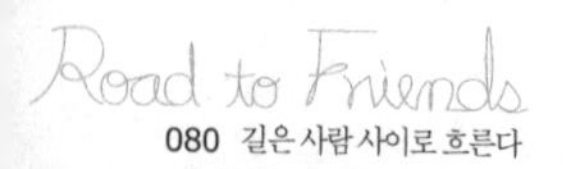

야즈드 2,500년 된 이란의 도시 야즈드. 밤Bam도 지진 전에는 이렇게 아름다웠겠지

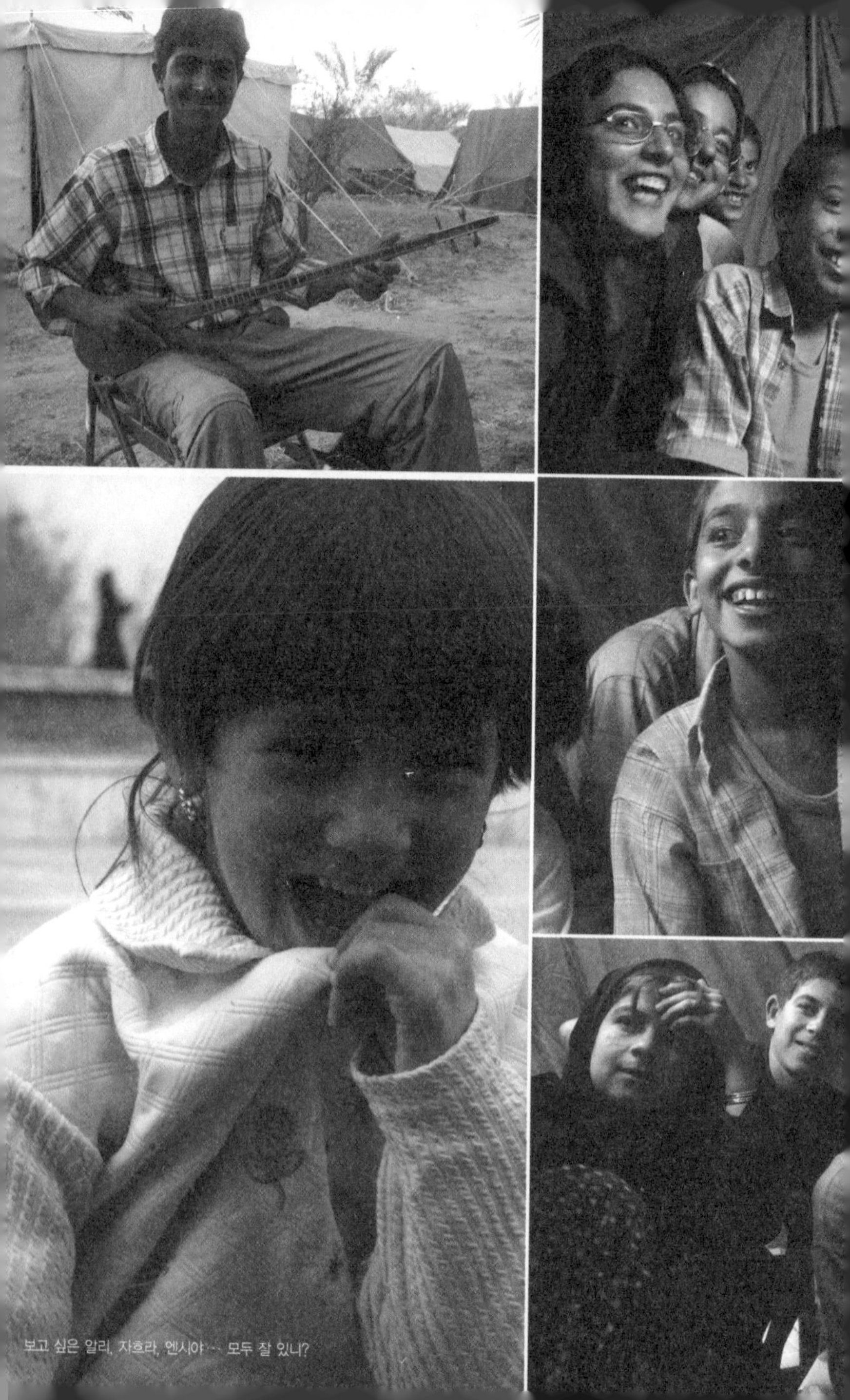

보고 싶은 알리, 자흐라, 엔시야… 모두 잘 있니?

가 식사 한 끼라도 우리가 준비해 보는 건 어떠냐고 제안했다. 물론 상수씨도 찬성이었다. 메뉴는 닭볶음탕으로 정했다.

"한국인의 매운맛을 보여주리라!"

이른 저녁시간, 차도르는 벌써 동네 사람들로 가득 찼다. 아내는 보약처럼 아껴 먹던 고춧가루와 고추장을 듬뿍 넣었다. 난생처음 보는 시뻘건 요리에 호기심이 넘친 사람들의 눈동자가 마구 굴러다녔다.

마침내 시식 시간. 먼저 한 입 맛본 나디아가 놀라서 소리쳤다.

"와우! 너희들 지금 이란인들을 다 죽이려는 거지!?"

모흐센은 매워 눈물까지 흘리면서도 동네 대장답게 "향미, 굿!" 하며 씩씩한 목소리로 엄지손가락을 세웠고, 알리는 강아지처럼 혀를 내밀고 "하아! 하아!" 삘삘 땀을 흘리면서도 한 그릇을 깨끗이 비웠다.

착한 사람들. 눈물, 콧물을 찍어내며 연신 웃고 있는 그들이 고마웠다. 한국의 매운맛이 그들의 지루한 일상에 자극이 되고, 오늘 흘린 눈물이 그들 상처에 새살을 돋게 해주었으면 하는 마음으로 우리도 즐거웠다.

떠나는 날이 되었다. 나디아가 한 달만 더 머물다 가라고 한다. 첫날 뭔가 할 일이 있을까 해서 여기에 왔다고 하지 않았느냐, 너희들의 할 일은 우리들과 함께 노는 거다, 아이들의 얼굴이 더 밝아진 건 너희들 때문이라고, 그녀는 우리 발길을 붙잡으려 했다.

하지만 나그네란 언젠가는 떠나기 마련. 우리는 작별인사를 했다.

"너희들이 오랫동안 그리울 거야. 우리 이다음에 다시 만나자!"

어느 날, 나디아에게 이런 상황에서도 어떻게 밝은 웃음을 잃지 않을 수 있는지 놀랍다고 말한 적이 있었다. 그때 그녀가 대답했다. '인샬라' 라고. 모든 것은 신의 뜻이라고. 우리들의 마지막 인사에도 그들은 언제나처럼 대답했다.

"인샬라."

여행중에 알리와 몇 차례 메일을 주고받았다. 우리 부부의 여행 웹사이트에서 밤Bam 사진을 보고 동네 아이들이 좋아했다며 우리 부부의 사진을 한 장 보내달라는 내용이었다. 그러나 무슨 이유인지 그 이후에는 메일을 보내도 답이 없다. 소녀 자흐라의 집이 예쁘게 다시 지어졌는지, 재수생 알리는 대학에 갔는지, 모흐센은 정육점을 다시 열었는지, 나디아는 다니던 호텔에서 계속 일하는지……. 묻고 싶은 말이 넘치는데 말이다.

아무도 이 도시를 빠져나갈 수 없다

페루 푸노의 티티카카 사람들

푸노. 페루와 볼리비아의 국경 도시. 해발 3,820미터 티티카카 호수변의 도시. 싱싱한 송어를 단돈 1달러에 맘껏 먹을 수 있는 도시. 아내와 내가 알고 있는 푸노에 대한 것들이다. 하지만 푸노에서 나그네 부부를 기다리고 있던 것은 뜻밖의 상황이었다.

쿠스코에서 도착한 다음날, 볼리비아 입국 비자를 받기 위해 아침 일찍 거리로 나섰다. 찬 기운이 몸에 착 엉겨왔다. 머리까지 아파 고도가 높은 곳이라는 걸 실감한다. 최대한 느린 걸음으로 길을 걷는데도 아내는 계속 뭔가 편하지 않다는 표정이다.

"이 도시에는 뭔가 수상한 점이 있어."

나 역시 무언가 낯설긴 한데 그 정체를 알 수 없다. 거리는 여느 도시와 다름없었다. 길모퉁이에서는 한 아이가 꼬질꼬질 때 묻은 손으로 크고 둥근 빵을 팔고, 중절모를 쓴 할아버지가 광장 벤치에 앉아 아침 햇살을 쬐고, 알록달록한 원색의 통치마를 입은 여인들이 느릿느릿 그 앞을 지나다녔다.

우리는 대사관에서 비자를 처리하고 시장판에 앉아 1달러 하는 송어구이를 두 마리나 먹어치울 동안에도 수상함의 이유를 알아채지 못했다. 이윽고 티티카카 호수 투어를 알아보느라 여행사를 찾아가던 길, 사거리 한가운데에서 한 무리의 남자들이 드럼통에 불을 지피고 있었다. 주변에는 크고 작은 돌들이 어지럽게 흩어져 있었다.

"아!"

그 순간 아내와 나는 무릎을 쳤다. 그랬다. 아침부터 이상했던 점은 바로 차였다. 지금껏 굴러다니는 자동차라고는 보지 못한 것이다. 운수노동자들이 파업중이었다. 우리는 왠지 신이 나서 '물 만난 송어' 처럼 눈빛을 반짝이며 파업 행렬을 따라나섰다. 쫄망쫄망한 아이들부터 갓난아이를 들쳐 업은 여인까지 그 행색이 실로 다양했다. 사람들은 자신들의 구호를 흉내 내는 우리를 보며 함박웃음을 터뜨렸다.

마침내 파업 행렬은 시청 앞 광장에 이르러 자리를 잡았고, 한 남자가 나와서 이야기를 시작했다. 협상에 대한 결과 보고 같은데 알아들을 수는 없지만 청중들의 표정으로 보아 잘 안 된 모양이다. 파업이 길어질지도 모른다는 생각에 조금 걱정이 되기 시작한다. 볼리비아에 사는 선배가 미국으로 휴가 가기 전에 도착하기로 했기 때문이다.

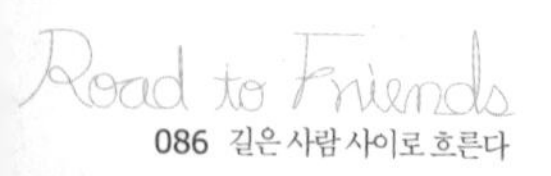

티티카카 바다 같은 호수에서 별들이 춤을 춘다

그 자리를 떠나 곧장 터미널로 갔다. 역시나 버스만 줄지어 서 있을 뿐 운전사는 한 명도 없다. 짐 보따리를 잔뜩 부려놓은 승객들만 바닥에 주저앉아 언제 운행할지 모르는 버스를 기다리고 있었다. 바로 그 유명한 남미의 파업. 여행자의 일정을 엉망으로 만들고 귀국 비행기도 놓치게 하는, 말로만 듣던 그 파업이었다. 다시 관광 안내소를 찾아갔다.

"걱정 마세요. 하루면 끝날 테니까. 매년 이맘때 하는 파업이에요."

여직원 프란체스카의 설명과는 달리 파업은 다음날도 계속되었다. 놀랍게도 파업이 시작되자 도시는 완벽하게 멈춰버렸다. 바퀴를 달고 굴러다니는 거라고는 경찰차와 자전거에 매단 인력거뿐이었다. 이튿날 다시 관광 안내소를 찾았다.

"파업이 언제 끝날 것 같아요?"

"이런 적이 없었는데……. 하지만 염려 마세요. 곧 끝날 겁니다."

시 정부에 대한 노동자들의 요구는 세금 삭감, 도로 정비, 안전 요원 확충이라 했다. 다른 것은 몰라도 도로 문제만큼은 옳은 주장이다 싶다. 그간 우리가 겪은 페루 도로는 통행료에 비해 그 상태가 말이 아니었기 때문이다.

"정말 이 도시를 빠져나갈 방법이 없나요?"

"죄송하게도 그렇습니다. 외곽으로 통하는 도로마다 바리게이트를 쳐놓아서 지금은 어떤 차도 이 도시를 빠져나갈 수 없는 상황이에요."

어떻게 이토록 완벽하게 파업을 진행할 수 있을까. 이제 코파카바나

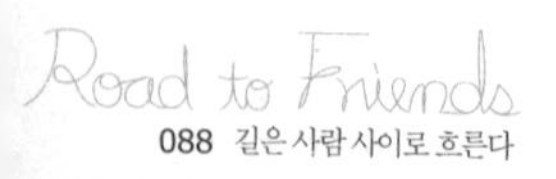

를 포기하고 곧장 코차밤바로 간다 해도 시간이 넉넉하지가 않다. 휴우. 미안해하는 프란체스카를 뒤로하고 관광 안내소를 나선다. 그때 삐끼 한 명이 따라붙었다.

"너희들 볼리비아로 가고 싶지?"

"……?"

"버스가 있어."

"정말?"

그는 어느 여행사로 아내와 나를 데려갔다. 정말이었다. 새벽에 파업 노동자들의 눈길을 피해 안데스 산을 넘고 넘어 버스를 운행한다는 것이다. 물론 평소보다 열 배나 비싼 요금으로. 하지만 돈도 돈이지만 그런 버스를 탈 수는 없었다. 아무리 바빠도 얌체 같은 여행사의 행태에 동조할 수는 없는 일.

다만 한 가지 방법이 있기는 했다. 모터보트를 타고 티티카카 호수를 건너는 것. 살짝 구미가 당겼다. 이런 상황이 아니라면 해볼 수 없는 경험이 될 것이다. 당연히 여행사는 엄청난 폭리를 취하며 일정과 마음이 급한 여행자를 유혹하고 있었다. 그들에게 파업은 돈을 벌 수 있는 또 하나의 기회일 뿐. 아내와 난 티티카카 호수 투어를 다녀와서 어떻게 할지 결정하기로 했다.

다음날 아침, 선착장을 떠난 배는 한 시간 만에 우로스 섬에 도착했다. 우로스는 지도에 없는 섬이다. 호수 위를 이리저리 떠다니는 섬이니 지도에 있을 리가 없다.

티티카카 물감을 푼대도 이보다 새파랄까

섬에 발을 내딛자 물컹 하고 발이 빠져들 것만 같다. 갈대처럼 길쭉하게 생긴 '토토라totora' 뿌리를 엮어 땅을 만들었기 때문이다. 그 두께가 2미터 정도인데 아래 땅을 3주마다 교환해 주고 그 위에 다시 줄기를 깔아놓는다.

실제 우로스에서 토토라의 쓰임새는 절대적이다. 토토라로 땅을 만들고, 집을 짓고, 배를 만들고, 장작으로 쓰고, 각종 공예품을 만들어 내다 판다. 심지어 하얀 밑부분은 먹기까지 한다는데, 먹어보았더니 맛은 밍밍하기만 했다. 다시 가이드의 설명이 이어진다.

"이곳 섬들에는 500여 명이 살고 있어요. 25개 섬으로 쪼개져 있지만 예전에는 일곱 개뿐이었죠. 마을 안에 중요한 이견이 생겨서 큰 싸움이 있고 나면 섬을 잘라냈대요. 칼로 쓱싹쓱싹. 간단하죠. 그렇게 서로 갈라지고 섬 숫자가 늘어나는 거죠. 첫 이견은 아마 관광객을 받는 문제였다고 하네요. 재미있죠?"

이들 조상은 잉카 문명 이전부터 티티카카에서 살아왔다고 한다. 그 오랜 세월 그들 생활수단은 송어와 물새 잡이였다. 실제 섬에는 동그랗게 구멍을 뚫어 연못처럼 '작은 호수'를 만들고 그곳에 송어를 풀어놓았다. 또 산 채로 잡은 물새를 기르기도 한다.

하지만 관광객이 들어오면서부터 사정은 달라졌다. 섬사람들은 이제 낚시와 사냥보다는 주로 관광객에게 공예품을 파는 것으로 생계를 꾸려간다. 그것이 못마땅한 사람들은 섬을 칼로 잘라내고 서로 나뉘어졌을 것이다. 그런데 재미있다니. 나 역시 관광객이지만 황망함이 가

티티카카 지도에 없는 섬 '우로스'와 도무지 지상의 풍경 같지 않는 섬 '타킬레'

슴 아래에서 일어선다. 도시인은 가끔 오지를 꿈꾸지만, 그들의 발길이 닿는 순간 오지는 사라지는 것이다.

다시 두 시간을 달려 두 번째 섬 타킬레에 도착했다. 폭 1킬로미터, 길이가 6킬로미터인 섬에는 2,000여 명이 살지만 도로도 차도 없으며 무슨 이유인지 개도 없단다. 그냥 파랗다는 색감만으로는 설명할 수 없는 티티카카와 호수 위에 떠 있는 듯 아스라하게 이어지는 오솔길, 그리고 옹기종기 모여 앉은 마을. 섬은 도무지 지상의 풍경 같지 않았다.

마을에는 때마침 결혼식이 열리고 있었다. 마을 입구 아치형 돌문에 들꽃이 걸렸고, 청년들이 그 아래에서 남미 기타와 아코디언으로 흥을 돋운다. 안쪽에서는 아낙들이 커다란 무쇠솥을 내걸고 잔치 음식을 만드느라 모락모락 허연 김을 피워 올리고 있다. 그 가운데에 신랑 신부가 마주하고 동네 어르신들이 둘러앉았다. 중절모를 쓴 신랑과 사각모를 쓴 신부. 둘 다 알록달록한 색의 천을 둘렀는데, 가만히 보니 양손이 앞으로 꽁꽁 묶여 있다.

"신랑 신부는 해가 질 때까지 양손이 묶인 채 술과 음식을 주는 대로 다 받아먹어야 하죠."

"아이, 불쌍해라!"

가이드의 설명에 여기저기서 안타까운 탄성이 터져 나온다.

"후후. 재미있는 것이 또 있어요. 이 섬에서는 여자만이 신랑을 선택할 수 있대요. 여자가 처녀의 상징인 머리띠를 사랑하는 청년에게

주는 거죠. 그래서 그 머리띠를 훔치는 도둑 신랑이 생기기도 하고요. 그런데 결혼한 다음에는 사정이 달라요. 이번에는 신랑만이 바람을 피울 수 있다나봐요."

이때 여행에 관록(?)이 제법 붙은 내가 사진 좀 찍어도 되냐며 눈치껏 잔치 마당 한가운데로 들어섰다. 그런데 어라, 어르신들이 나를 붙잡고는 거품 가득한 맥주를 권하신다. 한 잔, 두 잔……. 일행들은 내게 엄지손가락을 세워 보이고, 난 조금 우쭐해졌다.

그렇지만 신부는 쑥스러운지 얼굴을 파묻고 사진 찍을 기회를 좀처럼 주지 않는다. 그때 뒤늦게 나타난 미국인 투어 팀. 신부 옷자락에 1달러짜리 지폐를 줄줄이 달아준다. 이런! 어르신들이 얼른 자리를 털고 일어나더니 직접 신부 얼굴을 들어주며 사진 포즈를 잡아주는 것이 아닌가. 일행들은 배꼽을 잡으며 웃고, 난 머리를 긁적였다. 새로 음식이 차려지자 술잔이 돌고 노래가 날고 잔치는 더욱 무르익어갔다. 지구 반대편 땅의 결혼식, 어쩜 이렇게 친근한지. 마을 청년들의 어깨너머로 바다 같은 티티카카가 지켜보고 있었다.

다시 푸노로 돌아왔다. 그러나 파업은 쉽게 끝날 것 같지 않았다. 파업 구경도 하루이틀이지 점점 더 지루해졌다. 이제 시간도 없다. 호텔 매니저건 파업 노동자건 경찰이건 만나는 사람마다 붙잡고 물어보지만 돌아오는 대답은 한결같다.

"마냐나 테르미나르(내일은 끝날 것 같아)?"

"시Si(그럼)!"

티티카카 지구 반대편 땅의 결혼식, 이렇게 친근할 수가

그들은 '예스'란 대답밖에 모르는 모양이다. 오후면, 저녁이면, 다시 내일 오전이면 틀림없이 끝날 거라던 파업은 연일 계속되었다. 이제 하루에도 서너 차례 관광 안내소에 들러 협상 결과를 확인하는 것이 우리 일과가 되어 있었다. 그 덕분에 안내소의 프란체스카와 친해졌는데, 그녀는 내가 문을 열고 들어서기만 하면 벌써 "노 아 테르미나도(아직 안 끝났어)……" 하며 미안해한다.

초조한 사람은 떠나야 하는 여행자들일 뿐, 도시는 차가 안 다닌다는 점만 빼면 약이 오를 정도로 모든 것이 정상적이고 느긋하기까지 했다. 아내와 나는 금요일 저녁까지만 기다려보기로 했다. 파업이 다음주로 넘어간다면, 잉카 축제(태양의 축제)가 끝나는 주말부터 쿠스코에서 여행자들이 몰려들 테니 시 정부나 노동자 측 모두 부담이 클 것이다.

드디어 금요일. 오전 열 시부터 시작한 협상은 세 차례나 중단되었다가 시작했다. 저녁 일곱 시, 마지막이 될 것 같다던 세 번째 교섭. 떨리는 마음으로 관광 안내소 문을 열어본다.

"로 시엔토(미안해)!"

잘못한 거라고는 조금도 없는 프란체스카가 미안해서 어쩔 줄을 모른다. 결국 최종적으로 협상은 결렬된 것이다. 그녀도 파업이 다음주까지 넘어가면 장기화될 것 같다는 염려를 덧붙였다. 볼리비아로 서둘러 가기 위해 잉카 축제도 포기하고 나선 길이었는데, 축제가 끝날 때까지도 푸노에 갇혀 있는 꼴이라니!

이제는 별 도리가 없다. 아내와 난 기다릴 만큼 기다렸고, 배 삯이 열 배 아니 스무 배라도 티티카카를 건너는 방법밖에는. 그동안 조금이라도 가격을 깎아두느라 뻔질나게 들락거렸던 여행사로 곧장 갔다.

"우리가 졌다. 손들었다고! 내일 아침 배, 그것도 로열석으로 끊어줘!"라고 막 말할 참이었는데, 빅 뉴스가 선물처럼 우리를 기다리고 있었다.

"올라, 아미고(친구)! 끝났어. 마침내 파업이 끝났다고!"

야호! 우리는 기쁨에 두 손을 다 쳐들었다. 긴 기다림을 보상하고도 남을 달콤하고 짜릿한 순간이었다. TV에서는 협상 타결 소식을 바쁘게 전하고 있었다. 그날 아내와 나는 '티티카카 송어구이'를 사 먹으며 푸노에서의 마지막 밤을 기념했다.

"아마 내일이면 우리는 볼리비아에 있겠지? 그리고 오늘이 그리워지겠지?"

그럴 것이다. 아내의 말처럼 우리는 곧 이곳을 그리워할 것이다. 언제나처럼. 1달러짜리 송어와 시리도록 파란 티티카카를. 프란체스카와 티티카카의 순박한 섬사람들을. 심지어 광장을 지키고 섰던 경찰들까지도. 그리고 할 일 없이 어슬렁거리며 지루해했던 이 모든 시간을 오랫동안 사랑하게 될 것이다.

TRAVEL TIP

또다른 세상으로 가는 관문

'국경 넘기'는 여행에서 빼놓을 수 없는 즐거움이다.

처음 내 두 발로 걸어 베트남 국경을 넘었을 때의 흥분을 쉽게 잊을 수 없다. 아오자이와 농라(베트남 고깔모자)로 어느새 사람들의 옷차림이 달라져 있었고, 지폐에서는 통통한 마오쩌둥 대신에 깡마른 호치민이 노려보고 있었다. 시간도 한 발 뒤로 물러났다. 중국 국경도시 '핑시앙'에서 이미 지나쳐온 '오전 11시'가 한 시간 후 베트남에서 다시 찾아온 것이다. '25시'인 하루. 그렇게 국경 하나를 사이에 두고 모든 것이 변한 것만 같았다.

인도에서 파키스탄 국경을 넘을 때도 마찬가지였다. 인도 여행 내내 여행자의 주의를 요했던 소똥이 온데간데없었다. 물론 길거리를 어슬렁거리던 늙은 소들도 사라졌다. 식당 메뉴에 인도에서 결코 볼 수 없었던 소고기가 등장했고, 그 대신 이슬람이 금지한 돼지고기는 지워지고 없었다.

그뿐이 아니다. 미국 샌디에이고에서 버스를 타고 멕시코 국경 도시 티후아나에 도착했을 때는, 타임머신을 타고 20~30년 전의 과거로 돌아간 느낌이었다. 포장마차, 어수선한 거리, 페인트를 칠하다 만 건물 벽, 이방인에 대한 호기심 어린 눈빛, 그리고 밤에 돌아다닐 수 있는 자유까지 한순간에 또다른 세상이 펼쳐진 것처럼 어지러웠다.

하지만 주의 깊게 보면 갑자기 바뀐 건 아니었다. 국경이 가까워지면 벌써 이웃나라의 냄새가 나기 시작하고, 물품은 물론이고 사람들의 피부색까지도 닮아간다. 그 옛날 국경이 생기기 전에는 같은 종족이었을 수도 있고, 물품이 넘나들며 서로의 문화에 영향을 주고받았다는 걸 보여주겠다는 듯. 그리고 그곳에 국경 사람들의 삶이 있다. 보따리를 두세 개씩 짊어지고도 가슴팍에, 허리춤에, 치맛자락 안에, 밀수용 담배 한 보루씩 끼워놓고 국경을 넘나드는 상인들이 인터넷 시대에도 여전히 문화 전달자의 역할을 해내고 있었다.

이래서 여행자는 육로로 국경 넘기를 마다할 수 없다. 국경선 하나를 사이에 두고 피부색과 언어와 음식과 옷차림이 달라지는 것을 볼 때의 놀라움은 물론이고, 문화가 전달되고 섞여가는 과정을 보는 신비로움이, 버스에서 내려 오토바이로 갈아타고 다시 배낭을 메고 걸어 국경을 넘는 그 모든 수고로움을 다 보상해 주고도 남기 때문이다.

물론 유쾌하지 않을 때도 있다. 우선 국경을 넘자마자 물가가 갑자기 치솟을 때가 그렇고, 마약 생산국 볼리비아를 빠져나올 때처럼 짐 검사를 호되게 당할 때도 그렇다. 또 미국이나 이스라엘처럼 입국 심사가 까다로운 경우도 마찬가지다.

미국 국경을 넘을 때의 일이다. 토론토에서 야간버스를 타고 국경을 통과했는데, 45인승 버스 승객 대부분은 흑인이거나 동양인이었다. 그날, 자정이 넘어선 시각이었지만 두 시간이 넘도록 짐 검사를 당했다. 버스 선반에 두고 내린 작은 가방까지 경찰이 들고 나와 바닥에 툭툭 내팽개치더니, 마치 군대

에서 신병 군기 잡는 분위기로 수색견이 몇 차례나 왔다 갔다 하며 내내 살벌함을 연출했다.

어디 그뿐인가. 여권 검사를 하며 열 손가락의 지문을 다 찍고도 모자라 얼굴 사진에 눈동자 사진까지 찍혀야 했다. 내 참, 비자 받느라 엄청 고생했건만, 그렇게 받은 비자를 가지고 또 무슨 검사를 저리도 오래 하는지……. 불쾌해진 나는 왜 지문을 찍어야 하는지 따져 물었다.

"혹시 여권을 분실할 경우, 좀더 빠르고 편리하게 처리하기 위해서입니다."

여권과 비자에는 일련번호가 있기 때문에 아무런 문제가 되지 않음을 그들도 알고 우리도 알고 있는 사실이건만, 궁색한 변명이 돌아왔다.

두 시간 후, 결국 무슨 사연인지 입국을 거부당한 흑인 두 명을 추운 국경에 버려두고 버스는 꿈의 나라 미국 땅으로 들어섰다. 우스웠다. '문명의 시대'라는 지금, 한편으로는 끊임없이 전쟁을 만들어내면서 또 한편으로는 이런 식으로 국경선을 지키려 하다니.

사실 여행을 떠나기 전에 내게 국경이란 그저 지도에 그어놓은 선일 뿐이었다. 허리가 잘린 '반도형' 섬나라에서 살아온 자에게 더이상의 상상은 어려운 일일지도 모른다. 하지만 지금 내게 국경은 지도 안에서 튀어나와 살아 움직이는 무엇이다. 역사이고 문화이며 삶이다. 그리고 또다른 세상을 향한 관문이다. 그래서 '국경 넘기'는 언제나 여행자를 설레게 한다.

TRAVEL TIP

장기여행자의 배낭 이야기

베스트 여행가는 배낭 무게가 가볍고 여행 잘할수록 배낭은 비어 있다고들 한다. 그릇은 비어 있어야 채울 수 있듯이 여행자의 배낭도 마찬가지라는 뜻이리라. 그런데 우리에게는 참으로 어려운 이야기다. 3년을 여행하고도 그 경지에 이르지 못했으니……. 오히려 출발할 때보다 배낭이 더 무거워지고 빵빵해져 돌아왔으니 사실 할 말이 없다.

그래도 몇 가지 변명을 하자면 이렇다.

여행자에게 배낭은 그 자체로 살림살이라 할 수 있다. 그래서일까. 여행이 길어지면 살금살금 '적' 들이 등장한다.

아내와 내게 가장 강력한 적은 무엇보다 한국 음식이었다. 이란에서처럼 밋밋한 양고기 요리를 한 달 가까이 먹어야 했을 때, 덜컹거리는 장거리 버스를 타고 녹초가 되어 도착한 아침에, 사막의 모래바람으로 입 안이 버석거릴 때, 두부 숭숭 썰어 넣고 끓인 된장찌개나 김치찌개까지는 아니더라도 얼큰한 라면 국물에 흰 쌀밥을 말아먹고 싶은 그 간절함에는 감히 저항할 수 없다. 그리하여 전기버너, 코펠, 수저, 고춧가루, 고추장, 라면 등등이 배낭 구석자리를 파고들기 시작한다. 심지어 이민자 가정을 방문하는 날에는 한 통의 된장까지 새 식구가 되어버리는 것이다.

그 다음이 책이다. 가이드북이야 그때그때 사거나 바꿨기에 문제될 건 없었다. 하지만 여행 준비가 부족했던 우리는 여행하면서 나라별로 한두 권씩의 책을 읽었는데, 그것이 쌓이면서 엄청난 짐이 되고는 했다. 어쩌다 책에 욕심이 많은 주인을 만난 죄로 나의 배낭은 인편이나 우편으로 한국에 부치기 전까지는 그 무게를 홀로 감당해야 했던 것이다.

그리고 또 하나. 장기여행자에게 심각한 갈등거리 중 하나는 쇼핑이 아닐까. 쇼핑을 그다지 좋아하지 않는 나도 이국땅에서는 꼭 사고 싶은 것들이 넘쳐났다. 이란의 페르시안 카펫, 볼리비아 우유니의 소금으로 만든 야마 인형, 아르헨티나의 개인용 가죽 차통, 탄자니아 잔지바르 섬의 그림 한 장……. 아, 그러나 어쩌랴. 하나하나 양보하다 보면 끝도 없는 것임을. 무심결에 만지작거리다 눈을 질끈 감고 돌아설 때마다 아내의 핀잔을 들어야 했다.

"쯧쯧, 추억은 가슴에 담아야지!"

마지막 '적'은 손때 묻은 물건들이다. 낡은 티셔츠 한 장도, 저 녀석 지금까지 우리 여행에 함께했는데 싶어 쉽게 버릴 수가 없었다. 이럴 때는 아내와 나는 한 번씩 배낭을 몽땅 뒤집어 쏟아냈다가 다시 짐을 꾸린다. 그렇게 가끔 '이별식'을 치러줘야 배낭도 적절한 자기 체중을 유지할 수 있기 때문이다.

여행은, 특히 장기여행은, 한편으로는 짐과의 싸움이라고 하면 너무 과한 이야기일까. 우리 부부는 베스트 여행가는 못 되더라도 나름대로 매번 절제하며 혼신의 힘을 다했다고 자부한다. 하지만 여행에서 돌아와 낡고 해진 배낭 속에서 기어 나오는 잡동사니들을 보면서 웃음이 새어나왔다. 3년을 여행하는 동안 과연 이것들을 몇 번이나 사용했을까?

더 황망했던 것은 부모님 집에 맡겨두었던 예전 살림살이를 풀었을 때다. 1년에 한두 번도 입지 않았을 옷가지들, 다시 한 번 펼쳐보지도 않았을 누렇게 바랜 책들, 집들이 이후 단 한 번도 사용해 보지 않았을 접시들……. 인생 제2막을 열어보겠다고 여행을 떠나면서도 뭘 이리 많이 남겨두었을까.

지금 여행에서 돌아와 농촌으로 이사 오기 전까지 우리 부부는 실평수로 채 열 평이 안 되는 임대 아파트에서 살았다. 가끔 이웃에서 우리 집을 들여다 보고는 말하곤 했다.

"이 집은 왜 이리 넓어 보여요?"

이유야 간단하다. 이불장도 텔레비전도 없고, 냉장고도 식탁도 아담해서

다. 배낭 두 개에 비하자면 열 평 아파트도 무지하게 크기 때문이다. 그건 여행이 우리 부부에게 가져다준 선물 중 하나다. 비록 스님들의 선방처럼 하얀 여백 속에 살고 싶다는 바람은 아직 이루지 못했지만 말이다.

: 우리 부부의 여행 배낭을 공개합니다 :

노트북 배터리 3.6kg + 세면도구 0.62 + 디지털카메라 1.122 + 구급약 0.753
필름카메라, 필름 0.823 + 기념품, 실, 바늘 0.954 + 전자제품 부속품 1.024
생리대, 휴지 0.75 + 전자수첩 0.225 + 코펠, 버너 1.46 + 음악 영화 CD 0.426
등산용 칼, 컵 0.357 + 삼각대 0.5527 + 망원경 0.158 + 침낭(2), 모포 3.8528
등산 로프 0.29 + 매트리스 0.829 + 보온병, 차 통 0.610 + 속옷(3), 양말(4) 0.930
김, 고추장 0.611 + 겨울바지, 점퍼 1.5531 + 멸치, 녹차, 껌 0.4512
남방, 티셔츠(3) 1.0532 + 꿀, 매실액 1.013 + 모자 장갑 0.5533
여행 명함(150장) 0.214 + 수건 0.434 + 자료 파일 0.5515 + 윈드재킷 0.635
일기장, 수첩 0.716 + 수영복, 내복 0.436 + 책 5.217 + 우의, 우산 1.1537
선글라스 0.239 + 로션, 선블록 0.9540 + 샌들 1.1538
배낭 55L 2.2518 + 배낭 45L 2.1519 + 배낭 30L 1.020 + 배낭 25L 1.0

= 총 무게 45kg

ROAD 2 : ■ ■ ■ ■ ■

만남의 길

신의 실수는 미국을 이웃나라로 만든 것

멕시코시티의 기예르모 가족

아내와 내게도 여행 철학이 있다. 먼저 도시에 도착한 첫날은 걷는 것이다. 특별한 목적지 없이 하루 종일 어슬렁거리며 돌아다닌다. 경험상, 그렇게 걸어보지 않은 도시는 시간이 지나면 잘 생각나지 않기 때문이다. 그건 예전에 알고 지냈던 사람 얼굴이 어느 순간 떠오르지 않는 일만큼 당혹스럽다.

광장과 시장과 뒷골목을 기웃거리다 보면 그 도시에 대한 어떤 느낌이 머릿속에 남고는 하는데, 우리에게 멕시코시티는 인생이 힘겨워도 자존심을 잃지 않은 꼿꼿한 중년 남성의 이미지로 새겨졌다. 본토의 그들은 더이상 미국에서 천덕꾸러기 취급을 당하던 멕시칸들이 아니었다.

멕시코시티에 도착한 이튿날 친구에게 전화를 걸었다.

"한국에서 온 용이라고 해요. 기예르모와 통화할 수 있을까요?"

"와우! 용. 나야, 기예르모! 으하하하! 지금 어디야? 멕시코에 온 거야?"

기예르모는 캐나다 밴쿠버에서 지낼 때 만난 어학원 친구다. 말이 많았고 언제나 장난기가 가득했다. 좀 싱거운 친구라 생각했는데, 이라크 전쟁 반대 시위에서 우연히 만난 이후 더 친하게 지냈다. 어느 날 그에게 물어본 적이 있다.

"넌 밴쿠버가 좋은가봐?"

"넌 아냐? 좋잖아. 깨끗하지, 안전하지, 피부색 차별 없지. 댄스클럽에, 바에, 전세계 요리에…… 없는 게 없잖아?"

그 무렵 아내와 난 밴쿠버의 비가 지겨워졌다. 내리는 것도 아니고 안 내리는 것도 아닌, 우산을 쓰기도 뭐하고 안 쓰기도 뭣한 밴쿠버의 비. 그래서일까. 세상의 어떤 고민거리와도 무관할 것처럼 씩씩하기만 했던 그가 부럽기도 했다.

이제 멕시코로, 일상으로 돌아온 그가 궁금했다. 그는 약속 시간보다 좀 일찍 우리가 묵고 있는 호스텔로 찾아왔다. 얼굴이 아주 좋아 보였다. 밴쿠버에서 보았던 그가 아니었다. 잘 정돈되고 안정된 느낌이랄까. 확실히 그는 여행길에서 일상으로 돌아와 있었다.

"오, 아미고스Amigos(친구들)! 웰컴 투 멕시코!"

"반갑다. 너, 많이 행복해 보인다."

"으하하하! 그래? 나 사업 시작했거든. 그리고 여자친구가 생겼어."

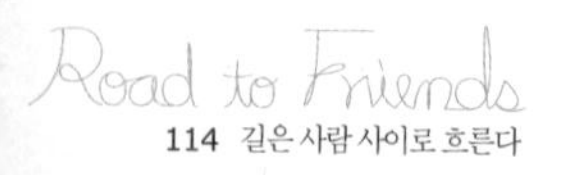

멕시코시티

"정말이야? 야아, 축하한다."

"너도 아는 친구야. 선이Sunny라고. 코리안. 우리 클래스였잖아."

"정말?"

"어제도 통화했는데 보고 싶어서 내가 막 울었어. 흑흑! 나, 빨리 돈 벌어서 선이랑 결혼할거야."

사랑에 빠진 그는 행복해 죽겠다는 표정이었다. 하지만 과연 그들의 사랑이 별 어려움 없이 쉽게 이루어질 수 있을지. 지구 반대편에 사는 두 사람의 사랑이 어쩐지 안쓰러웠다. 미국이나 유럽이 아닌 중남미 나라 멕시코. 그저 못 사는 나라라고만 생각하는 사람들도 많을 텐데…….

"맥주와 테킬라, 뭐로 할래?"

"멕시코에 왔으니 당연히 테킬라지!"

기예르모는 친구 한 명을 불러내 '콘티나contina' 라고 부르는 전통 바bar로 우리를 데리고 갔다. 문을 열고 들어서자 뜨거운 열기가 얼굴에 확 끼쳤다. 많은 사람들이 좁은 공간에 서로 등을 맞대고 빈틈없이 차 있고, TV에서는 축구 경기 중계가 한창이었다. 한국의 선술집처럼 왁자지껄한 분위기가 마음에 들었다.

"잘 보세요. 먼저 엄지와 검지 사이에 소금을 살짝 얹고 그 위에 레몬즙을 짭니다. 그리고 한입에 '흡' 빨아 먹고는 얼른 테킬라를 마시는 거죠. 한번 해봐요."

기예르모의 친구가 테킬라 마시는 법을 가르쳐주었다. 그때였다.

"고오오올!"

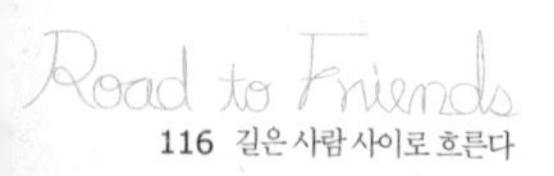

아마 라틴아메리카를 여행해 본 사람은 알 것이다. 아나운서의 끊어질 듯 끊어질 듯 이어지는 이 기괴한 소리. 이제 콘티나는 광란의 도가니로 변했다. 멕시코시티 홈팀이 골을 넣은 모양이다.

"우와, 우와아!"

아내와 나도 덩달아 일어나서 소리를 질렀다. 옆 테이블의 아저씨가 나를 부둥켜안더니 마구 흔들어댔다.

"용, 다음 주말까지 있으면 안 돼? 춤추러 가자. 멕시코에 왔으면 나이트클럽에도 꼭 가봐야지!"

축구가 끝나고 밤이 깊어갔지만 술을 곁들인 이야기는 계속됐다. 멕시코 친구들은 경제가 어렵다고 걱정했다. 일자리가 없다고, 정치가 엉망이라고, 모든 것이 예전 같지 않다고 했다. 두 사람의 한숨이 자리를 데웠다. 그런데 웬일일까. 푸근했다.

'사람 사는 것 참 비슷하구나.'

살내음이 났다.

다음날 기예르모의 가게로 갔다. 직업 군인들을 대상으로 군복, 마크, 탄띠 등의 소모품을 파는 곳으로 바로 오늘이 개업날이었다. 아내와 나는 작고 둥근 벽시계에 '축 개업'이라고 예쁜 한글을 써서 선물했다.

"한국에서는 신장개업하면 벽시계와 양초를 선물해."

"그래? 왜? 아, 아무튼 좋아. 그럼 너희들 떠나기 전에 나한테 양초도 사주고 가야겠다. 난 절반의 성공은 싫거든!"

WC

"그럼 이제 너의 성공은 우리에게 달렸다는 걸 알아둬."

드디어 아내와 내가 기다린 시간이 왔다. 기예르모 가족과 함께하는 저녁식사. 현지인을 만나서 함께 밥을 먹고 살림살이를 들여다보는 일은 여행에서 빠질 수 없는 즐거움이다.

기예르모네 집은 5층 아파트였다. 형과 여동생은 분가했고 자기만 부모님과 함께 산다고 했다. 셋이 살기에 충분했지만 부모님이 교사와 엔지니어로 평생 일한 것에 비하면 좀 작은 듯도 했다. 저녁 준비는 간단했다. 어머님이 샐러드와 타코(얇은 빵에 야채, 고기 등을 넣어 말아서 먹는 만두 비슷한 음식)를 만들었고 기예르모가 튀긴 닭과 맥주를 사 왔다. 아버님이 물어보셨다.

"음…… 한국에도 이렇게 큰 아파트 단지가 있나?"

"아, 그럼요."

"거리에는 자동차가 많이 다니나?"

"예. 너무 많아서 탈이죠."

아버님은 한국이 자동차 생산국이라는 것은 고사하고 한국에 대해

멕시코시티 우리가 좋아하는 일- 시장 어슬렁거리기

서는 한 번도 들어본 적이 없다는 듯 질문을 계속했다.

"중국 글자를 사용하나?"

"아니요. 한국만 사용하는 우리글이 있어요. '한글' 이라고 그림처럼 예쁩니다."

"그래, 지금 여행중이라고. 미국은 가봤나?"

"예. 아시아, 유럽, 캐나다, 미국을 거쳐 왔고, 이제 남미를 여행할 겁니다."

우리 부부가 1년 6개월째 여행중이며 아프리카도 갈 거라고 기예르모가 덧붙이자 도저히 믿을 수 없다는 표정을 지으신 아버님은 '나이는 얼마인지, 종교는 뭔지, 부모님은 건강하신지……' 등 이쯤에서 듣게 되는 예의 그 질문들을 퍼부으셨다. 이번에는 내가 질문했다.

"그런데 요즘 멕시코는 어떤가요?"

"폭스 대통령이 미국에 모든 걸 다 팔아넘겼지. 농부는 파산하고 도시에는 일자리가 없어. 견제해야 할 세력들도 예전과 다르고. 잘 나가던 교사 노조까지 그러니 원. 멕시코의 미래가 참으로 걱정이네. 이번 대선에서는 어떻게든 해야 할 텐데……."

"사파티스타는요?"

"미국에 저항하는 멕시코의 상징이지. 2001년 3월 11일. 그들이 평화행진으로 멕시코시티에 들어왔던 날, 우리 가족 모두 그 자리에 있었네. 그날의 감동을 잊을 수가 없어!"

"그랬군요. 저희도 사파티스타 평화캠프에 가볼 생각이거든요."

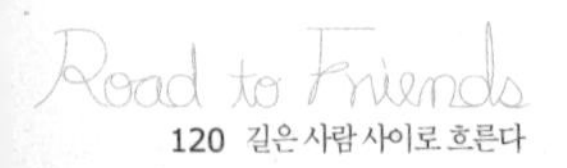

멕시코시티 골목길의 구두닦이

멕시코시티 소깔로 광장의 시위. '물과 전기, 생존권을 보장하라'

"정말인가? 자네들 혹시 마르코스를 만난다면 우리 가족의 인사를 꼭 전해주게나."

또 정치 이야기만 한다고 아버님을 나무라던 어머님도 한 말씀 덧붙이신다.

"사실 신께서는 멕시코에 모든 걸 주셨지요. 태평양 바다와 카리브해, 화산과 정글과 사막, 석유와 가스……. 부족한 것이 없어요. 디에고 리베라 같은 세계적인 화가도 태어나게 해주셨죠. 그런데 딱 한 가지, 신께서 실수를 하셨어요. 그건 미국을 이웃 나라로 만든 거예요!"

"아하하! 참 정치적인 가족이군요."

헤어질 시간이 왔다. 겨우 한나절을 함께했을 뿐인데, 어머님은 벌써 눈물을 글썽거린다. 아버님은 아내와 내 손을 꼭 잡으면서 기예르모에게 이런 말을 통역하라고 하셨다.

"이제 이 집은 너희들의 집이야. 언제라도 멕시코에 다시 온다면 꼭 들러야 해!"

언제나 헤어짐은 힘들다. 세상 모든 일은 반복해서 겪으면 익숙해지는 법이지만, 만남과 헤어짐은 그렇지 않을 모양이다. 아직도 나그네의 눈물샘이 마르지 않았다. 지구 반대편의 땅에서 우리를 기억하고 기다린다는 사람들. 아내와 난 이번 여행길에서 평생 만날 사람들을 만나 평생 받을 사랑을 한꺼번에 다 누리고 있는지도 모르겠다.

멕시코시티를 떠나는 날, 나올 필요 없다고 했지만 기예르모는 호스텔로 찾아와 우리와 버스 터미널까지 동행했다. 그와 마지막 인사를

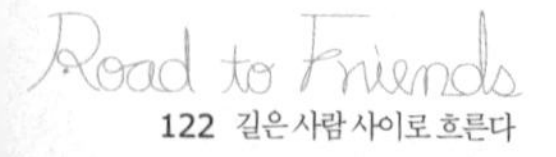

나누었다.

"우리 언젠가는 다시 만날 거야! 그렇지?"

"그럼, 언젠가는!"

그리고 그의 손에 양초를 쥐어주었다.

"네 나머지 절반의 성공을 위해서!"

기예르모는 우리가 떠나고 1년도 지나지 않아 사업을 그만두었다. 지난 멕시코 대선에서 좌파 후보의 선거 운동을 돕기 위해서였다고 그는 변명하지만, 글쎄, 잘 모르겠다. 아무튼 그는 지금 멕시코의 작은 좌파 정당에서 일하고 있다.
그는 가끔 메일로 가족 소식을 전해주기도 한다. 몇 달 전에는 멕시코로 여행하던 내 친구를 바쁘다는 핑계로 어머님께 떠넘기기도 했다. 그리고 멕시코시티의 녹색당 시의원인 그의 친구 레오나르도가 서울을 다녀가기도 했다. 참, 그는 이제 더이상 연애 이야기는 하지 않는다.

남자들은 다 똑같다니까!

헝가리 파폭에서 만난 빈의 아티스트 라인홀트

오스트리아 빈에서는 하고 싶은 일이 참 많았다. 미술사박물관도 가고, 오페라 공연도 보고, 고전 음악가들의 흔적도 찾아보고 싶었다. 하지만 아무것도 못했다.

빈에 도착한 첫날이었다. 아내와 난 저녁식사를 해결하는 문제로 툭탁거리기 시작했다. 그녀는 언제나 값이 저렴하면서도 맛있는 집을 신중에 신중을 기해 고르는 편이다. 손님이 북적대야 재료가 신선하다, 현지인이 많은 식당이 바가지요금이 없다 등 나름대로 선별 기준도 갖고 있었다. 반면에 나는 주로 이런 식이다.

"그냥 아무거나 먹자니까!"

그날도 내가 짜증내고 고집 부려서 그냥 눈에 보이는 식당에 들어가

피자를 시켰다. 그런데 문제는 피자가 정말 맛이 없었다는 점이다. 아내는 뾰로통해져서 내 탓을 하며 몰아세웠고, 궁색해진 난 버럭 화를 내며 계속 억지를 부렸다.

"배부르면 됐지! 그리고 피자 맛이 다 그렇지 뭘 그래!"

결국 아내도 화를 냈고 식당에서 나온 후 나는 성난 돼지처럼 씩씩대며 앞만 보며 걸었다. 얼마나 시간이 지났을까. 뒤가 허전했다. 나는 아내가 눈치 채지 못하도록 가재 눈으로 힐끔힐끔 보다가 이상한 느낌이 들어 돌아섰다. 어, 진짜 아내가 없었다.

'대체 어딜 간 거야?'

그 자리에 서서 10분 넘게 기다렸다가 왔던 길을 따라 기념품점이나 카페를 기웃거려보았지만 아내는 보이지 않았다. 점점 더 화가 났다.

'말도 없이 사라지면 나더러 어떡하란 말이야!'

식당에서 광장까지 몇 차례나 왕복하는 사이 한 시간이 훌쩍 흘러갔고, 거리에는 어느새 황금색 불빛들이 켜지고 있었다. 이제 조금씩 불안해지기 시작했다.

이런 내 심정과는 아랑곳없이, 밤이 내린 광장은 예술의 도시답게 낭만으로 넘실거렸다. 낡은 바이올린이 내는 소리에 맞춰 피에로가 익살스럽게 춤을 추었고, 머리를 노랗고 붉게 물들인 아이들이 무술에 더 가깝다고 해야 할 춤으로 겹겹이 둘러싼 관광객들로부터 박수갈채를 받고 있었다. 난 까치발을 하고 짧은 목까지 늘여보지만 그녀의 모습은 찾을 수 없었다. 그때 성당의 종소리가 '뎅뎅' 울렸다.

ADONIS

"그래, 미사!"

나는 성당으로 뛰어들었다. 허리를 절반으로 꺾고서 무대 앞까지 몇 번이나 오가며 애타게 아내의 존재를 확인했지만, 그곳에도 없었다. 그 순간 파이프오르간의 웅장한 소리와 함께 벼락처럼 하나의 메시지가 내 머리를 쳤다.

'아내는 어디로인가 사라져버린 것이다!'

난 아니라고 고개를 흔들었지만 쿵쾅거리는 심장소리는 점점 더 커져갔다. 아니야, 침착해야 돼. 별일 없을 거야. 그래, 먼저 차로 갔을지도 몰라. 맞아, 아마 그럴 거야……. 나는 뛰다 걷다 하며 30분 만에 우리 차를 세워둔 곳에 도착했지만 아내 대신 나를 기다린 것은 21유로짜리 '불법주차 벌금 딱지'란 놈이었다. 유럽에서 우리는 중고차를 구입해 약간의 개조 후 차 안에서 잠자며 여행하고 있었기에 서로 연락을 남길 숙소도 없었다. 시간은 무심하게 흘러 밤 11시를 넘어섰고 거리에는 인적마저 드물어졌다. 그때 영화 〈도망자〉의 해리슨 포드가 문득 떠올랐다.

'아내의 실종? 아냐, 그건 영화일 뿐이라고!'

난 머리를 쥐어뜯으며 해리슨 포드의 영상을 쫓아내려고 애를 썼다. 그러자 이제 10년 전의 그날이 생각났다. 신혼여행 첫날, 무작정 배낭을 메고 방콕에 도착한 우리는 공항에서 덜컥 호텔을 예약했다. 그것도 할인해 준다는 꼬임에 사흘씩이나. 하지만 광고 사진과는 전혀 딴판인 호텔방에서 결혼 후 첫 부부 싸움을 벌였다.

BRAHMS

ROSA STARITZ
FRANZ SIGMUND
1902 - 1960
HEDWIG SIGMUND
1905 - 1987

빈 삶과 죽음의 협주곡(?)

그때도 그랬다. 난 씩씩거리고 앞서 걸어가고 아내는 뒤처져서 말도 없고. 하지만 신혼여행에서 돌아올 때쯤 우리는 배낭여행의 매력에 흠뻑 젖어버렸다. 그래서 스스로에게 약속했던 것이다. 10년 안에 세계여행을 떠나기로. 그러고는 여행 자금을 모으기 시작했는데 당시 한 달 수입 50만 원 중 20만 원씩 적금을 붓는 괴력을 보이기도 했다.

하지만 3년 모은 적금은 솟아오른 전셋돈으로 들어갔고, 우리는 점차 바쁜 일상에 빠져들었다. 그리고 삶이 바람 빠진 풍선 같던 어느 날, 우리는 그날의 약속을 기억해냈다. 그러고 보니 꼭 결혼 10년째이던 해였다. 우리 부부는 미련 없이 전셋돈을 털었다. 그 돈이 바닥날 때까지 세상을 한 바퀴 돌아다녀보기로 작정한 것이다. 따지자면 여행 자금으로 모았던 돈이었으니 이제 제자리를 찾아간 셈이다.

그렇게 떠나온 여행인데, 지구를 반 바퀴도 돌기 전에 아내를 잃어버린 것이다. 찾아 나설 수도 무작정 기다릴 수도 없는 상황. 아내와 지내왔던 10년이 영화 장면처럼 지나갔다. 조금만 더 기다려보다가 자정이 지나면 대사관부터 연락하리라 마음먹고 있을 때였다. 골목 끝에서 익숙한 몸매의 실루엣이 나타나더니 성큼성큼 다가오는 것이다.

아, 아내였다. 어디로인가 사라졌던 내 아내가 돌아왔다! 그런데 이토록 감격해하는 나를 보는 아내의 표정은 실로 복잡했다. 처음에는 '놀람', 다음에는 '뜨악함', 마지막에는 '미안함'이었다.

처음 그녀는 앞만 보고 걷는 내 꼴이 보기 싫어 더 느리게 걷다보니 내가 사라졌고, 가다보면 만나겠지 하며 이것저것 구경하다 보니 오랜

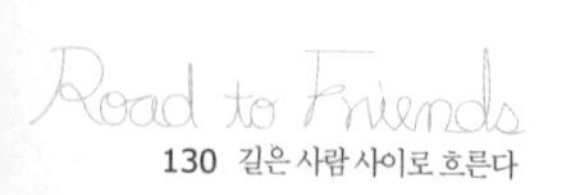

만에 찾아온 혼자만의 시간이 좋아졌고, 그 후로는 예술의 도시 빈의 거리를 시간 가는 줄 모르고 돌아다녔다는 것이다.

이렇게 온갖 상상으로 괴로웠던 밤은 나 혼자 시나리오 쓰고 상상한 한 편의 드라마로 끝이 났다. 아내의 대범함을 잠깐 잊어버린 나의 실수였다. 그 덕분에 상큼한 화해가 있었지만.

다음날 아침 일찍, 빈에서의 모든 관광을 포기하고 헝가리 국경으로 차를 몰았다. 우리 부부를 싸우게 만들고 유럽에서 처음으로 주차 위반 딱지를 먹인 빈에 대한 나름대로의 보복이었다. 그리고 또 하나의 이유. 빈에 사는 친구 라인홀트가 헝가리 시골마을 파폭에 있는 '여름집' 에서 우리를 기다리고 있었던 것이다.

"믿을 수 없군!"

라인홀트가 우리를 얼싸안았다. 그는 인도 우다이푸르의 허름한 게스트하우스에서 만난 친구였다. 그는 하루 종일 옥상에서 호수를 내려다보며 햇살을 쬐고 있었는데, 아내와 난 그때까지만 해도 무슨 전쟁 치르듯이 계획표대로 착착 여행을 수행하고 있던 무렵이었다. 하루는 그에게 물어보았다.

"넌 마을 구경 안 하니?"

"난 매년 겨울, 이 마을, 이 게스트하우스에 와. 인도는 내게 영감을 주거든."

그가 내민 명함에는 인도인들이 대부분 좋아하는, 코끼리 얼굴을

부다페스트 아, 헝가리

가진 신 '가네샤'가 그려져 있었다. 그때 난 동글납작하고 이마가 벗겨진 그의 얼굴과 썩 잘 어울리는 명함이라 생각했던 것 같다. 뜻밖에도 그의 직업은 드로잉 아티스트라고 적혀 있었다. 매년 한 달 동안 이곳에서 지내고 가면 여러 점의 그림을 쉽게 그려낸다는 것이다.

헝가리에 있는 그의 여름집은 깔끔했다. 작은 정원에는 꽃나무들이 잘 정리되어 자라고 있고, 낮은 지붕의 일자형 집채에는 벽난로가 있는 침실, 간이 부엌, 깨끗한 욕실이 마련되어 있었다. 그 옆에 따로 작은 작업실이 있었는데, 내 생각에는 그곳만이 라인홀트다운 공간이었다. 어수선했던 것이다. 이 예쁜 집이 '겨우' 5,000유로라고 했다. 라인홀트의 엽서 그림 한 점이 1,000유로 정도라 하니, 그가 빈에서 그림 다섯 점을 팔면 헝가리에서 집 한 채를 살 수 있다는 이야기다.

그건 유로 통합 이후 일반적 현상이라 했다. 헝가리 사람들이 오스트리아 등으로 돈 벌러 가면서 특히 시골에 빈집이 많아졌고, 그 빈집을 오스트리아인 등이 사들이는 것이다. 이 마을만도 스물네 가구 중 여덟 집이 그런 경우라 했다. 국경을 맞댄 두 나라의 엄청난 소득과 물가 차이가 만들어낸 풍경이었다.

다음날부터 우리 부부의 화려한 날이 시작되었다. 밀린 빨래를 해서 널고, 샤워를 한 후 일기를 쓰다가 낮잠을 자고 있노라면 라인홀트와 그의 여자친구 마티나가 요리를 만들어 대령(!)했다. 이국땅에서 이런 호사가 또 있을까.

미안한 마음에 하루는 아내와 내가 한국식 저녁식사를 준비했다. 독

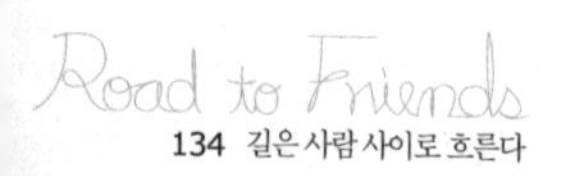

일 한국식품점에서 구입한 미역과 춘장을 꺼내고 시장에서 배추 등 각종 야채를 사 와서 자장밥, 미역국, 김치를 만들었다. 반응은? 물론 '대박' 이었다. 어찌나 김치를 좋아하던지, 아내는 다음날 또 한 번 김치를 담가야 했다.

떠나기 전날에 이별 파티를 열어준다며 두 사람은 오후부터 그리스 요리를 준비한다, 음악을 선곡한다, 부산을 떨며 바쁘게 움직였다. 마침내는 라인홀트가 큼직한 와인 오크통을 통째로 어깨에 메고 들어왔다. 그들의 포도밭에서 따서 직접 만든 와인이라고 했다. 이마가 벗겨지고 배가 불룩 나온 그가 오크통을 지고 들어오는 모습이라니!

"라인홀트! 오늘밤에 이걸 다 마실 작정이니?"

"용, 걱정 마. 빈의 아티스트가 다 마실 거니까!"

유럽 음악과 한국 음악을 번갈아 들으며 우리는 이별 파티를 시작했다. 라인홀트가 문득 생각난 듯 물었다.

"그런데 빈에서는 재미있었어?"

"그러니까…… 그게……."

나는 우물쭈물하는데, 아내는 뭐가 재미있는지 신이 나서 빈에서 둘이 싸운 일을 이야기했다. 마티나가 배꼽을 잡고 웃더니 자기들 이야기도 털어놓았다.

"세상 남자들은 다 똑같다니까! 딱 한 번 라인홀트와 그리스 여행을 간 적이 있어. 그날 뭐 때문에 싸웠더라? 참 나, 생각도 안 나네. 아무튼 라인홀트는 말도 않고 혼자 걸어가는 거야. 점점 거리가 벌어지는

부다페스트 당신들도 뜨겁게 오래오래 사랑하길……

데 저 멀리 작은 점이 될 때까지 한 번도 돌아보지 않는 거야. 괘씸해서 혼자 해변을 실컷 돌아다니다가 방갈로로 돌아갔지. 그런데 자기 혼자서 신나게 밥을 먹고 있잖아, 돼지처럼! 쳇, 그러고 보니 용이 훨씬 낫네. 그 뒤로 난 다시는 라인홀트랑 여행 안 가!"

라인홀트는 흐흐거리며 웃기만 하고 마티나는 계속 목청을 높였다.

"이 집만 해도 그래. 내가 좋아하는 꽃나무 몇 그루 심었다고 얼마나 화를 내던지. 그 이후로는 정원에 손도 못 대게 하는 거야. 자기 돈 주고 산 집이라 이거지! 그래서 일주일 동안 말을 안 했어. 곰곰이 생각할수록 분하잖아. 그래서 나도 길 건너에 집을 따로 샀지 뭐."

이것이 빈에서는 한 집에 사는 커플이 헝가리에서 여름집을 따로 가진 이유였다. 연인들이 다투는 방식은 지구촌 어디를 가도 마찬가지인 모양이다. 때로는 왜 싸웠는지 생각나지도 않는 사소한 이유로 말이다.

두 연인의 러브스토리를 듣다보니 어느덧 이별의 밤이 깊어갔다. 내일이면 나그네 부부는 다시 길을 떠나고 오스트리아의 연인은 남아서 또 싸우며 사랑하며 그렇게 살아갈 것이다.

나이도 국적도 피부색도 상관없이 서로 마음을 열고 친구가 되는 일, 참 매력적인 일이었다. 벽난로 불빛이 춤추듯 우리들 얼굴에서 일렁였고 친구들의 웃음소리는 커져갔다. 마지막 남은 김치 한 쪽이 라인홀트의 입속으로 들어갔고 오크통은 점점 비어가고 있었다.

빈의 아티스트 라인홀트의 명함

헬로, 친구들. 난 막 헝가리 파폭에서 돌아왔다.

여름 동안 그곳에서 많은 그림을 그렸지.

하지만 지금 나는 도시 생활에 배고파 있어.

너희들이 주고 간 녹차가 오늘로 바닥이 났다.

이제 나는 너희들이 다시 방문할 때까지 기다려야 해.

너희들, 여행이 즐거워 보인다. 아마도 지금 멋진 보름달 아래에 있겠지.

나도 얼마 전에 멕시코, 온두라스, 과테말라를 여행했는데…….

지금 너희보다는 훨씬 북쪽 땅이지만 말이야. 건투를 빈다.

라인홀트

볼리비아노에게 길을 묻지 말 것

볼리비아 코차밤바의 스페인어 개인교사 안나

스페인어를 배우기 위해 장소를 물색하던 중이었다. 여행 내내 '길거리 영어'와 '몸짓언어'로만 꿋꿋하게 버텨오던 우리가 새로운 언어를 배우기로 한 건 그만큼 라틴아메리카가 매력적이었기 때문이다. 거대한 대륙이 하나의 언어로 소통한다는 건 실로 대단한 일이었다.

그때 하늘에서 편지 한 통이 날아왔다. 볼리비아에 선교사로 계시는 '얼굴 한 번 본 적 없는 선배'가 한 달 동안 집을 비우니 와서 지내라는 메일이었다. 알고 지내는 스페인어 개인교사를 소개해 줄 수 있다는 내용도 덧붙여 있었다.

선배가 살고 있는 코차밤바는 마음에 쏙 들었다. 안데스 산지 해발 2,700미터에 위치한 도시의 하늘은 맑았고, 사람들의 삶은 느릿느릿했다. 산허리를 깎아 만든 달동네가 시내를 에워싸고 있었다. 어둠이 내리고 작은 불빛들이 하나둘씩 들어오면 '안데스 달동네'는 이내 별밭이 되어 반짝거렸다. 그리고 그 끝에 십자가가 있었다.

달동네와 십자가. 추억의 창 하나가 열린다. 연애 시절, 아내의 집은 서울 시흥2동 달동네였다. 우리는 하룻밤에도 몇 번씩 좁고 가파른 언덕길을 오르내리고는 했다. 버스 종점에 내려 아내를 바래다주러 언덕길을 오르고, 다시 아내가 나를 배웅한다고 그 언덕길을 내려오고…….

막차 시간은 다가오지만 손을 놓기 싫었다.

그날처럼 코차밤바 달동네에 노란 달이 뜬 밤이었다.

"이름이 뭐예요? 나이는요? 가족은 몇이에요?"

아내와 나는 아파트 경비실로 쳐들어가 떠듬거리는 스페인어로 물었다. 경비 총각은 쑥스러워하면서도 또박또박 알아듣기 쉽게끔 대답해 준다. 그도 우리가 선생님이 내준 숙제를 하고 있다는 것을 아는 모양이었다. 이제 그만 돌아서려는데 아내가 마지막 질문을 했다.

"띠에네 무헤르tiene mujer(애인 있어요)?"

그의 얼굴이 갑자기 시뻘게졌다. 그러고는 손사래까지 치는 것이다.

"참 순진한 사람이군."

"그러게. 없다면 될 걸 뭐 저렇게까지 부정하지?"

그날의 숙제를 만족스럽게 끝낸 우리는 고개를 갸우뚱했다. 그런데 다 이유가 있었다. 다음날, 이 이야기를 들은 아내와 나의 스페인어 개인교사 안나가 까르르르 배꼽을 잡았다.

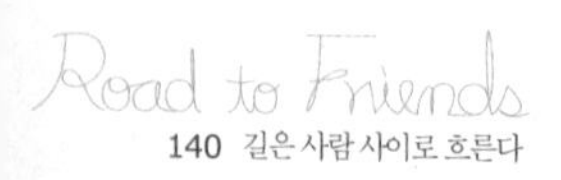

"'띠에네 무헤르'는 '숨겨둔 애인'을 뜻해요. 보통은 노비아novia라고 하거든요. 혹시, 그 총각 진짜 숨겨둔 애인이 있는 건 아닐까요?"

그러고는 안나가 재미난 해프닝 하나를 이야기해 주었다. 코차밤바에 한국인 수녀님이 와서 처음 말을 배울 때였다고 한다. 하루는 배가 고픈데 사람들은 회의만 하고 밥 먹을 생각을 안 하더란다. 그래서 수녀님이 그동안 배운 스페인어로 "나 배고파요!"라고 말했다.

그런데 갑자기 모든 사람들이 놀란 눈으로 수녀님을 쳐다보더라는 것이다. 사연인즉, '요 땡고 암브레hambre'라고 해야 할 걸 '요 땡고 옴브레hombre'라고 말한 것이다. 여기서 암브레는 '배고픔'이지만, 옴브레는 '남자'다. 결국 수녀님이 큰 소리로 "나 남자 고파요"라고 말한 셈이 된 것이다. 그 이야기를 듣는 동안 이전에 한 번 만난 적이 있는 수녀님의 코믹한 얼굴과 무진장 억센 경상도 사투리가 생각나서 한참을 웃었다.

사실 언어를 배우는 일이 이렇게 신날 줄 몰랐다. 아내와 난 수업 시간을 빼고도 매일 세 시간씩이나 공부했다. 거기다 틈만 나면 '대화 훈련'에 나섰다. 말은 거창하지만 그냥 동네를 순찰(?)하며 공원을 어슬렁거리다가 아이스크림이나 사 먹고 비디오대여점을 기웃거리는 것이다. 그 짓도 자꾸 하다보니 어느새 단골 슈퍼마켓, 단골 식당, 단골 비디오점, 단골 아이스크림 가게가 생겨났다. 처음에는 겨우 물건 이름만 대던 정도였지만 날씨가 어떻다는 둥 인사를 건네다가, 나도 모르는 사이 신통찮은 농담까지 하고 있었다. 놀라운 발전이었다. 학창 시

코파카바나 티티카카로 해가 지는 시간, 우주를 향해 가슴이 열린다

절에는 왜 이렇게 공부하지 못했을까.

어느 날, 안나가 아내와 나를 집으로 초대했다. 현지인의 살림살이를 들여다보고 식사를 같이 하는 것은 우리 부부가 가장 좋아하는 일이 아니던가. 안나의 집은 2층이었지만 아래층은 창고로 삼고 위층만을 사용하고 있었다. 정원도, 집 안도 사람의 손길이 부족한 듯 어수선하고 낡아 있었다. 둘째 아들 디에고와 막내딸 다니엘라가 우리를 환영해 주었다. 대학 1, 2학년이라는 그들은 엄마만큼 큰 키에 얼굴이 희고 갸름해서 이뻤다. 큰아들은 대학 4학년이라 늦을 거라 했다.

안나가 볼리비아 남부 요리를 해주겠다며 냄비에 호박 넣은 수프를 끓이고 다른 쪽 가스 불에 야채와 소고기를 한꺼번에 볶고 있을 때였다. 옆에서 가만히 도와주던 다니엘라가 갑자기 울음을 터뜨리며 엄마 품에 안긴다.

"얘가 키만 컸지 아직 애라니까요."

다니엘라가 아침에 버스 사고를 당했는데 갑자기 그 기억이 난 모양이었다. 안나는 딸을 토닥거려주고는 다시 뚝딱뚝딱 요리를 시작하면서 뜻밖의 이야기를 들려준다.

"난 이 녀석보다도 어린 나이에 쿠바로 망명가야 했죠."

길고 느린 요리 시간만큼 그녀의 살아온 이야기도 길었다. 물론 아내와 내가 알아듣게끔 천천히, 쉬운 단어만 찾아서, 그리고 자주 반복해서 설명하느라 더 그랬겠지만.

볼리비아 군사정권 시절이었다. 아마 안나의 아버지는 반정부 인사

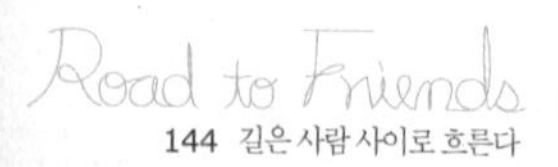

였던 것 같다. 그녀는 아버지를 찾아오던 청년들과 어울리면서 자연스레 모임에 참석하게 되고 시위에도 나가게 되었다. 그러던 어느 날 전국에 피바람이 몰아쳤고 열여섯 살의 어린 안나는 홀로 쿠바로 떠나야 했다. 그곳에서 무려 3년을 지냈고, 모스크바에 유학을 다녀오기도 했다. 그리고 군사정권이 무너진 후 그녀는 고국으로 돌아와 교사가 되었고 곧 스페인 청년과 결혼해서 세 아이를 낳았다. 세 아이가 네 살, 다섯 살, 일곱 살 때 이혼했고, 전 남편은 스페인으로 돌아갔다.

"그때는 참 힘들었죠. 학교는 나가야 하고 애들은 어리고……. 이 녀석들 키우느라 정신없이 살아왔는데, 어느 날 보니 내 나이가 마흔여덟이 되어 있는 거예요!"

그녀는 이렇게 말하면서 아무렇지 않게 웃었다. 그리고 덧붙였다.

"3년 정도만 더 일해서 이 아이들 다 졸업시키고 나면, 나도 하고 싶은 일이 있어요. 바로, 여행. 미구엘과 데보라(볼리비아에서의 우리 이름)처럼 말이에요."

그날 이후 안나와 우리 부부는 문법 공부보다 이야기하는 시간이 더 많아졌다. 안나는 우리 여행 이야기를 듣고 싶어 했고, 우리는 안나의 만만치 않았던 삶 이야기를 듣기 좋아했다. 그리고 그녀 가족과 함께 밀림 지역의 차파레에 낚시 여행을 가서 '이'에 잔뜩 물려오기도 했고, 아이들이 우리 아파트로 놀러오기도 했다.

그러던 어느 날, 우리는 안나의 생일을 알게 되어 아이들에게 '깜짝 파티'를 제안했다. 파티 음식은 아내와 내가, 아이들은 미리 풍선이랑 축하카드를 준비하기로 한 것이다.

드디어 안나 선생님의 생일날. 오후 내내 지지고 볶아서 김밥, 불고기, 잡채, 호박전, 상추겉절이, 된장국 등으로 한 상 가득 생일상을 차려놓았다. 그런데 수업 시간 전에 오기로 한 아이들은 감감무소식이다. 안나만 정시에 와서 수업을 시작했다.

"미구엘! 오늘 무슨 일 있어요? 왜 자꾸 시계만 보며 딴생각이죠?"

아무것도 모르는 안나에게 야단 맞으면서도 연신 시계를 쳐다보지만, 결국 수업이 끝날 때까지 아이들은 오지 않는다. 무슨 일일까? 수업이 끝난 안나는 가방을 챙겨서 갈 준비다. 하는 수 없다. 아내가 방에서 "Feliz Cumpleanos(Happy Birthday)!"라고 종이로 만든 플래카드를 들고 나와 '짠' 하고 펼쳐 보였다.

"디오스 미오Dios mio(오 마이 갓)!"

낯선 동양 요리들로 가득 차려진 생일상을 본 안나의 눈에 눈물이 그렁그렁 맺혔다.

"열네 살 때 부모님이 차려준 생일 파티 이후 처음이에요. 고마워요, 미구엘. 정말 고마워요, 데보라."

예상보다 훨씬 더 감격하는 그녀를 보자 우리가 오히려 머쓱해진다. 크고 시원하게 생긴 그녀의 눈에 맺힌 물방울에 얼핏 시간의 무게가 스쳤던 것이다. 곧 그녀는 쾌활한 얼굴로 돌아왔다. 아내가 수업 시간 내내 궁금했던 것을 물었다.

"사실 디에고와 다니엘라가 오기로 했는데, 무슨 일 있나요?"

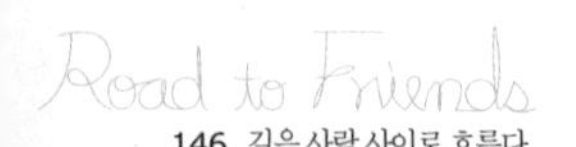

"글쎄? 지금 아이들은 아르바이트할 시간인데."

이런, 황당한 일이. 다른 일도 아니고 자기네 엄마의 생일 파티인데 연락조차 없이 펑크를 내다니. 게다가 갑자기 생긴 아르바이트도 아니라는데 흔쾌히 약속한 배포는 또 뭐람. 아무튼 볼리비아 사람들은 알아줘야 한다니까…….

사실 이런 경우가 처음이 아니었다. 한 번은 티티카카 호수의 '태양의 섬Isla del Sol'에 갔다가 돌아오는 날이었다. 전날 여행사에 들렀더니 새벽 6시부터 버스가 다닌다는 안내판이 서 있었다. 직접 확인도 했다.

"지금은 비수기인데, 저희 두 사람뿐이라도 출발하나요?"

"시, 끌라로Si, claro!(그럼, 당연하지!)"

굳이 확인한 건 라파스에서 12인승 버스의 승객이 네 명뿐이라서 막차가 취소됐던 경험 때문이었다. 여행사 직원의 말을 믿고 새벽 5시부터 부지런을 떨어 깜깜한 거리로 나섰다. 그러나 6시가 지나도록 여행사 문 자체가 닫혀 있었다. 황당한 마음에 터벅터벅 큰길로 나서는데 "빵빵" 버스 하나가 달려와서 우리 앞에 멈춰 섰다.

"라파스 가나요?"

"시, 끌라로!"

차장이 얼른 타라고 손짓했다. 그런데 올라타려고 보니 좌석이 하나뿐이었다. 결국 우리는 7시까지 여행사 앞에 쪼그리고 앉아 바들바들 추위에 떨며 기다릴 수밖에 없었다. 드디어 전날 이야기를 나누었던

코파카바나 코차밤바

축제, 축제, 축제의 나라 볼리비아

독립기념일(8월 6일)과 우루쿠피나 축제(8월 15일)

SERVICIO ELECTRICO INDUSTIAL

직원이 나와서 사무실 문을 열었다. 난 조금 화가 났다.

"어제 당신이 6시에 버스 있다고 했잖아요!"

"지금은 비수기인데? 6시에는 버스가 없어."

"네? 어제는 비수기라도 간다 했잖아요! 그리고 다른 여행사 버스는 6시에 다니던데요?"

"아, 그거, 융구요 가는 거야."

"네? 푸하하하!"

웃음이 터져 나왔다. 좌석이 없었기에 망정이지. 융구요는 라파스와 전혀 다른 방향이었던 것이다. 아무튼 못 말리는 볼리비아노다. 이런 말이 있다. "볼리비아노에게는 길을 묻지 말라! 묻더라도 세 명 이상에게 확인할 것!" 그들은 몰라도 모른다고 하는 법이 없기 때문이다. 언제나 일단 '시, 끌라로!' 라고 답하는 사람들이 볼리비아노였다.

안나는 아내와 나의 무용담을 듣고서 먼저 큰 소리로 웃었다. 그러고는 곧 사뭇 진지하게 설명을 덧붙였다.

"미구엘과 데보라에게는 황당한 일일 수도 있겠지만 꼭 그렇지만도 않아요. 여기 원주민들은 당신들의 직선적인 세계관과는 다르죠. 음……처음과 끝이 서로 맞물려 있는 '원형적인' 세계관이라고 할까요. 시간도 직선에 놓인 어떤 '특정한 몇 시' 가 아니라, '그때쯤' 이 되는 거죠. 일에 대해서도 언제까지 하기로 한 일이라고 해서 반드시 그때까지 완성해야 한다고 생각지 않아요. 둥근 원에는 시작과 끝이 없잖아요?"

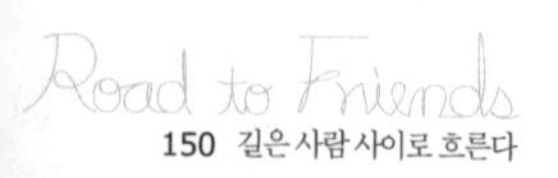

"그래도 약속인데……."

"물론 내가 다 옳다거나 좋다고 말하는 건 아니에요. 다만 다르다는 거죠."

사람과 사람이 소통하는 데에 어떤 것들이 필요할까. 지난 두 달 동안 우리에게 볼리비아 사람들은 황당하고 답답했지만, 그들 눈에 비친 두 이방인은 매사에 안달하고 조급해 하는 존재였을지도 모르겠다. 그녀의 말처럼 다름을 받아들이는 순간, 서로를 이해하게 되는 것인지도.

안나는 불고기를 가장 맛있게 먹었다. 그리고 내가 만들었다고 권한 호박전도 그런대로 먹을 만하다며 너스레를 떨어줬다. 아이들은 아침에 눈곱도 덜 뗀 얼굴로 "엄마 생일 축하해요" 말뿐이었는데, 역시 친구가 최고라며 엄지손가락을 치켜세웠다. 마흔아홉 번째 생일을 결코 잊지 못할 거라고도 덧붙였다.

그건 아내와 나도 마찬가지였다. 그녀에게 배웠던 스페인어, 그리고 그녀가 보여주었던 언어 너머의 세상 볼리비아를 결코 잊지 못할 것이다. 그녀는 언젠가 한국을 여행하고 싶다고 했고, 우리는 꼭 그리 될 거라고 말했다. 그리고 아내가 덧붙였다.

"그때는 우리 부부가 당신에게 한국어를 가르쳐주겠어요!"

일곱 개 나라 이민자들이 일하는 식당

밴쿠버에 사는 아프가니스탄 두 자매의 꿈

캐나다 밴쿠버에 있는 '이스트 이즈 이스트East is East'는 아프가니스탄 두 자매가 운영하는 음식점이다. 테이크아웃을 해 가는 창구가 큰길가로 나 있고, 문을 열고 들어서면 식탁 열 개 정도가 다닥다닥 놓여 있다. 구석의 페르시안풍 커튼을 들추면 좁은 통로가 나오고 오른쪽 벽에 화장실이 있다. 그 통로를 따라 두세 걸음만 더 걸어가면 양고기 냄새가 확 끼쳐온다. 바로 이 식당의 주방. 그곳이 내 자리다.

"용, 깁 미 버러!"

"왓?"

"버러!"

"……."

폴란드에서 이민 온 '이자리아'는 발음을 유난히 굴린다. 한창 정신 없이 바쁜 터라 뭘 달라는지 얼른 알아듣지를 못한다. 나를 이 식당에 소개해 준 후배 '케이'가 자신도 바쁘게 접시를 닦으면서 도와준다.

"형, 버터요!"

"젠장. 그걸 못 알아듣다니. 그런데 버터가 어디 있나?"

버터를 찾아 건네주자 이자리아는 날 째려보며 한마디 쏘아붙이려다가 "쳇" 하고는 입술을 삐죽거리고서 프런트로 돌아갔다. 이상하게도 그녀는 곧잘 큰소리를 친다. 자신이 지배인이라도 되는 양, 턱을 15도 정도 들고 다니면서 말이다. 사장의 남동생이자 건달인 '무스타포'의 애인인 것이 그녀에게는 무슨 벼슬이라도 되는 모양이다. 옆에서 콧노래를 흥얼거리며 양고기 덩어리를 자르던 '지미'가 내 어깨를 툭 치며 위로한다.

"신경 쓸 거 없어. 재는 원래 저래."

지미는 40대 중반의 중국 출신 이민자다. 그의 말로는 베이징대학 교수였다고 한다. 대체 무슨 사연으로 교수 자리까지 때려치우고 이민 왔을까. 한 번 물어본 적이 있지만 그는 장난스럽게 마오쩌둥 노래를 부르면서 웃기만 했다.

그때 '하미'가 출근했다. 벌써 저녁 7시가 다 된 모양이다. 하미의 머리 모양이 레게 스타일로 바뀌었다. 꽤 잘 어울린다. 그가 누구에게랄 것도 없이 큰 소리로 물어본다.

"오늘 어땠어들?"

"미치도록 바빴지!"

시원스럽게 대답한 케이가 이제 살았다는 표정으로 하미와 교대한다. 하미. 그는 이란에서 망명한 킥복싱 선수다. 그는 밴쿠버에서 열린 세계선수권대회에서 금메달을 땄지만 메달을 반납하고 캐나다를 선택했다. 그의 망명 신청은 아직 심사중이다. 낮에는 훈련하고 밤에는 식당에서 일하면서 아메리칸 프로복서의 꿈을 키워가고 있다. 하미가 코를 잡아 보이며 내게 말했다.

"로티(고기나 야채를 넣고 말아 먹는 얇고 넓은 빵)가 타는 모양인데!"

"어휴, 이런. '수지' 아줌마는 또 어디 간 거야?"

수지 아줌마는 인도 출신 이민자로 잔머리의 대가다. 오늘도 교대시간이 채 되기도 전에 도망친 모양이다. 그녀는 "용, 저것 좀 날라줄래. 허리가 아파서……"라며 날 부려먹기 일쑤고, "나 오늘 5분만 일찍 퇴근할게. 하미 올 때까지만 봐줘" 하고는 20분 전에 사라지는 것이 특기다. 그 사이 설거지가 쌓이고 주문이 밀려들면 그 짧은 20분에 나는 무아지경에 빠지고야 만다.

이들이 아프가니스탄 식당 '이스트 이즈 이스트'의 주요 등장인물이다. 사실 같이 일하는 사람은 네댓 명이 더 있다. 이란, 인도, 중국, 폴란드, 러시아, 아프가니스탄, 한국. 이 작은 공간에 무려 일곱 나라에서 온 사람들이 일하고 있는 셈이다. 피부색이 다른 이들이 모여 각기 다른 억양의 영어로 부대끼며 살아가는 곳. 이 식당이야말로 '다양한 이민자들로 모자이크된 나라' 캐나다다운 공간일 것이다.

"하이, 모두들 안녕!"

마침내 우리의 주인공 '사라'가 등장했다. 모두 하던 말을 멈춘다. 그녀가 바로 '이스트 이즈 이스트'의 악명 높은 사장이기 때문이다. 미래의 가족인 '이자리아'만 빼고 모두에게 경계대상 1호다. 그녀에 대해 전직 교수 지미는 무식한 돈벌레라고 욕을 해댔고, 권투선수 하미는 정이라고는 없는 쫀쫀한 구두쇠라며 고개를 흔들었으며, 후배 케이는 다혈질이니 조심하라고 미리부터 내게 충고를 했다.

"용, 나와 얘기 좀 할까?"

또 오늘은 무슨 일일까. 그녀를 따라 2층 사무실로 올라가며 머리를 굴려보지만, 요 며칠 사이에 특별히 책잡힐 일은 없었다. 내가 식당에서 일한 지도 어느덧 4주, 그녀와 나는 첫날부터 지금까지 기싸움을 하고 있는 중이다.

첫 출근 날이었다. 잊지 못할 그녀의 첫마디.

"3일 동안은 수습 기간입니다. 트레이닝이니까 임금은 없어요. 알죠?"

"예?"

"싫으면 할 수 없고. 한번 생각해 봐요."

수습 기간에 임금이 없다니! 그건 엄연한 노동법 위반이지만, 내 처지도 그리 당당할 상황이 못 되는지라 울며 겨자 먹기였다. 당시 나는 워킹 비자가 없는 불법 노동자였던 것이다.

한동안 그녀는 몰래 주방을 들여다보며 날 감시하기도 하고, 불쑥

밴쿠버
다양한 언어와 꿈이 모자이크된 식당 이스트 이즈 이스트
네 달 동안 일했던 식당을 그만두는 날(왼편에서부터 로자리아, 수지, 사라)

들어와서는 지저분하다느니 어떻다느니 하면서 잔소리를 해댔다. 양파 껍질을 두껍게 벗긴다며 "어머, 이 아까운 걸!" 하고 호들갑을 떨며 나를 손아귀에 쥐려고 했다. 사실 양파 100개씩을 까면서 그녀의 말처럼 맨 바깥쪽 얇은 한 겹만 벗겨내다가는 다른 모든 일들은 손도 못 댈 거였다.

사실 내가 맡은 일은 결코 적지 않았다. 로티를 굽고, 고기와 야채를 요리하기 좋은 크기로 잘라놓고, 각종 소스를 만들고, 만두를 빚고, 연어를 쪄냈다. 감자튀김이나 수프와 차이 같은 간단한 요리는 직접 만들기까지 했다. 그뿐이 아니다. 퇴근하기 전에 요리용 큰솥을 열 개쯤 씻고 주방을 청소하는 것도 내 몫이었다.

난 이 모든 것을 신속하고 요령 있고 깔끔하게 습득해 갔다. 점점 사라의 입이 벌어지기 시작했다.

"요옹, 정말정말 똑똑한 것 같아! 한국에서 무슨 일 했어?"

사라가 나긋한 말투로 "요옹" 하며 내 이름을 늘여 부르는 날이 늘어갔다. 심술궂은 얼굴과 어울리진 않았지만. 알고 보니 나와는 동갑이라 농담을 섞어가며 티격태격 지내는 사이, 2주가 지나갔다. 그리고 내가 벼르던 반격의 날이 왔다. 면담을 신청했다.

"사라, 내 임금을 올려줘야겠어!"

"뭐? 용, 너 방금 뭐라 했어?"

"당신도 인정하듯 내가 모든 일을 잘해내고 있잖아. 그런데 전임자와 임금 차이가 너무 나더라고. 사라도 알잖아? 똑같이 해달라는 건 아냐. 시간당 1달러 인상, 어때?"

"끙."

불시에 일격을 당한 사라는 다음날부터 일당을 인상해 주었다. 그 대신 그날 이후, 사라는 내 기세를 잡으려고 시도 때도 없이 시비를 걸어왔던 것이다.

그런데 오늘은 또 무슨 일일까. 사무실에 들어서자 CCTV 화면으로 프런트에서 일하는 친구들이 보였다. 그녀가 자리에 앉으라고 권하면서 입을 열었다.

"요옹, 그동안 일을 정말 잘해줘서 고마워."

드디어 올 것이 왔구나. 이제 그만두라는 말이겠지. 속으로는 뜨끔했지만 내색 않고 그녀를 멀끔히 쳐다보며 다음 말을 기다린다.

"용, 네가 일하는 모습은 매우 인상적이야. 정말이지 감동했어. 사람들 사이에서도 너 일 잘한다고 칭찬이 자자해. 그래서 내가 임금 1달러 더 인상해 주려고. 어때, 좋아?"

"왜? 아니, 난 더이상은 필요하지 않은데. 나중에, 그래 나중에, 내가 필요하면 부탁할게."

"아니야 용, 당장 오늘부터 인상해 줄게."

임금을 올려준 지 얼마나 됐다고. 뭔가 좀 이상했다. 구두쇠 사라가 말이다. 분명 이유가 있을 것이다. 집으로 돌아오자마자 케이에게 물어보았다.

"오후에 사라한테 무슨 일 있었어?"

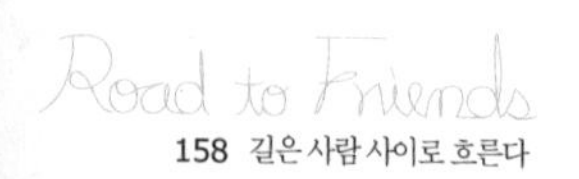

"참, 얘기한다는 게 잊어버렸네. 사라가 형이 한국에서 무슨 일 했냐고 묻더라고요."

"그래서?"

"노동조합에서 일했다고 했죠."

"그랬더니?"

"형이 왜 이 식당에 들어왔는지 심각하게 캐묻던데요."

"뭐라 답했어?"

"걱정하지 마라, 용은 그냥 여행자일 뿐이다, 그랬죠."

"푸하하하!"

"형, 왜 그래요? 무슨 일 있었어요?"

"아이고 배야, 사라가 내 임금 또 올려준단다."

"네?"

오! 귀여운 사라. 자라 보고 놀란 가슴 솥뚜껑 보고 놀란다고 했던가. 욕심덩어리 얼굴 어디에 이런 순진한 구석이 숨어 있었을까.

다음날 출근하자 주방장 '로자리아'가 다 알고 있다는 듯이 찡끗 눈을 깜박이며 축하해 주었다. 로자리아는 사라의 여동생이지만 언니와는 전혀 다른 사람이다. 그녀는 나를 여러 번 감동시켰다.

12월 31일, 그러니까 한해의 마지막 날이었다. 그날 저녁에도 비린 양고기 냄새에 파묻혀 일하고 있자니 왠지 나그네 신세가 서글퍼졌다.

'지구 반대편의 땅까지 와서 지금 난 뭐 하고 있는 걸까.'

밴쿠버 이민자의 나라에서 보낸 겨울 한철.
매일 아침 낯선 곳에서 눈 뜨지 않아도 된다는 사실이 이처럼 행복할 줄은 몰랐다.
그래도 나는 아직 유목민이고 싶다

그때 로자리아가 와인 병을 흔들어 보이며 불렀다.

"용! 하미! 그딴 것들 내버려두고 이리 와. 한해의 마지막 날인데, 우리끼리라도 축하해야지. 자, 우리의 쓸쓸한 밤을 위하여!"

그때 난 하마터면 울 뻔했다. 이런 일도 있었다. 부시가 두 번째로 미국 대통령에 취임하던 날이었다. 그날 다운타운 곳곳에서는 부시를 규탄하는 전쟁 반대 시위가 열렸다. 무대에 선 연사들마다 부시의 부도덕한 전쟁에 분노하며 그의 재취임을 개탄했다.

아내와 나 역시 선거 결과가 당혹스럽기는 마찬가지였다. 우리는 그동안 여행하면서 부시를 지지한다거나 '그의 전쟁'에 찬성하는 미국인을 단 한 번도 만난 적이 없었거니와, 그가 내세운 '대량 살상무기 제거'는 모두 조작된 스토리임이 이미 드러난 상황이었다. 틀림없이 부시가 낙선할 거라 여겼던 것이다.

그날 아프가니스탄 식당의 분위기는 침울했다. 어쩐 일인지 손님도 별로 없어 한산했다. 이른 저녁부터 로자리아가 와인을 한 병 사 들고 와서 우리를 불렀다.

"용, 하미, 한잔 하자고. 오늘은 슬픈 날이잖아."

언젠가 그녀는 탈레반 때문에 이민을 떠났지만 미국 때문에 돌아가지 못한다고 말한 적이 있었다. 단숨에 와인 한잔을 마셔버린 그녀가 문득 화가 난 듯 말을 쏟아낸다.

"부시를 다시 찍어준 미국인들 정말 미워. 만약 그들이 아프가니스탄에 단 한 번만이라도 와본다면 절대 그럴 수는 없을 거야!"

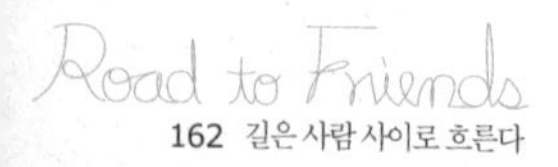

밴쿠버 학원도, 일터도 쉬지 않지만 오늘은 우리 우리 설날

다양한 나라의 이민자들이 어깨를 겯고 자기만의 꿈을 완성하는 밴쿠버의 밤

밴쿠버 STOP THE WAR !

부시가 '악의 축' 이라고 지명한 이란과 한반도에서 온 하미와 나도 말없이 그녀가 따라준 와인을 비웠다. 로자리아가 빈 잔을 내려다보며 물기 어린 목소리로 이야기한다.

"내 꿈이 뭔지 아니?"

"글쎄……."

"사라와 난 돈을 많이 벌어 아프가니스탄으로 돌아갈 거야. 전쟁으로 다 부서져버렸다지만 우리에게도 고향이 있어. 그곳에 부모 잃은 아이들을 위한 학교를 만들 거야. 그게 나와 사라의 꿈이야."

그때 그녀의 눈이 반짝 빛났던 것 같다. 구름 가득 낀 밤하늘에서 예쁜 별 하나를 발견한 것처럼 진한 울림이 내게 전해졌다. 그만 가슴이 먹먹해졌다.

마침내 식당을 그만두는 날이었다. 세 달 하고도 26일 만이다. 로자리아는 그날도 내가 좋아하는 차이의 재료를 잔뜩 챙겨놓고 기다리고 있었다.

"용, 차이 만들 줄 알지? 한 달분은 될 거야. 드디어 바람 같은 나그네는 떠나는구나! 그리고 이 불쌍한 여인은 냄새 나는 주방에서 계속 씨름을 해야겠지. 그런데 용, 좀더 있으면 안 될까? 네가 일을 참 잘했는데. 한국인들이 다들 그렇듯이 말이야."

"나도 여기가 좋긴 한데, 발바닥이 근질거려서 안 되겠다. 곧 밴쿠버를 떠날 생각이야. 캐나다의 겨울을 보고 싶거든."

사라를 만나러 2층 사무실로 올라갔다. 내내 툭탁거렸던 기억들이 새삼 떠올랐다. 참 많이 싸웠는데, 그만 미운 정이 들었나보다. 삼남매가 맨손으로 이민 와서 이만한 식당을 일궈내기까지 얼마나 힘들었을까. 언니로서 책임감도 컸으리라. 그녀를 이해할 수 있을 것도 같았다.

사라가 마지막 이틀치 일당을 내밀었다. 받아서 주머니에 챙겨 넣고 작별 인사를 했다.

"사라, 그동안 고마웠어. 돈 많이 벌길 바라. 그리고 너희 자매의 꿈도 이뤄지리라 믿어."

"그래, 고마워. 그런데 용, 어제 일당은 내가 이미 주지 않았던가?"

"사라!"

"아, 미안. 난 혹시 줬나 해서 그랬지."

끝까지 변함없는 사라. 아마 그들 자매의 꿈도 변하지 않으리라. 그리고 '이스트 이즈 이스트'의 일곱 나라에서 온 다른 친구들도 변함없이 밴쿠버에서 조각조각의 꿈들을 모자이크해 갈 것이다.

낯선 곳에서 진행된 '이방인 배달 작전'

이란 샤베 마을의 베흐루즈 가족

난로가 타고 있었다. 그러나 목덜미에 알루미늄 배기통을 길게 달고서도 대합실의 찬 기운을 몰아내기에는 역부족이었다. 난로 주변에는 제법 많은 사람들이 긴 나무의자에 기대앉아 새벽 버스를 기다렸다.

"어휴, 추워. 사막에 무슨 눈이람!"

아내와 난 막 이란 하마단에 도착한 참이었다. 눈 때문에 버스가 한 시간가량 늦게 도착했다. 그래서인지 나와 있기로 한 베흐루즈 가족이 보이지 않았다. 대합실 내 공중전화도 불통이었다. 잠시 주저하다가 무작정 터미널 관리사무실 문을 두드렸다.

"저, 한국에서 온 여행자인데요……."

"오, 코리아!"

"전화 좀 쓸 수 있을까요? 기다리기로 한 친구가 안 나와서."

"……."

영어를 알아들을 리 없다. 손짓으로 전화기를 가리키니 흔쾌히 웃으며 전화선을 당겨준다. 아직 밤Bam에 있을 베흐루즈에게 전화했다.

"우리 지금 하마단인데 아무도 없어!"

"일단 카보드라 항까지 버스 타고 가서, 그곳에서 다시 택시로 샤베 마을로 가자고 해!"

주변 도시로 가서 다시 택시로 갈아타라는 말에 얼른 대답을 못하자, 그는 사무실 사람을 바꿔달라고 했다. 관리사무실 직원은 한동안 통화하더니 전화를 그냥 끊어버렸다. 그러고는 우리에게 자기를 따라오라고 했다. 조금도 당황해할 필요가 없었다. 지금부터 아내와 난 짐짝처럼 가만있어도 샤베 마을로 배달(?)될 것이었다.

2년 8개월 동안 세계 47개국을 여행하면서 이란인들처럼 이방인에게 친절한 사람들을 본 적이 없다. 공원이나 광장을 서성거리면 틀림없이 누군가 손을 내민다. 차 한잔 같이 하시겠어요? 한 시간쯤 후, 달착지근한 이란 차와 세상없이 맑은 사람들의 웃음에 행복해져 갈 즈음이면 그들은 이방인을 집으로 초대하고는 했다. 그뿐 아니었다. 전화카드를 어디서 파냐고 물어보면 자기 카드를 불쑥 내밀었고, 버스 정류장을 물어보면 가던 길을 되돌려서라도 동행했다. 가끔은 페르시안 글자 때문에 혹여 버스를 놓칠까 함께 기다려주고, 심지어 차비까지 내주며 운전사에게 목적지를 단단히 당부하고서야 돌아섰다.

이런 일도 있었다. 이스파한에서 하마단행 버스표를 예약하고 호텔로 돌아오는 길이었다.

"아미르 카비르 호텔!"

모든 승객이 들을 만큼 큰 소리로 운전사에게 외치고 버스에 올랐다. 경험으로 볼 때 이렇게 해두면 내릴 즈음 여기저기서 알려주기 때문이다. 이번이다, 아니다 다음이 더 가깝다, 자기네끼리 때 아닌 논쟁이 벌어지기도 한다. 마침 퇴근 시간이어서 승객들은 통로까지 꽉 차 있었다. 버스는 가다 서다를 반복했다. 어디서 내려야 하나 창밖을 내다보며 두리번거리는데, 누군가 어깨를 툭 쳤다.

"미스터! 호텔!"

이런, 황당한 일이! 바로 운전사였다. 도로 한가운데 버스를 세워둔 채로 사람 사이를 비집고 우리에게 알려주러 온 것이다. 고맙다며 얼른 차비를 내자, 그는 웃으면서 단호히 거부했다. "나(No)!" 급히 버스에서 내려서서 보니 바로 호텔 문 앞이었다.

베흐루즈 역시 이란의 첫 도시 밤에서 헤매고 있을 때 도와준 친구였다. 설날을 함께 보내기로 했지만 정작 그는 일이 바빠 오지 못하고 아내와 나만 방문하는 길이었다.

역시 예상대로 '이방인 배달 작전'이 시작되었다. 터미널 직원은 일단 우리를 승용차에 태웠다. 10분 만에 또다른 터미널에 도착했다. 근거리행 터미널인 모양이었다. 그가 아내와 나를 미니버스 운전사에게 인계했다. 두 이방인을 전달받은 운전사는 누군가와 통화를 했다. '코

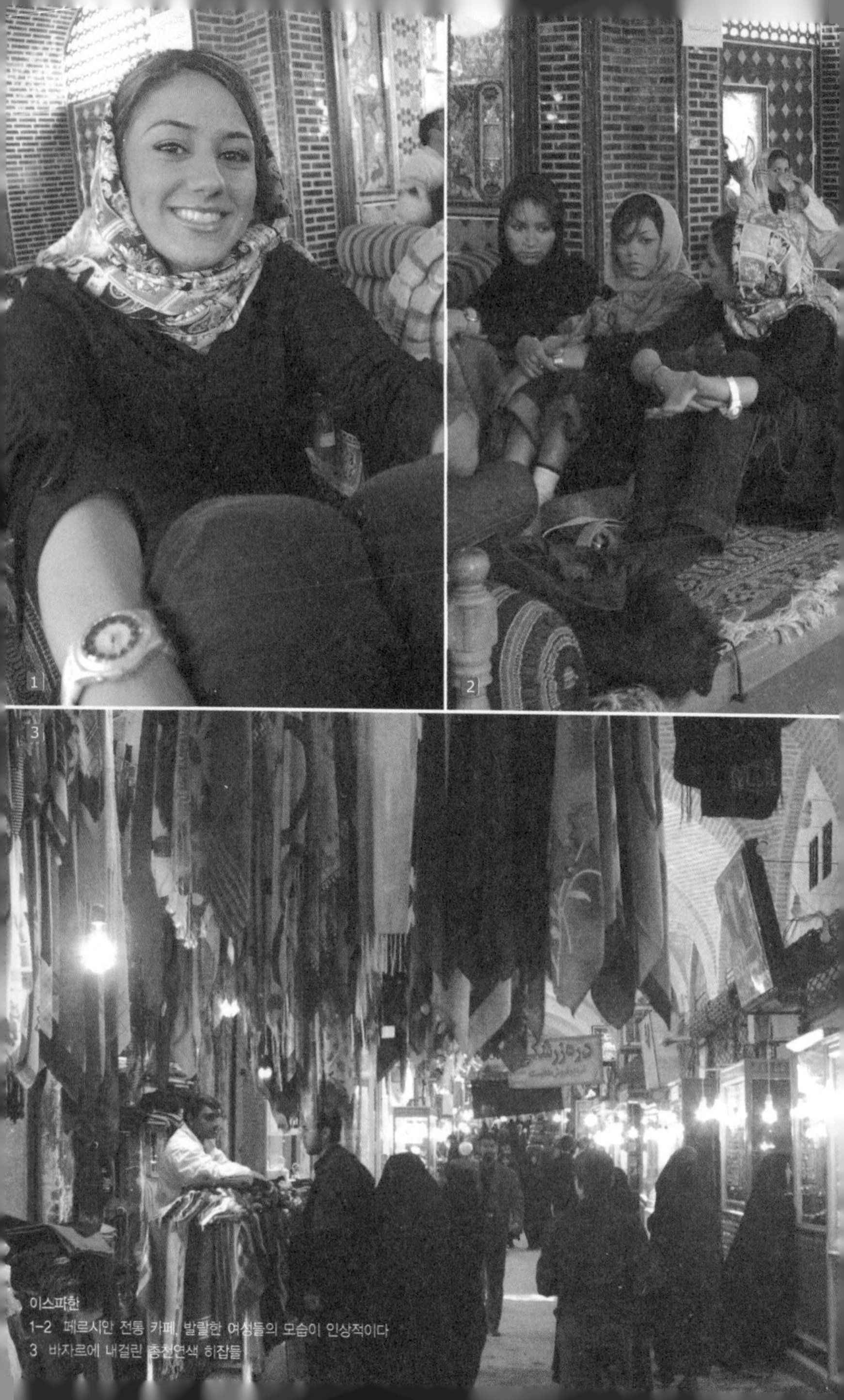

이스파한

1-2 페르시안 전통 카페, 발랄한 여성들의 모습이 인상적이다

3 바자르에 내걸린 총천연색 히잡들

리안' 이 어쩌고저쩌고 하는 걸로 보아 우리 이야기임이 틀림없다. 차비를 내밀었지만 그는 망설임 없이 고개를 가로저었다. 한 시간 후. 비포장도로에 버스가 멈춰 서자 택시 한 대가 기다리고 있었다.

"헬로! 나는 베흐루즈 사촌동생 아사디예요."

아사디의 택시를 타고 20분쯤 달렸을까. 거친 사막 한가운데에 거짓말처럼 마을이 나타났다. 듬성듬성 초원도 보였다. 멀리 눈 덮인 산을 배경으로 양떼가 풀을 뜯었다. 짐짝처럼 가만히 있던 아내가 드디어 탄성을 질렀다.

"바로 여기야! 내가 늘 와보고 싶었던 바로 그곳이라고!"

집 안에 들어서자 온 식구가 기다리고 있었다. 페르시안 카펫 위에 과일 바구니, 케이크, 과자, 부추같이 생긴 식물, 꽃, 금붕어 어항 등이 놓였다. 설날 상차림인 모양이었다.

3월 20일 10시 30분, 이슬람력으로 1월 1일이다.

"살레 노 모바락(Happy New Year)!"

TV에서 죽은(!) 호메이니가 연설을 시작했다. 현재 종교 지도자와 대통령 연설이 이어졌다. 잠시 후, 아버님이 꾸란(코란)을 꺼내 펼쳤다.

'아, 연설만으로도 충분히 지루한데……. 또 꾸란 낭독을?'

그런데 아버님이 꾸란 속에서 빳빳한 5,000리알 지폐를 꺼내 어머님부터 아들 둘, 딸 부부, 손녀에게 차례대로 한 장씩 나눠주시는 게 아닌가! 나도 장난스럽게 두 손을 쭉 내밀었다. 아버님은 당연하다는 듯이 한 장 척 얹어주셨다. 마지막으로 아내에게 한 장 나눠주자 지폐는 딱 떨어졌다. 미리 우리 몫까지 준비하신 것이다. 아내의 눈에 물기가 비쳤다. 세뱃돈을 받고 보니 고국에 계신 부모님이 생각난 모양이었다.

곧 손님들이 들이닥쳤다. 우리의 전담 통역관으로 임명된 아사디가 한 사람씩 소개하기 시작했다. 그런데 촌수가 좀 이상했다.

"잠깐만! 이분이 베흐루즈 여동생의 남편이야, 그치? 그런데 네 형이라며? 넌 베흐루즈의 사촌동생이라 했잖아?"

"그게 뭐? 그러니까 우리 형은 베흐루즈의 사촌동생이자 처남인 거지. 우리 엄마 역시 얘(베흐루즈 여동생)한테는 이모이자 시어머니가 되는 거고!"

나중에 수도 테헤란에서 중산층 가정의 초대를 받은 적도 있었는데 도시인들도 한가지였다. 사촌끼리의 혼인은 이란에서 아주 흔했다. 그 때문에 샤베 마을 200여 가구에 살고 있는 2,000여 명은 거의 대부분이 서로 친척이었다.

그리하여 여행 떠난 이후 가장 바쁜 나날을 보내야 했다. 이 집에서 점심, 저 집에서 저녁. 초대에 불려 다니느라 발바닥에 불이 날 지경이었다. 잠깐 틈을 봐서 마을 산책이라도 할라치면 아사디가 말했다.

"어, 삼촌이 차 마시러 오라고 부르시네? 저긴 또 형수 이모님 아냐. 차 한잔 안 마시러 온다고 아침부터 섭섭해 하시던데!"

"야, 아사디! 우리가 물고기도 아니고, 좀 어떻게 안 되겠냐?"

정말 아내와 난 물고기처럼 하루 종일 차를 마셔대야 했다. 물론 그렇다고 싫을 리가 있겠는가. 며칠 사이 우리 부부도 샤베 마을의 식구

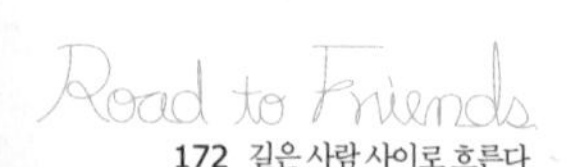

가 된 것처럼 즐거웠다.

그 덕분에 우리의 페르시아어도 나날이 발전하고 있었다. 아내는 쉬라즈에서 구입한 '영어-페르시아어' 회화책을 들고 매일 밤늦도록 단어 공부를 하더니 사람들을 깜짝깜짝 놀라도록 만들었다. 특히 어머님, 아버님이 누구보다도 신통해하며 좋아했는데, 토끼, 닭, 양, 설탕, 오렌지, 별, 비, 친구, '이건 흰색', '저건 빨간색' 등등 아내가 구사하는 단어들 중에서 어머님이 좋아하는 말은 따로 있었다.

"어머님이 제일 예뻐요!"

하루는 아사디의 큰형 코르세 집에 식구들이 모였다. 공무원인 코르세는 껄렁대는 아사디조차도 꼼짝 못하는 걸 보아 집안 내 발언권이 꽤 센 모양이었다.

"태! 권!"

코르세의 아들 알리가 신통치 않은 발차기를 내게 선보였다. 꼬마 나름대로의 이방인에 대한 환영 인사인 셈이다. 그때였다. TV에서 격앙된 목소리가 흘러나왔다. 팔레스타인 지도자가 이스라엘 청년에 의해 암살되었다는 보도였다.

"이슬람은 평화의 종교인데. 꾸란에서도 '빵 두 조각이 있으면 한 조각은 반드시 타인에게 나누어주라' 고 가르치거든. 기독교나 유대교도 마찬가지고. 하지만 모두 변질되었어. 서로 전쟁과 테러만을 정당화하지!"

코르세는 한숨을 쉬었다. 잠시 침묵. 내가 이란의 오늘에 대해 듣고 싶다고 부탁했다.

"이란의 오늘? 오늘과 내일이 다른데. 풋, 물가 말이야. 이란은 대학 졸업한 엘리트만이 정상적인 직업을 가질 수 있는 나라야. 도시인은 월급 받아 한 달 집세 내면 그만이고. 너희들 여행하면서 자가용 택시 많이 봤지? 직업이 두 개라야 먹고 산다는 얘기야. 내가 왜 영어와 프랑스어를 할 줄 아는지 아니? 이민 가려고 했거든."

"그랬구나. 그런데 너희 나라만 그런 건 아냐. 한국도 이민 가는 사람들이 많아."

"정말? 왜? 한국처럼 잘사는 나라가?"

"글쎄……뭐라고 할까. 음, 만약 내 눈에는 샤베 마을 사람들이 더 행복해 보인다면?"

"그럴 리가?"

아내와 나는 이란을 여행하면서 받았던 그 숱한 관용에 대해 말해 주었다. 깊고도 맑은 사람들의 눈에 대해서도. 그리고 한국의 속도와 경쟁에 대해서도 이야기했다. 그는 고개만 끄덕거렸다.

그날 밤 나는 코르세와 많은 이야기를 나누었다. 이란에 대해서, 한국에 대해서, 그가 알고 싶어 하는 세상에 대해서 그리고 내가 그리워하는 세상에 대해서. 삶과 여행과 행복에 관해서도.

닷새 만에 떠나는 날이 되었다. 코르세가 새벽 출근길에 작별 인사를 하러 왔다. 곧 터키 국경을 넘어갈 우리를 위해 '터키어 활용 메모'

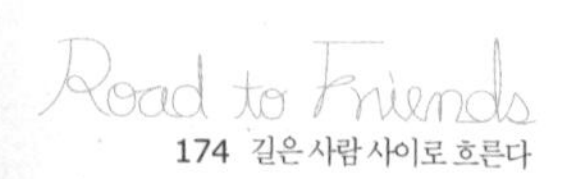

페르세폴리스 "사인 해주세요." 오늘은 여학생들만 입장 가능한 날. 인기 폭발이다

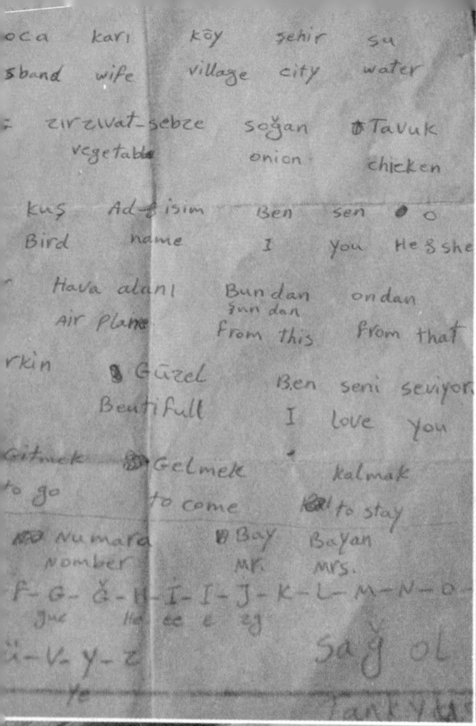

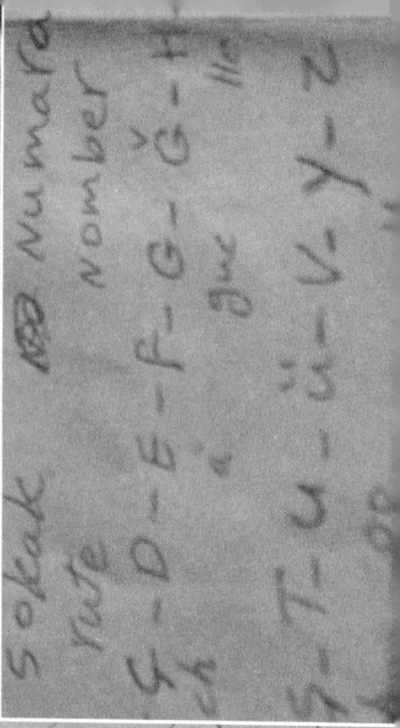

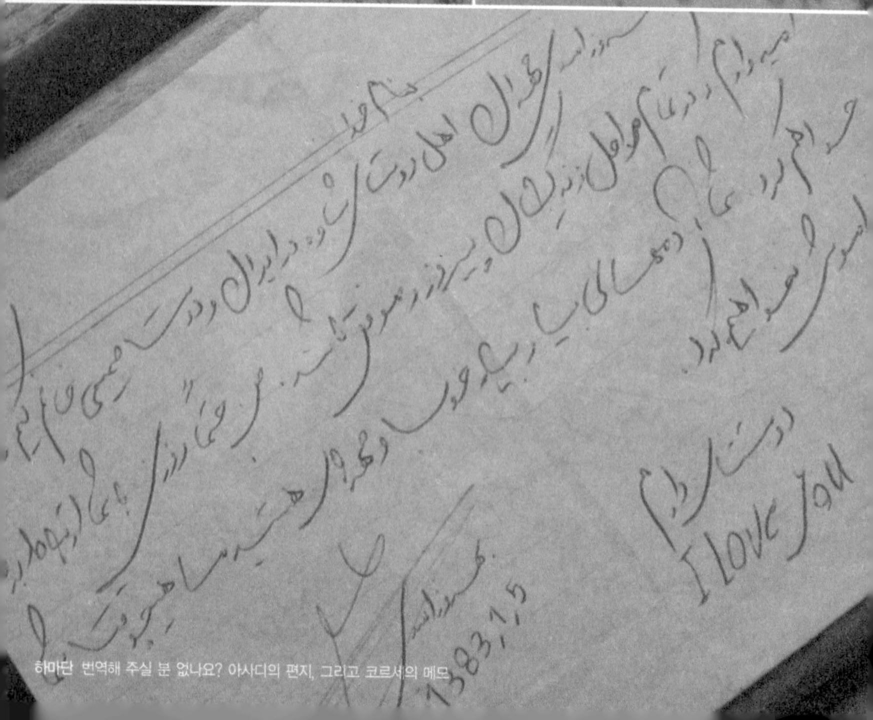

oca kari köy sehir su
sband wife village city water

zirzivat-sebze soğan Tavuk
vegetable onion chicken

kuş Ad-isim Ben sen o
Bird name I you He & she

Hava alanı Bundan ondan
Air Plane şundan
from this from that

rkin Güzel Ben seni seviyor
Beutifull I love you

Gitmek Gelmek kalmak
to go to come to stay

Numara Bay Bayan
Nomber MR. MRS.

F-G-Ğ-H-I-İ-J-K-L-M-N-O-

ü-V-Y-Z

Sağ ol
Tank you

하마단 번역해 주실 분 없나요? 아사디의 편지, 그리고 코르셔의 메모를 만들어 왔다. 자기를 잊지 말아달라는 당부도 함께 전했다.

어머님은 도시락을 손에 쥐어주고 아버님은 편지 쓰라는 시늉을 했다. 마지막으로 우리 부부를 꼬옥 껴안아주시고 나서 어서 가라고 손짓했다. 아사디는 떠나는 길까지 함께했다. 아내와 나를 쫓아다니느라 택시 영업을 닷새나 쉬었던 그였다. 그가 또다시 물었다. 며칠만 더 있다 가면 안 되냐고. 버스를 타는 순간 그가 편지를 던지듯이 내 손에 쥐어줬다.

버스에 앉아 어머님의 도시락을 풀어보니 이란 빵 '난'과 삶은 달걀과 설탕이었다. 눈물이 핑 돌았다. 이번에는 아사디의 편지를 펼쳤다. 모두 페르시아어라 읽을 수는 없지만 마지막 한 줄 "I LOVE YOU"만은 알아볼 수 있었다. 말은 곧잘 하더니 글까지 익히지는 못한 모양이다. 풋. 마지막 순간에야 편지를 던진 이유가 그거였다.

가난한 사람들. 하지만 자신을 나누는 데 조금도 스스럼없는 사람들. 깊고도 맑은 눈을 가진 사람들. 오래된 문명의 깊은 속내를 보여주는 사람들. 척박한 사막에 살면서도 모래보다 고운 심성을 가진 그들은 어쩌면 사막에 피어난 꽃이 아닐까. 그런 그들이 멀어져가고 있었다.

어느 저녁 코르세한테 왜 이렇게 나그네에게 잘해주는지, 곧 떠날 우리가 어떻게 보답할 수 있을지에 대해 물어본 적이 있다. 그때 그는 이렇게 답했다.

"나에게 보답할 건 없어. 다른 누군가에게 그 마음을 나누어주면 되는 거야."

페르세폴리스
다리우스 왕 1세 때 지은 왕궁 유적지
구름에 닿은 듯한 열주 기둥이 그 규모를 말해 준다

이란 야즈드 20040309

사람들은 친절한 것 같은데, 말이 안 통하니 무지 답답하다.

숫자만 겨우 읽고, 인사말만 할 줄 아니…….

황량한 사막이다. 3층 이상의 고층빌딩을 찾아볼 수 없는

야트막한 도시. 멀리 보이는 설산과 끝없는 반복 또 반복.

이런 환경은 어떤 심성을 만들어내는 걸까?

야즈드로 오는 버스 안에서 본 늙은 아저씨는 소년 같은

눈망울을 가졌다. 외국인에 대한 호기심과 몸짓으로 나누는 대화에

눈을 뗄 줄 모른다. 어쩌면 저렇게 맑은 눈망울을 가질 수 있을까?

밤Bam에서 만난 10대들의 정말 맑고 환한 모습을

다시 떠올릴 수 있어 흐뭇하다.

소금사막에서의 고립과 생존 그리고 탈출

볼리비아 우유니 소금사막 동지들 1

"차가 못 온답니다!"

"네?"

"폭설로 길이 막혔대요."

국경 5킬로미터를 남겨놓고 이 무슨 일인가! 운전사 겸 가이드인 산티아고가 다급하게 일행들을 불러 모았다.

"돌아가는 길도 언제 막힐지 모릅니다. 서둘러야 해요. 칠레로 넘어갈 분들은 대피소에 남으시면 됩니다. 원한다면 저와 함께 우유니로 돌아가셔도 되고요. 자, 이제 선택해 주십시오."

선택. 인생이 그렇듯이 여행도 늘 선택의 연속이다. 볼리비아 우유니에서 출발한 투어는 2박 3일 동안 사륜구동 지프를 타고 소금사막과

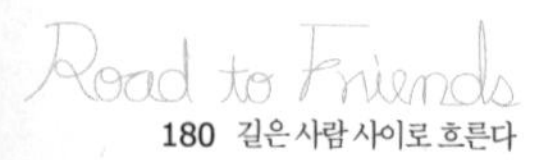

국립공원을 돌아본 후 칠레의 산 페드로에서 끝나는 걸로 되어 있었다. 하지만 폭설로 인해 걸어서도 두 시간이면 갈 거리를 남겨두고 선택의 순간이 온 것이다. 그 먼 길을 되돌아갈 것인가, 아니면 해발 4,000미터 대피소에 남아 길이 열릴 때까지 기다릴 것인가.

투어 첫날에 간 소금사막은 정말이지 황홀했다. 사막에 눈이 내린 것처럼 새하얀 세상이 눈앞에 펼쳐져 있었다. 해발 3,800미터에 소금으로 생겨난 사막이라니. 아주 옛날에는 이 높은 곳이 바다였다는 이야기다.

아내와 난 믿겨지지 않아 소금 덩어리를 혓바닥에 댔다가 벌러덩 드러누웠다가 아이처럼 팔딱팔딱 뛰어다녔다. 지프를 타고 하루 종일 소금 위를 달렸지만 조금도 지루하지 않았다.

그러나 투어는 그것으로 끝났다.

둘째 날 오후부터 눈이 날리기 시작하더니 밤이 되자 기온이 뚝 떨어지며 눈보라가 무섭게 몰아쳤다. 셋째 날 아침에는 산티아고가 길이 막힐 걸 예감이라도 한 듯 더 서두르기 시작했다. 모든 구경거리를 포기하고 '하얀호수Laguna Blanca'를 향해 내달리기만 했던 것이다. 칠레에서 넘어온 차를 갈아타야 한다는 일념으로.

사실 그때까지만 해도 눈 내리는 온천에 손만 담그고 와야 했던 것이 차마 원통할 뿐이었다. 그런데 무슨 청천벽력 같은 소리. 칠레로 간다는 기쁨 하나로 온천이라면 사족을 못 쓰는 내가 모든 걸 단념하고 달려왔는데 국경을 코앞에 두고 다시 돌아가라니!

도저히 있을 수 없는 일이다. 하루이틀이면 될 거라는 기대를 안은 채 아내와 나는 대피소에 남기로 결정했다. 스위스인 토비아 역시 길이 열리기를 기다리겠다고 했다. 하지만 우리는 그날 선택이 가져올 결과를 알지 못했다.

바야흐로 '관광'은 끝나고 '서바이벌 투어'가 시작된 것이다.

산티아고가 다른 일행 세 명과 함께 우유니를 향해 떠나고, 남은 우리는 대피소에 짐을 풀었다. 깨끗하고 쾌적한 침대 시트를 기대한 것은 아니지만 매트리스와 담요 상태는 심각했다. 매트리스는 반쯤 물이 빠진 물침대처럼 흐느적거리고 담요는 땟국이 배어 원래 색깔을 구분할 수 없을 정도였다. 그나마 날씨가 추워 침대 벼룩이 없다는 걸 다행이라고 해야 할까.

그뿐이 아니었다. 대피소에는 하루 먼저 고립된 세 명의 여행자들이 더 있었는데, 그들은 '선배'답게 이곳 사정을 '친절하게' 브리핑해 주었다.

"물이 없어서 이틀 동안 세수도 못했다니까."

"물론 전기도 안 들어오지. 해 떨어지면 잠자는 것 말고는 할 일이 없어."

"그 흔한 장작난로 하나 없거든. 대낮에도 추워서 담요를 몇 장씩 둘러야 할걸?"

물과 전기와 난로에 이은 마지막 결정타에 마침내 우리 부부는 입을 벌리고 말았다.

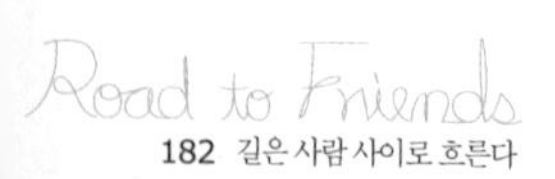

우유니 폭설로 6일간 머물렀던 대피소

"저기 창틀까지 쌓인 눈 좀 봐. 어제부터 엄청나게 내리더라고. 하늘에 구멍이라도 난 줄 알았지 뭐야. 이런 눈은 생전 처음이라니까. 아마 내일도 길이 뚫리기는 어려울 거야."

다음날 아침이었다. 토비아(투어 일행이었던 그는 에콰도르 키토에서 2개월간 의료봉사를 마치고 스위스로 귀국하기 전에 남미 여행 중이다)가 방문을 열고 소리를 질렀다.

"다들 나와 봐! 눈이 그쳤어!"

정말이었다. 손바닥만큼 파란 하늘이 보였다. 잠시였지만 모두에게 희망찬 아침이었다. 그러나 대피소 관리인 막시마 아줌마의 라디오 통신 결과는 사뭇 달랐다. 눈이 그쳐도 치우는 데 얼마나 걸릴지 알 수 없다는 거였다.

대피소의 추위는 살인적이었다. 배낭 속에 든 옷을 몽땅 꺼내 입고 양말도 두 개씩이나 껴 신었지만 온종일 담요를 뒤집어쓰고 있어야 했다. 막시마가 끓여주는 코카차를 마시는 시간이 그나마 훈훈했는데, 또 그 뒷일이 간단치가 않았다. 보통 차는 이뇨 작용을 돕는다고 한다. 즉 소변이 자주 마려워지는 법인데, 화장실이 밖에 있었던 것이다.

참다 참다 문을 열고 나서면 먼저 '휘이이잉' 눈보라가 덮친다. 양손으로 얼굴을 감싸 쥐고 화장실까지 달려가는데 자칫 몸이 날아갈 듯 위태롭다. 무릎까지 눈에 푹푹 빠지니 뛰어가는 일만도 만만치가 않다. 이윽고 화장실에 골인해서 문을 닫으면 '휘이잉' '콰르르르' 날 잡아먹지 못해 안타깝다는 양, 예까지 쫓아온 눈보라가 문을 긁어댄다. 참았던 생리 현상을 해결하는 쾌감도 잠시, 다시 돌아갈 일이 걱정이다.

그렇게 또 하루가 갔다. 다음날, 그러니까 셋째 날 아침도 토비아가 호들갑스럽게 소리를 지르는 것으로 시작되었다.

"해가 떴어! 하늘이 파랗다니까!"

몸이 침낭으로부터 빠져나오기를 거부했다. 밤새 지붕과 창문을 쓸어가던 눈보라 소리에 잠을 설쳤던 것이다. 의사라는 친구가 저렇게 촐랑대서야 원, 난 중얼거리며 일어났다.

그런데 거짓말처럼 바람이 멎어 있었다. 구름 한 점 없는 파란 하늘에서 따스한 아침햇살이 내렸다. 내가 나갔을 때는 다들 감격에 겨워 눈을 감고 두 손을 편 채 입을 벌리고 서 있었다. 마치 모닝커피 대신 햇살을 마시겠다는 사람들처럼.

그날 아침, 대피소의 동지들은 세상에서 가장 행복한 이들처럼 웃고 있었다. 적어도 막시마의 절망적인 라디오 통신 결과를 듣기 전까지는. 오늘은 물론 내일도 칠레 국경일이라 제설 작업을 쉰다는 소식이었다. 아직 본격적인 제설 작업은 시작도 되지 않은 모양이었다. 아, 마침내 동지들은 넋이 나가 고개를 떨어뜨렸다. 그때 아내가 나를 불렀다.

"자연 앞에서 어쩌겠어. 마음을 비워야지."

아내는 창문까지 차오른 눈을 치우며 해를 맞이하느라 부산을 떨고 있었다. 사실 아내의 말이 백번 옳았다. 벗어날 수 없는 상황이라면 즐겨야 하는 법!

NO HAY
PASO

나는 두 개씩 껴 신은 양말을 벗었다. 그리고 맨발로 성큼성큼 걸어나가 눈을 뭉쳤다. 눈뭉치로 목덜미까지 문질러대며 세수를 하고 발도 닦았다. 짜릿한 쾌감이 온몸으로 번졌다. 손꼽아보니 꼭 4일 만에 씻는 것이다.

먼저 베아트(시커먼 수염을 기른 익살스러운 스위스 친구로 남미만 6개월째 여행중이다)가 양말을 벗고 나오더니 "으아아!" 괴성을 질렀다. 곧 모두가 뒤따르고 대피소 앞 눈밭은 시끌벅적 공동세면장으로 변했다. 한껏 의기양양해진 나는 허세도 부려본다.

"만약 이틀 후까지도 고립되어 있으면 그때는 저 하얀호수의 얼음물로 머리를 감겠어!"

"정말이지? 만약 네가 머리를 감으면 난 샤워를 한다!"

"으하하하!"

아내의 말처럼 대자연 앞에서 마음을 놓아야 할 시간, 여섯 명의 대피소 동지들은 초연해지기로 했다. 다함께 '푸른호수Laguna Verde'로 하이킹을 다녀오고, 창가에 앉아 엽서나 일기를 쓰고 책을 읽다가, 무심히 창틀이 만들어준 액자 속 하얀 세상으로 빠져들었다. 그러다 심심해지면 우리는 미친 듯이 카드놀이에 몰입했는데 어느덧 서로의 이야기도 밑천이 떨어져가고 있었기 때문이다.

그 다음날 후르헨이 사스키아(자전거로 남미를 여행중인 40대 후반의 네덜란드 커플)의 생일이라는 소식을 알렸다. 그는 내내 방 안에서 혼자 꼼지락거리더니 과자 박스로 만든 인형과 함께 카드 그리고 과자로 쌓아올린 케이크를 내놓았다. 토비아도 깊이 아껴둔 초콜릿을 꺼냈다. 우리 부부가 예쁜 엽서 한 장을 더하자 막시마는 코카차를 끓여냈다.

"모두 고마워! 그리고 후르헨, 당신 정말 멋져!"

사스키아는 감동으로 눈물이 글썽했다. 8년 전 두 사람은 각자 자전거를 타고 아프리카를 여행하다가 처음 만났다고 한다. 그 후 오스트레일리아를 함께 횡단했고 지금은 남미를 종단하고 있는 중년의 자전거 커플이다. 폭설 때문에 갇힌 대피소에서, 길이 막혀 만난 친구들과 함께 맞이한 생일파티. 그 기쁨을 무엇에 비할 수 있을까.

그렇게 하루, 또 하루가 지나갔다. 우리들은 눈으로 고립된 해발 4,000미터 대피소에서 자연의 하루를 조금씩 배워가고 있었다.

붉은 해가 호수 너머로 떠오르면 하얀 망토를 걸친 산들이 가장 먼저 깨어나요. 플라밍고가 호수를 날고 연한 눈보라가 따라갑니다. 휘이이잉. 햇살과 바람이 뒤엉켜 장난을 치는가 싶더니 어느새 산 그림자가 호수를 건너고 있어요. 그리고 해가 졌지요. 오렌지와 분홍빛이 이룬 층층 사이로 파란빛도 시린 얼굴을 내밀어 설명할 수 없는 저녁놀을 만들어냅니다. 어둠은 잠시뿐. 해가 저문 자리에 다시 달이 떴습니다. 이틀쯤 모자란 보름달.

여행 떠나서 새로 생긴 버릇이 하나 있다. 감당할 수 없는 아름다움을 만나면 부모님과 친구들에게 엽서를 썼다. 아무도 원하지 않았지만 찾아온 이 시간, 나그네는 고마웠다. 만약 여행에도 클라이맥스가 있다면 지금 이 순간이 아닐까 생각했던 것 같다.

그러나 대피소의 사정은 점점 어려워지고 있었다. 넷째 날 점심부터 소스 없는 스파게티면만 나오더니 저녁에는 맨밥에 삶은 달걀 하나가 전부였다. 그 다음날은 커피마저도 바닥났다. 어쩌다 야마고기 한 조각이라도 나오면 다들 미친 듯이 환호성을 지르며 열광하기까지 이르렀다.

마침내 올 것이 왔다. 고립 6일째 되는 날 아침. 그날도 눈으로 양치하고 들어오는데 막시마가 모두를 모아놓고 설명하고 있었다. 최후통첩이었다. 길이 언제 열릴지 요원하다는 것, 대피소 식량이 다 떨어져 간다는 것, 여행사가 우유니로 돌아오라고 라디오 통신을 했다는 것, 차비는 물론 우유니 숙박과 칠레까지의 우회로 교통까지 여행사에서 책임질 거라는 것. 대강의 요지는 이랬다.

아내와 나는 이제 대피소 생활에 익숙해졌고, 지금껏 기다렸는데 다시 돌아간다는 것이 망설여졌다. 이미 일주일 전에 출국 도장을 받았으므로 서류상으로는 볼리비아를 떠난 상태이기도 했다. 또 모든 것을 책임지겠다는 여행사의 말을 믿기 어려울 뿐만 아니라, 눈에 묻혀버린 길을 찾아나서는 일이 더 위험할 수 있다는 것까지 생각이 미치자 영 내키지가 않았다.

그럼에도 불구하고 이번에는 선택의 여지가 없어 보였다. 언제 길이 뚫릴지 알 수 없는 상황에서 식량까지 동이 났다는 데 별 도리가 없었

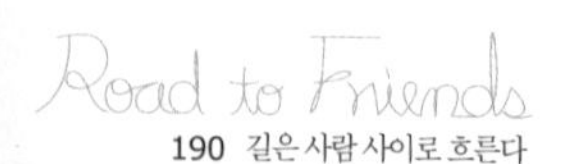

우유니 자유 - 하얀 세상을 나는 플라밍고의 비행

우유니 해발 4,000미터 산 중에 찾아온 태초의 아름다움

다. 6일간의 '서바이벌 투어'에 함께했던 동지들 모두 우유니로 귀환하기로 결정했다.

지프가 하얀호수를 끼고 눈길을 내달렸다. 모두 대피소에 뭔가를 흘려두고 온 사람처럼 힐끗힐끗 눈길에 남은 바퀴 자국을 돌아보고는 했다. 대피소가 시야에서 완전히 사라지자 아내가 힘없이 중얼거렸다.

"오늘이 추석이네. 무사히 도착해서 부모님께 전화라도 드리면 좋겠다."

6일간의 서바이벌 투어 동지들

올라, 내 친구들!

너희를 만난 건 내게 기쁨이었어.

그 특별한 상황에서 일주일 동안 함께 지낸 경험, 잊지 못할 거야.

난 비행기 일정에 맞추어 겨우 키토에 도착했어. 페루에서 파업 때문에

이틀이나 묶이는 통에 아레키파와 푸노를 보진 못했지만,

별로 섭섭하지 않아. 석 달 동안 내가 하고 싶은 것을 다 했으니까.

심지어 완전하게 눈으로 덮여버린 산 속에서의 모험까지도!

지금은 모든 것이 좋아. 다만 감기에 걸렸을 뿐이지.

난 목요일이면 떠나. 더이상 별일이 없다면 10월 30일에는

아마 난 집에 있겠지? 거의 석 달 만에, 물론 너희에 비하면 짧지만,

가족과 친구들, 그리고 내 일상으로 돌아간다는 것이 이렇게 행복할 수가 없어. 너희도 무사히 산 페드로에 도착했다니 기쁘다.

혹시 소식 들었니? 함께 투어를 했다가 '하얀호수' 에서
바로 돌아갔던 친구들에게 무슨 일이 일어났는지 말이야.
눈 속에서 길을 잃고 이틀 밤을 보내야 했다는 거야. 차 안에서
살인적인 추위와 배고픔을 견디면서. 사실 난 대피소에 남기로 한
내 결정이 바보 같았다고 생각했거든.
그래도 다행스럽게 그들 모두 무사히 우유니에 도착했다더라.
일부는 예약해 둔 비행기를 놓쳐버리고
'콜케 투어' 에 엄청 분노하면서 말이지.
아무튼, 마침내 모든 것이 좋은 결말에 이르렀네!
난 우리 스스로 생존했던 그 아름다운 세상에서 보낸
평화로운 순간들에 지금 감사하고 있어.
너희들이 다시 보고 싶을 거야.
스위스에는 언제 올 건지 알려줘.

따뜻한 안부를 전하며 토비아

토비아

헬로, 라구나Laguna 친구들! 소식 고마워.

너희들과 함께했던 지난 시간들, 멋지고 재미난 여행이었어.

토비아는 스위스행 비행기에 앉아 있겠지만,

난 지금 상파울로에서 스위스로 가는 비행기를 기다리고 있어.

그래, 이제 하루 남았어.

이제 내일이면 나의 가족, 나의 아내에게로 간다.

우유니를 떠나 (아르헨티나) 살타까지는 이틀이나 걸렸어.

긴 시간이었지만, 살타는 내게 새로운 세상 같았어.

따뜻하고 맑은 날씨, 커피, 거리에 널린 레스토랑…….

진짜 '유러피안 스타일' 이었어. 난 살타가 정말 좋아.

주변의 광활한 풍경도. 그리고 이구아수 폭포에도 갔었지. 대단했어.

황홀할 만큼 아름다웠고. 난 다시 아르헨티나로 와야 할까봐.

어느 날 어느 곳에서 너희들을 다시 만나기를 바란다.

아마 스위스가 되겠지. 일주일 안에 (스위스) 베른에서 토비아를

다시 만나기로 했거든. 아마 우리 둘은 '하얀호수' 에서

보낸 엄청나고 특별한 시간에 대해 이야기 나누겠지.

정말이지 낯설고 이상할 것 같아!

사랑스러운 인사를 전하며 베아트

소금사막에서 '피케팅'을 하다

볼리비아 우유니 소금사막 동지들 2

지프는 비포장도로를 달렸다. 왼쪽 산마루 너머로 해가 떨어지자 오른쪽 평원에서 달이 떠오르고 있었다. 유난히도 밝고 노란 대보름달이었다. 차 소리에 놀란 야마 떼들이 그 큰 보름달 속으로 달아났다.

"마침내 서바이벌 게임이 끝났군!"

우리 일행은 열두 시간의 악전고투 끝에 막 산악 지역을 벗어난 참이었다. 생각할수록 아찔한 순간들이었다. 대피소를 떠난 차는 '푸른호수' 까지는 그런대로 잘 달렸다. 하지만 사륜구동 지프도 폭설로 쌓인 눈길에서는 별 수 없음을 곧 알 수 있었다. 이리저리 미끄러지며 위태로운 상황을 연출하더니 급기야 바퀴가 눈 속으로 빠져들고 만 것이다.

여섯 명이 안간힘을 다해 밀어보지만 요지부동. 마침내는 삽과 곡괭이로 수로를 만들 듯이 길을 파헤쳐야 했다. 걷기만 해도 숨이 차오르는 해발 4,000미터 고산 지역에서 삽질을 해댔으니, 10분도 안 되어 내 심장은 죽어라 방망이질을 치고 온몸은 땀으로 젖어들었다.

그러기를 수차례, 길까지 잃어버리기도 했으니 베테랑 운전사에게도 바퀴 자국 하나 없는 눈밭에서 길 찾기란 버거운 일인 모양이었다.

"고립과 생존, 그리고 탈출! 어때? 한 편의 드라마 같지 않아?"

베아트는 드라마 작가라도 되는 양 신이 나서 말했다.

"드라마고 뭐고, 난 뜨거운 물로 샤워부터 할 거야! 이거, 도대체 며칠 만이지?"

촐랑거리는 의사 토비아가 말을 받았다. 연이어 베아트는 누가 스위스인이 아니랄까봐 초콜릿부터 사 먹겠다고 하고, 자전거 부부는 진한 커피 한잔 마시고 싶다고 했다. 아내와 난 명절을 맞아 고향집에 모여 있을 가족들에게 전화부터 해야겠다고 생각하고 있었다. 하지만 우리들을 기다린 건 여행사 사장의 일방적인 약속위반 통고일 뿐이었다.

"두 가지 옵션이 있어. 하나는 오늘 하루 공짜로 자는 거고, 두 번째는 낫싱Nothing이야! 날씨 때문이지 우리 잘못이 아니잖아. 우리는 당신들을 6일 동안이나 먹여줬어. 더이상은 곤란해. 만약 하루라도 우리 호텔에서 묵고 싶으면 투어 계약서부터 내놔"

물도 없고 전기도 없는 그 추운 대피소에서 고립되었다가 살아온 사람들에게 빈말이라도 먼저 '미안하다, 얼마나 힘들었느냐, 고생이 많았다, 그런데 우리 사정도……' 순서가 이래야 도리가 아닌가. 사실

우유니 하양, 파랑, 빨강 호수를 거쳐 우유니로 귀환하던 날

우유니 하루 종일 질주해도 조금도 지루하거나 짜지 않은 소금사막

우리는 어느 정도 예상한 일이었고 피곤해서 얼른 쉬고만 싶었다. 그런데 이건 아니었다. 사장의 태도가 두 싸움닭의 눈에 불똥이 튀게 만든 것이다.

“아, 그러셔? 아침에는 달랑 비스킷, 점심 때는 소스 없는 스파게티, 저녁은 맨밥에 삶은 달걀 하나. 참 훌륭한 식사였지! 그리고 폭설이 내릴 줄 너희가 알았겠어? 다 인정해. 그런데 다른 여행사에서는 3일도 더 전에 다 모셔가더라. 난 우리 여행사만 가난해서 그런가보다 했지. 근데 이 여행사가 우유니에서 제일 크다며?”

“그래서 뭐?”

“사실 관광객에게는 시간이 돈이거든. 그런데 천재지변으로 생긴 일이니 변상하랄 수도 없고. 그냥 위로나 한마디 들었으면 좋았을 텐데, 이미 늦어버렸네. 그래, 이만 각설하고, 여기 계약서에 쓰인 대로 칠레 ‘산 페드로’ 까지만 데려다줘. 그뿐이야.”

사장이 우리 이야기에 콧방귀를 뀌더니 스위스 친구들을 먼저 구슬린다. 처음에는 토비아와 베아트 역시 약속과 다르다며 따지는 것 같더니 이내 포기하고 여행사의 제안을 받아들이려는 듯 우리 부부의 눈치를 살핀다.

서양 여행자들은 이런 상황에서 대개 액수가 크지 않기도 하거니와 괜히 부딪치기 싫어해서 그냥 넘어가고 만다. 그래서 여행사들의 나쁜 행태가 반복되는 면도 있을 것이다.

이럴 때 마음이 맞는 자전거 부부라도 있었으면 좋았을 텐데. 그들은 자전거로 소금사막을 건너겠다며 인근 마을에 먼저 내렸던 것이다. 결국에는 우리 둘만 남을 상황이었다. 아내와 난 매우 피곤한 상태였지만 그냥 지나쳐서는 안 될 문제라고 마음을 다잡았다.

미안해하는 스위스 친구들을 올려 보내고 호텔 로비 소파에 가방을 부렸다. 그 자리에서 농성할 생각이었다. 대피소에 비하자면 스위트룸이나 다름없으므로 마음먹기에 따라 불편할 것도 없었다.

"투어 계약서를 쓰지 않는 한 절대 객실을 내주지 마!"

사장은 직원에게 '명' 을 내린 후 나를 한 번 힐끗 쳐다보고는 휭 가버렸다. 한 시간이나 지났을까. 사장의 전화를 받은 직원이 경찰을 불렀다. 달려온 경찰에게 한 달 배운 스페인어로 여차여차하다고 사정을 설명했다. 의외로 경찰이 합리적인 중재안을 내놓았다. 투어 계약서는 자기가 보관하겠으니 일단 오늘밤은 객실을 내어주라 한 것이다. 그리고 이튿날 사장을 불러 3자 논의를 갖자고 덧붙였다.

그러나 다음날, 밤사이 무슨 일이 있었는지 경찰과 사장은 손발이 착착 맞아 들어갔다. 태도가 돌변한 경찰이 오히려 우리를 설득하려고 했다. 볼리비아 경찰 수준을 한번 보자는 마음으로 나는 바로 찌르고 들어갔다.

"당신 상급자랑 이야기하고 싶어."

"상급자 누구?"

"경찰서장 있을 거 아냐."

"없어."

"왜?"

"라파스 갔어."

"언제 오는데?"

"몰라."

"그럼 고소라도 해두겠어. 계약서 위반으로."

"여기에는 그런 거 없어."

"……!"

이쯤 되니 기가 막혀 더이상 할 말이 없다. 그렇다고 여기서 물러설 우리라면 시작도 하지 않았을 것! 아내와 난 최후의 수단을 뽑아들기로 했다.

"피케팅을 하는 거야!"

여행길에서 이런 일이 생길 줄이야 꿈엔들 알았으랴. 혹시 잘못되어서 경찰서로? 이런 걱정이 안 떠오른 것은 아니지만, 처음 하는 일이 항상 그렇듯이 긴장 저편에서 슬며시 설렘이 고개를 들었다. 아내와 나는 먼저 관광 안내소에 도움을 청하러 갔다. 그런데 그곳에는 우리가 싸워야 할 여행사 '콜케 투어Colque Tour'에 대한 불만을 담은 투서가 가득했다. 심지어 운전사가 만취한 상태였다는 이야기까지 있었다. 왜 진작 여기에서 정보를 얻지 않았을까. 안내소 직원은 우리 부부의 계획을 듣더니 전폭적으로 지지한다며 피켓 만드는 일을 도와주었다.

드디어 피켓을 들고 여행사 사무실 앞에 섰다. 이것 역시 여행의 일부라며 일단 기념사진을 하나 '박고' 있자니 지나가는 원주민들부터 관심을 보이기 시작한다. 하긴, 신기하기도 할 것이다. 외국인이 피켓을 들고 시위하고 있으니 말이다.

"고맙긴 하지만 원주민들보다야 여행자들이 와야 도움이 되는데."

"저기 단체 관광객 온다!"

10여 명이나 되는 그들은 그러나 피켓의 내용을 읽는 것 같더니 낯선 언어로 자기들끼리만 뭐라 하면서 그냥 지나쳐버렸다.

"쳇! 뭐라고들 하는 거야? 동유럽 쪽 사람들 같기도 하고."

그 순간, 일행 중 한 명이 돌아서서 이쪽으로 걸어오는 것이 아닌가. 드디어 일이 되어갈 모양이라며 우리는 반색했다. 그런데 그는 내 앞에서 손을 펴보였다. 이런! 10달러짜리 지폐 두 장이 놓여 있었다. 우리가 차비가 없어 그런 줄 안 모양이었다.

"아니, 고맙습니다만, 지금 저희 돈 문제 때문에 이러는 게 아니거든요."

그는 고개를 갸우뚱거리며 돌아섰다. "나그네 부부, 마침내 우유니 소금사막에서 거지 신세 되다!" 신문에 날 일이다. 그때였다. 독일인 커플 한 쌍이 여행사 문을 밀고 들어가려다가 피켓을 보고는 다가와서 물었다.

"왜, 무슨 일이니?"

"응. 이 여행사가 돈을 너무 많이 번 것 같아 한 수 가르쳐주려고!"

이러저러했는데 오리발을 내밀더라, 우리는 한바탕 열을 올리며 설명했다. 독일인 커플은 여행 웹사이트에 투고하겠다는 둥 우리보다 더

분노하다 기념사진까지 남기고 돌아섰다. 잠시 후. 이번에는 프랑스인 커플이 다가왔다. 그들 역시 자신들의 일인 양 직접 따져보겠다며 사무실로 들어갔다 나오더니, 말이 안 통하는 사람들이라며 절레절레 고개를 흔들고 돌아갔다.

마침내 사장이 씩씩거리며 나타났다.

"너희들 뭘 원해?"

"피켓 못 읽어? 계약서대로 칠레까지 데려다줘."

"먼저 이 짓부터 그만두면 내일 보내줄게."

"그럼 영수증 만들어줘."

"안 돼!"

"왜?"

"좋아, 너희 맘대로 해. 내일도 모레도 평생 한번 해보라구, 흥!"

협상이 깨졌다. 그때였다. 이번에는 중년의 스페인인 부부가 나타났

다. 피켓을 읽어본 후 당연히 여행자인 우리에게 먼저 사정을 물어본다. 쭉 설명하자니 사장이 불쑥 끼어들어 진작 칠레로 보내주겠다는데도 이러고 있다며 새빨간 거짓말을 해댄다. 스페인 남자가 사실이냐는 듯 눈짓으로 물었다. 난 어이가 없어 어깨만 으쓱했더니 그가 사장에게 제안을 내놓았다.

"그럼, 내가 보는 앞에서 서로 각서를 쓰면 어떨까요?"

그가 먼저 나에게 동의를 구했다.

"저야 좋죠. 저희가 바라는 게 바로 그거니까요. 사장만 동의한다면 말이죠."

그가 이제 당신 차례라는 표정으로 사장을 쳐다보았다. 그 순간 사장의 표정이라니! 결국 사장은 스페인 부부 입회하에, 우리가 5킬로미터 앞에서 눈물을 삼키고 돌아와야 했던 칠레 산 페드로까지 지프를 제공한다는 각서를 썼다. 사장은 신경질적으로 사인을 하고 나서 마지

우유니 원하지 않았지만 찾아왔던 그 시간들. 함께했던 친구들이 보고 싶다

막 한마디를 내뱉었다.

"출발 시간은 내일 오전 8시야! 단 1분이라도 늦으면 국물도 없어!"

(다음날 아침, 우리 부부는 물론 정시 10분 전에 도착했지만, 차는 8시가 지나고 9시가 넘어서야 출발했다.)

참 신기한 일이다. 칠레에 도착하자마자 그렇게도 탈출하고 싶었던 볼리비아가 다시 그리워졌다. 하얀호수를 날던 플라밍고와 시린 청색의 설산을 비추던 달빛. 예상하지도 원하지도 않았지만 찾아왔던 시간들 말이다.

그리고 조금 서운했던 촐랑대는 의사 토비아와 건들거리던 베아트, 배짱이 맞았던 사스키아와 후르헨 자전거 부부, 대피소 관리인 막시마. 6일 동안이나 산중에 고립되어 생사를 함께했던 동지들, 그들이 보고 싶었다. 여행이란 그런 것이 아닐까?

볼리비아 코파카바나 200550519

드디어 티티카카 호수 위에 떠 있다.

따사로운 햇살이 반짝이는 검푸른 호수. 엄청나게 많은 사람들이 함께하고 있다. 인종도, 국적도 다양하다. 한국에도 이런 국제적인 관광지가 있으면 참 좋을 텐데 말이다.

바다 같은 호수.

왼쪽으로 끝이 없어 보이는 호수가 있고, 오른쪽으로 해발 3,800미터를 훌쩍 넘긴 산과 마을이 햇살을 받아 푸근해 보인다. 푸노보다 훨씬 풍요로워 보인다.

네 시간 정도 태양의 섬을 트래킹하고 섬 남쪽에 와 있다.

정말 고요하고, 조용하고, 따사롭고, 평화롭다. 섬도 삐죽 뾰족 여기저기 튀어나오고 들어간 모양으로 여유를 부려보기에 더없이 좋은 곳이다.

거의 4,000미터 높이의 섬. 해발 3,800미터 위의 호수.

이렇게 따뜻할 수 있다니.

Sol(태양), 정말 좋다.

이따가 보름달이 뜰 것이다. 7월 보름, 얼마나 예쁠까?

노오랗게 떴으면 좋겠다. 호수에도 담고.

평생에 큰 작심을 해야 이렇게 멋진 자연과 여유를

즐길 수 있다는 게 안타깝다.

오늘도 저 해는 또 지겠지. 내일을 위해.

오늘 할 일을 충분히 완수하고 말이다.

해가 지는 걸 보고 돌아서니, 잠시 후 노오란 보름달이 떴다.

정말정말 예쁘다.

왜 보름달만 유독 노랗게 보이는 걸까? 신기하다.

불빛이 거의 없는 섬이라 더욱 선명하다.

왼쪽으로 설산이 수줍은 듯 살짝 윗부분을 드러낸 모습이

정말 환상이다.

호수에도 비추네, 달빛.

아이들은 뛰놀고 남편은 달을 카메라로 잡으러 갔다.

호수 속에도 담아 오겠지?

머나먼 이국땅에서 혼자인 기분도 느껴본 날.

7월 보름달 아래서 둘이 있는 오붓한 시간도 느껴봐야지.

하루에도 몇 번씩 꿈틀거리는 이 내 마음을 붙잡고 싶다.

좀더 큰 어른이 되도록.

TRAVEL TIP

짜증나지만 재미난 비자 받기

장기여행을 계획하는 이에게 비자 받기는 큰 걱정거리 중 하나가 아닐까. 우리 부부는 그랬다. 낯선 도시에서 대사관을 찾아 헤매며 비자를 받는 일은 생각만 해도 머리가 지끈거렸다. 어디에서 어느 나라의 비자를 받을 수 있으며, 처리 기간은 며칠이며, 또 체류 허가 기간은, 비용은…… 휴우. 그렇다고 보통 몇 달씩 유효기간이 있는 각국 비자를 미리 한국에서 다 받아갈 수도 없는 노릇이었다.

무슨 좋은 방법이 없을까. 물론 비자가 사라지지 않는 한, 없다. 그때그때 그 이웃나라에서 비자를 해결하는 수밖에. 사실 여행중에 비자 업무를 처리하는 건 보통 성가신 일이 아니다. 접수하는 데에만 하루 온종일 걸리기도 하고, 이란처럼 엄격한 이슬람 국가의 경우는 여성에게 '히잡'을 두른 사진을 요구해 사진관을 찾아 헤매기도 한다. 또 만약 휴일이나 축제라도 겹치면 여행자는 적지 않은 시간과 인내를 지불해야 한다.

방콕에서였다. 닷새면 넉넉히 받을 수 있다던 인도 비자가 열흘 만에야 나왔다. 국왕 생일 축제에다 주말까지 겹쳐버린 것이다. 게다가 미얀마는 항공으로만 입국이 가능하다는 '비보'를 접했고, 인도 대사관에 여권을 맡겨버렸으니 라오스를 다녀올 수도 없었다. 당시만 해도 딱 짜놓은 계획표대로 여행하던 우리 경로의 일대 변화를 요구한 사건이었다.

일정이 꼬이자 짜증이 나는데, 방콕의 축축한 더위까지 나그네를 잡아먹을 듯이 덮쳐왔다. 누구 잘못도 아님에도 아내와 나는 서로의 책임인 양 말이 거칠어지고 얼굴도 굳어져 툭탁거리기 시작했다. 마침내 이튿날 아침부터 나는 국수를 먹고 싶은데 아내는 빵을 먹자고 해 신경전을 벌이다가 점심으로 10바트 하는 비빔국수에 5바트의 달걀 프라이를 얹어 먹느냐 마느냐로 폭발하고야 말았다. 우리가 미쳤지, 겨우 300원에……. 사실 부부싸움이란 때로 작은 일에 목숨을 걸면서도, 오히려 큰일에는 무덤덤하게 넘어가는 것이 아니던가! 특히 신경이 바늘 끝처럼 날카로워져 있을 때는.

그리하여 배낭여행자의 천국이라는 카오산 거리에서 나는 뒤도 돌아보지 않고 앞서가고 아내는 일부러 떨어져 분을 삭이며 곧 죽을 것 같은 얼굴로 걷고 말았다. 냉전 이틀째인 날, 왕궁 앞 광장을 지나는데 웬 사람들이 잔뜩 모여 있는 것이다. 아하, 그때서야 비자 발급 말썽의 원인이 국왕 생일임을 떠올렸다. 광장은 온통 축제 분위기였다. 뭔가 좋은 예감이 번쩍해서 아내를 찾으니, 부부는 일심동체라고 했나, 그녀도 눈빛을 반짝이며 할 말이 있는 듯 다가오고 있었다.

"여기 다 공짜래. 먹는 것도, 공연도, 이발도, 몽땅!"

그랬다. 국왕의 '은총' 아래 누구나 줄만 서면, 밥도 주고 국수도 주고 음료수도 나눠주었다. 여행 떠나 처음으로 머리도 깨끗하게 다듬었다. 물론 공짜로! 광장에는 영화, 가수 공연, 압사라 무용, 태국 킥복싱, 연극, 불꽃놀이……

VISA

볼거리가 넘쳐났다.

국왕 생일 때문에 비자 업무가 늦어지고 일정이 꼬이면서 다투기 시작했는데, 그의 생일 때문에 우리 부부는 어느새 화해하고 있었다. 결국 그의 생일에 울고 웃는 셈이었다.

나그네는 길 위에서 작은 일에 감동하고 작은 일에 힘겨워하기 마련이다. 조그만 사건도 낯선 땅이라는 이유만으로 심각하게 다가오기 때문이다. 그래서 여행중에 비자 받기는 짜증나고 성가신 일이 되지만 생각하기에 따라서 신나는 경험이 될 수도 있다. 그것 역시 여행의 한 요소로 받아들인다면 말이다.

비자를 받기 위해 각국 대사관을 방문하면서 나라마다 다른 공공 서비스 문화와 공무원의 태도를 볼 수 있었다. 의자를 내주며 차까지 대접하는 곳부터 시간을 끌며 은근히 웃돈을 요구하는 곳까지 참으로 다양하다. 파키스탄처럼 여행 지도며 온갖 정보지를 다 챙겨주는 공무원이 있는가 하면, 짐바브웨처럼 잔돈이 없다며 생돈을 떼어먹는 이들도 있었다. 우리에게는 그 모두가 소중한 경험이었다.

만약 비자가 아니었다면 하지 못했을 경험도 있다. 방콕에서의 예기치 않은 축제는 물론이고, 인도 델리의 먼지 풀썩이는 사진관에서 어찌 증명사진을 찍을 생각이나 할 수 있었을까 싶다. 그리고 '히잡을 두르고 찍은 아내의 증명사진' 은 무엇보다 소중한 추억이다.

그래도 우리는 누구나처럼 '비자 없이 여행할 수 있는 세상' 을 꿈꾼다. 그것이 세상에서 크고 작은 전쟁이 사라지는 것만큼 어려울지라도 말이다.

TRAVEL TIP

나는 전생에 유목민이었을까?

장기여행을 하다보면 위기의 순간이 있다. 물건을 도둑 맞고 사기를 당하거나 길을 잃어버리는 따위는 시간이 흐르면 추억이 되기도 하지만, 정작 여행자에게 위기의 순간은 따로 온다. 가슴에서 설렘이 사그라져버릴 때다. 낯선 이국땅에서 매일 새로운 것들을 마주하면서도 설렘이 없다니! 믿기 어렵겠지만, 그런 병에 걸릴 때가 있다.

처방약이 있냐고? 그때 여행자들은 주로 '한곳에 머물기'를 선택한다. 정착한다기보다는 떠나고 머물렀다가 다시 떠나는 유목민처럼. 그리고 열중할 일상을 찾는다. 춤이나 악기를 익히거나 현지 언어를 배우기도 하고, 일거리를 찾거나 연애를 하기도 한다. 물론 여행을 중단하고 돌아가는 것도 한 방법이다.

아내와 내게는 유럽에서 그 순간이 찾아왔다. 언제부터였는지 알 수도 없게끔 은밀하게, 그리고 별안간. 어느 날부터 세계적인 유적들도 그냥 돌멩이 무더기로 보일 뿐이고, 새로운 음식에 도전하는 것도 귀찮고, 사진기가 그렇게 성가시게 느껴지고, 다른 여행자와 말 섞기도 싫었다. 그야말로 여행자에게는 치명적인 병, 무기력증이었다.

그때 우리는 밴쿠버를 선택했다. 이민자의 나라 캐나다는 유목민에게 쉬어 갈 공간을 내어줬다. 우리가 머문 아파트는 방 안까지 갈매기 소리가 들리고 3분만 걸어 나가면 바다가 있었다. 다운타운은 작고 깨끗하고 활기가 넘쳤으며, 거리를 오가는 다양한 피부색의 사람들은 지친 여행자를 보듬어주었다. 매일 아침 낯선 곳에서 눈 뜨지 않아도 된다는 사실 하나가 그렇게 행복하다는 사실을 알게 해준 시간이었다.

그곳에서 '이민자를 위한 어학원'에 등록했다. 후배의 도움으로 식당 주방 일도 쉽게 얻을 수 있었다. 오전에 어학원에 갔다가, 오후에는 도서관에 들러 책을 읽거나 비디오를 빌려보고, 저녁에는 식당에서 칼질과 설거지를 했다. 한국인 학생들이 캐나다 어학원을 다 먹여 살린다는 사실이 씁쓸하기도 했고, 외국인도 도서관 대출증을 만들 수 있는 나라가 신기했으며, 일하면서 들여다보는 캐나다가 무척 재미있고 부럽기도 했다.

그렇게 4개월을 체류했다. 그러자 슬슬 발바닥이 간지러운 것이, 떠나고 싶다는 소리가 저 아래에서 들려오는 것이다. 조금씩 늘어났던 살림살이를 정리하자니 어느새 설렘이 피어나고 있었다. 그랬다. 드디어 여행자의 로망이 되살아났다. 더구나 비록 '블랙 잡 black job'이었지만 그동안 번 돈으로 집세와 학원 수강료까지 내고도 약간의 돈이 남았으니, 밴쿠버 생활은 일석이조인 셈이었다(참고로 35세 이하의 여행자는 워킹홀리데이 비자를 받아 가면 법의 보호 아래 좀더 나은 임금을 받을 수 있다).

친구들은 봄이 오면 떠나라고 만류했지만, 아내와 난 오히려 캐나다의 겨울이 보고 싶어 견딜 수가 없었다. 동부 지방의 혹독한 추위를 겪어보고 싶었

던 것이다. 그렇게 우리의 여행은 다시 시작되었다.

이후 우리 부부는 다시 한 번 볼리비아 코차밤바에서 두 달간 장기 체류를 하게 되었다. 이번에는 스페인어 배우기에 도전했다. 그때 이미 우리 안에 유목민의 피가 생성되고 있었던 건 아닐까.

ROAD 3 :

길 안의 길

그놈의 엘도라도만 아니었어도!

페루 쿠스코의 아리랑 식당 남사장님

아내가 아팠다. 고산병이다. 온몸이 불덩어리가 되고 구토를 심하게 했다. 어지럽고 몸이 욱신거린다며 힘들어했다. 그렇게 호스텔 밖으로 한 발짝도 못 나가고 3일을 보냈다. 원주민들이 일러준 처방에 따라 코카차를 끓여주고 치킨 수프도 사다 날랐지만 별 차도가 없었다.

반면 해발 3,400미터 쿠스코의 하늘은 눈부시게 파랬다. 불그스레한 안데스 산이 도시를 감싸 안듯이 둘러 있었다. 중앙 광장에는 옛 잉카 제국의 수도답게 무지개 깃발이 휘날리고, 여기에서 출발한 붉은 지붕의 행진은 사방팔방으로 퍼져 산 허리께에 올라가서야 멈춰 섰다.

"아내가 없으니 이 황홀한 아름다움도 다 쓸쓸하네……."

난 호스텔을 찾아다니는 중이었다. 아무래도 아내에게 한국 음식을 해 먹여야 할 것 같아 부엌 사용이 가능한 곳으로 옮길 생각이었다. 오전 내내 잉카의 돌담과 돌길을 따라 골목골목을 헤매고 있었다. 알록달록한 통치마를 입고 중절모를 쓴 잉카의 후손들이 지나쳐갔다.

그때였다. 아리랑 식당. 생각하지도 못한 모국어가 눈앞에 나타났다. 문을 열고 들어서자 구수한 곰탕 냄새가 정신이 아찔해질 만큼 강렬하게 코끝에 와 닿았다. 테이블 끝에 앉아 있던 얼굴이 까무잡잡하고 사자 갈기 머리를 한 젊은 친구가 일어섰다. 그가 한국인인지 원주민인지 얼른 가늠이 되지 않았다.

"하이, 익스큐즈 미……."

내가 더듬거리며 말문을 열자, 그가 쾌활한 목소리로 말을 받았다.

"한국 분이시죠? 어서 오십시오!"

"전, 그쪽이 원주민인 줄 알았어요."

"에이, 아저씨도 남 말 할 입장은 아니거든요."

사실 나의 행색도 그랬다. 긴 나그네 생활이 고스란히 묻어났다. 단벌옷은 닳고 색 바랬으며, 피부는 햇빛에 그을려 원주민처럼 새까맣고, 머리는 어깨까지 내려오는 장발이었다.

"여기 앉아요. 지금은 잠깐 사장님을 도와주고 있지만, 저도 실은 여행자거든요. 그런데 형, 장기(장기 여행자)죠? 얼마나 됐어요?"

이 친구는 어느새 나를 아저씨에서 형으로 바꿔 부른다.

"그런데 형, 우리 어디서 본 적 있지 않아요?"

"글쎄, 잘……."

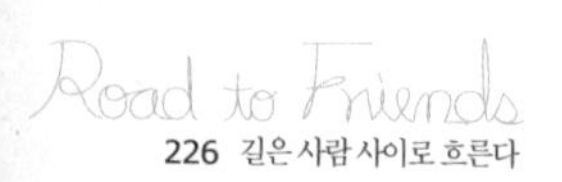

마추픽추의 오늘을 살아가는 야마, 콘도르와 나그네

마추픽추 산정 아침 첫 햇살이 비춰들고, '잃어버린 도시'가 깨어난다

"인도 여행했죠? 그죠? 언제 갔었어요?"

"작년……."

"그럼 아닌데……. 형, 혹시 정희 누나 알아요?"

이름이 '선재'라는 이 친구와 나는 여행길에서 만난 장기배낭족들의 이름을 내놓으며 관계의 끈을 찾기 시작했다.

"기억났다! 형, 희정 누나 알죠? 누나 미니홈피에서 봤어요. 부부 여행자, 인도 쉼터, 맞죠?"

"희정이를 어떻게 알아요?"

"사연이 많죠. 방콕에서 보석 사기 당한 동지잖아요. 참, 희정 누나 지금 리마에 있어요."

세상이 이렇게 좁다. 우리가 인도에서 만난 희정을 선재는 방콕에서 만났고, 다시 선재와 우리는 페루에서 만난 것이다.

"그런데 곰탕도 파는 건가요? 아내가 아파서 사다주려고요."

"사장님이 드시려고 만든 거예요. 잠깐만요. 주방 아주머니께 부탁해 볼게요."

때마침 나타난 식당의 남사장님은 내 사정을 듣더니 우리 식의 흰 쌀밥(남미에서는 밥을 할 때 기름을 넣는다) 한 그릇과 귀한 김치까지 덤으로 주었다. 참 신기한 일이다. 그날 아내는 뽀얀 곰탕 한 그릇에 흰 쌀밥을 말아 김치를 얹어 먹고 나더니 바로 자리를 털고 일어났다. 고산병과 곰탕. 무슨 의학논문이라도 써볼까보다. 며칠 후, 우리는 숙소를 옮겼다. 아리랑 식당이 운영하는 민박집으로.

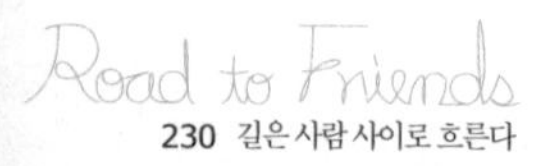

6월의 쿠스코는 비수기였다. 하루 종일 식당 손님이라고는 한두 명. 광장에 나가 한국인이나 일본인 관광객을 데려오는 삐끼 짓이라도 해야 할 것처럼 우리가 다 걱정이었다.

선재와 셋이서 피삭의 우루밤바 강으로 낚시 갔다 온 날이었다. 그날도 남사장님은 이른 오후부터 혼자 술을 마시고 있었다.

"사장님, 술을 좀 많이 드시는 것 같습니다."

"왜 자네도 한잔 할 텐가? 자네가 맥주 한잔 산다면 내가 삼겹살을 내오지. 어떤가?"

"우와, 삼겹살이 다 있어요?"

얼마 만에 먹는 삼겹살인가. 주방 아주머니는 맥주를 사러 가고 선재는 삼겹살 구울 준비를 한다. 아내와 나는 사장님 맞은편에 앉았다. 남미 최고의 유적지 마추픽추로 가는 길목답게 여기를 다녀간 사람들의 낙서로 가득 채워진 벽면이 그의 등 뒤로 보였다. 사장님과 함께 먹은 세비체(페루와 볼리비아식 생선회)와 삼겹살이 맛있었다는 내용과 함께 건강을 생각해서 술을 좀 줄이시라는 당부가 많았다.

"사장님, 국회의원도 많이 다녀갔네요."

"그럼. 쿠스코에 한국인 가이드는 나밖에 없으니까. 자네, 그놈들 여기 와서 제일 먼저 찾는 게 뭔지 알아? 여자야, 여자. 내가 그 시간에 여자를 어디서 구해? 그래도 국회의원이 하라면 해야지! 다음날 아주 볼 만하다니까……."

"도올 김용옥 선생께서 적은 글도 있군요."

"그럼, 다녀갔지. 사실은 그거 내가 쓴 거야. 기념으로 한 자 쓰시라고 부탁했더니, 제자인지 비서인지 하는 사람이 '우리 선생님께서는 붓과 벼루가 없으면 글씨를 쓰지 않습니다' 이러더라고. 그래서 그치들 가자마자 내가 대신 써버렸지. 뭐 잘못됐어?"

벌써 얼굴이 불쾌해진 남사장님, 목소리가 좀 높아졌다.

"내가 이래 보여도 옛날에는 촉망 받는 축구선수였다고. 할레루야팀이라고 알아? 자네 나이가 몇이라고? 그래. 자네 정도는 알겠군. 그때는 최고의 프로팀이었어. 그럼 뭐 해. 감독이 나를 한 번도 경기에 내보내지 않는 거야. 왜? 돈을 안 찔러주니까. 나쁜 놈들……. 한국 축구의 문제가 뭔지 알아? 바로 그거야. 내 더러워서 한국을 뜨기로 했지. 나, 남승학이, 떠나는 날 공항 로비에다 오줌 싸버리고 왔다고. '내 다시는 이놈의 땅에 안 돌아온다' 그런 마음으로 비행기를 탔다니까!"

"그러면 그때부터 귀국하지 않고 페루에 사신 건가요?"

"처음에는 몇 달 남미를 여행했지. 그러다가 파라과이에 정착했잖아. 그날 이후 내 안 해본 일이 없어. 심지어 붕어빵 기계를 한국에서 들여와 돈 좀 벌기도 했지. 나도 한때는 돈 꽤 벌었어. 그놈의 엘도라도만 아니었어도……."

"엘도라도라구요?"

"그래, 엘도라도 몰라? 황금! 사금 캐겠다고 포크레인 몇 대 사고 그랬어. 몇 년을 미쳐서 돌아다녔지. 여기 쿠스코에는 집집마다 금덩어리 하나씩 다 있어. 저 주방 아줌마도 집에 큼직한 거 하나 숨기고 있어."

"정말이에요?"

"다 부질없는 짓이지. 그런데 자네는 한국에서 뭐 했나?"

"저는 민주노총에서 일했구요, 아내는 사회당이라고 작은 진보정당에서 일했습니다."

"좋은 일 하시는 분들이구먼. 돌아가서는 뭐 할 건가? 만약에 정치하실 거면 우리 같은 사람들, 밖에 나와 있는 사람들 잊지 말라고. 여기 나와 있는 사람들? 다 애국자야. 메이드 인 코리아, 그거만 붙어 있으면 값은 보지도 않고 집는 사람들이야!"

"예. 정치는 모르겠지만, 저희가 책을 내면 꼭 쓰겠습니다. 그런데 사장님 국적은 어떻게 되어 있나요? 페루 시민권을 가지고 계신 건가요?"

"페루? 이 따위 나라 국민해서 뭐 하려고! 사실, 난 이상한 놈이 되어버린 거지. 한국놈도 아니고 페루놈도 아닌, 잡종이야."

모국을 등지고 떠나 지구 반대편에서 살아가는 사람 치고 사연 하나 없는 이가 있을까. 그러나 아리랑 식당에서 듣는 그의 이야기는 정말 구슬펐다. 아리랑 노래처럼.

어느새 식탁에는 잉카표 맥주병이 수도 없이 쌓였다. 몇 점 남은 삼겹살은 기름이 빠져 딱딱해졌다. 남사장님은 더이상 말이 없었다. 잡종이라는 그의 마지막 말이 식탁 위를 굴러다니다가 내 이마를 콕콕 찔렀다. 그리고 해가 졌다. 주방 아줌마가 퇴근했다. 오늘도 아리랑 식당에는 손님은 없었다.

이카 한 점이 되어가는 아내를 보며 태양과 나의 거리를 느낀다

별 다섯 개 호텔에 볼일 보러 가자

열한 살 꼬마 여행자의 눈으로 본 유럽

아내와 난 독일에서 중고차를 한 대 구입했다. 내리고 싶은 곳에 내리고, 머물고 싶은 만큼 머물고, 떠나고 싶을 때 떠나기 위해서였다. 물론 경비 절감은 기본. 그렇게 '애마'를 끌고 유럽을 돌아다닌 지 2개월째 되던 어느 날, 두 명의 동행이 생겼다. 내 누이와 열한 살짜리 조카 대한이 여름방학 한 달 동안 '애마'의 뒷좌석을 예약한 것이다.

"삼촌, 머리가 왜 그래. 폭탄 맞았어?"

스위스 취리히 공항에서 만난 대한의 첫마디다. 자식, 놀랍기로 하면 본인은 더하면서. 어찌나 살이 쪘는지 몰라본대도 할 말이 없겠는걸. 요 녀석 어디 고생 좀 해봐라. 네 아빠가 이 삼촌에게 특명을 주었거든. 살 빼서 보내라고 말이야!

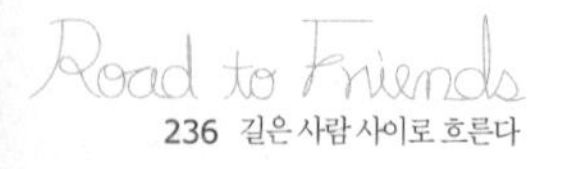

첫날, 네 명으로 늘어난 우리 가족은 취리히의 예쁜 골목길을 걸었다. 돌길을 따라 늘어선 상점에는 스위스 시계와 초콜릿과 등산용 칼이 상큼하게 진열되어 있었고, 골목 끝에서 새하얀 교회가 고개를 내밀었다. 막 여행을 시작하는 두 사람은 쉴 새 없이 탄성을 질러댔다. 하지만 바로 다음날부터 대한은 투덜대기 시작했다.

"삼촌, 다리 아파! 배도 고프고!"

"여행은 걸어야 제 맛이거든. 그 대신 차비로 맛있는 거 사 먹자. 그럼 됐지?"

또 대한은 틈만 나면 걱정이었다.

"삼촌! 오늘 잠은 어디서 자?"

주로 캠핑장에다 짐을 풀고 밤을 보냈을 뿐, 길거리에서 잠들게 한 적은 없었는데도 대한은 이상하게 꼭 잠자리를 걱정했다. 그런데 하루는 정말 녀석의 걱정대로 되어버렸다. 알프스의 인터라켄에 도착했을 때다. 어둠이 내리고 비까지 간간이 뿌리고 있어 캠핑장을 찾아가기 어려울 것 같았다. 때마침 유럽 휴가철이어서 예약 없이 찾아온 우리에게 적당한 숙소가 남아 있을 리도 없었다.

별 수 없이 한적한 도로변에 차를 주차하고 새우잠을 청했다. 다음날 아침, 밤새 굽은 허리를 펴고 있자니 언제 일어났는지 아내가 대한에게 다리 건너편에 보이는 최고급 호텔을 가리키며 배낭여행족의 '일급 노하우'를 전수하고 있다.

"대한, 지금부터 볼일을 해결하는 방법을 일러주지. 일단 맥도널드

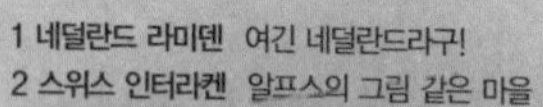
1 네덜란드 라미덴 여긴 네덜란드라구!
2 스위스 인터라켄 알프스의 그림 같은 마을
3 독일 슈타인가덴 시골 맥주 축제
4 파리 루브르박물관 반 고흐와의 대화

와 같은 패스트푸드점이 최고야. 없으면? 백화점을 찾아야지. 백화점은 보통 높은 층에 화장실이 있어. 이것도 실패하면? 그때는 별 다섯 개짜리 호텔로 직행하는 거야! 이때 별 두세 개 어중간한 호텔은 곤란해. 들어가면 '어서 오세요!' '뭘 도와드릴까요?' '방이 필요하신가요?' 하면서 관심을 보이기 때문이야. 하지만 별 다섯 개는 90도로 인사할 뿐 누구 하나 신경 쓰지 않거든."

그날 우리 가족은 두 명씩 짝을 지어 차례로 별 다섯 개 호텔로 아침 볼일을 보러 갔다. 클래식 음악이 흘러 쾌변을 도와주었고 세면대에는 새 비누와 수건이 차곡차곡 준비되어 있었다. 시원하게 볼일을 보고 양치까지 마무리하고 나오자 대한은 완전히 신이 났다.

"삼촌! 고급 호텔은 우리 친구야, 그치?"

우리 애마는 종횡무진 달렸다. 알프스 트래킹을 마치고, 이탈리아로 넘어가 베로나 피자를 먹으며 로마 원형극장에서 오페라를 보았고, 물의 도시 베네치아에서는 수영을 했다. 오스트리아 잘츠부르크에서 모차르트 초콜릿에 취했다가, 독일 바덴바덴에서는 온천을 즐겼으며, 프랑스의 알자스 로렌 지방을 지나며 와인을 마셨다.

그 사이 시간이 흘렀고 대한에게서도 어느새 여행자의 향기가 나기 시작했다. 그는 점점 걷기를 즐겨했고 사진 찍기에도 열성을 보였다. 온종일 걷고 난 후에 마시는 음료수 한잔을 고마워할 줄도 알았다.

특히 대한은 캠핑을 좋아했다. 8월의 잔디 위에서 아내와 누이가 식사를 준비하면 그는 나와 함께 신이 나서 텐트를 치고는 했다. 그에게는 이 모든 것이 '모험 가득한 놀이'인 모양이었다.

유럽의 여름이 깊어가면서 대한의 방학도 끝나가고 있었다. 따라서 여행도 종반을 향해가던 어느 날, 우리는 프랑스 노르망디 바닷가의 캠핑장에 도착했다. 여느 때처럼 대한과 함께 샤워를 하는데 불현듯 녀석에게 미안한 생각이 든다. 맛있는 것도 못 사주고, 잠자리도 불편하고, 걷는 일을 밥 먹듯이 하면서 고생만 시키는 건 아닌지 괜히 마음이 짠해진다.

'이 아이는 여행에서 뭘 느끼고 있는 걸까? 혹시 고생한 기억만 남는 건 아닐까?'

비누칠을 해주며 대한에게 넌지시 물어보았다.

"대한아, 여행 재미있어? 힘들지 않아?"

"응, 삼촌. 난 여행 체질인가 봐!"

풋, 여행한 지 3주가 넘었는데도 조금도 힘들어하는 구석이 없다.

"그래? 지금까지 여행에서 기억에 제일 많이 남는 게 뭐야?"

"응! 로마노 아저씨!"

로마노는 아내와 내가 중국에서 만난 스위스 친구인데, 델레몽에 있는 그의 집을 방문했었다. 익살스러운 로마노는 대한과 금방 친해졌다. 그는 밤새 일하고 구수한 빵 냄새를 가득 안고 새벽녘에 돌아왔는데, 아침 식탁에는 그가 구워낸 따스한 빵이 놓여 있었다. 내게도 로마노는 그 빵처럼 구수한 기억으로 남아 있다. 난 슬며시 유도 질문에 들어간다.

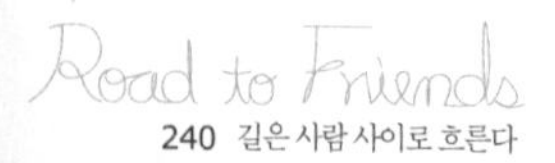

베네치아 이 아름다운 도시가 조금씩 가라앉고 있다는데…… 어떡하지?

파리 노트르담성당 헤이, 악마! 뭘 고민해?

"그럼, 로마노가 사는 거 보며 뭐 느끼는 것 없었어?"

"그 아저씨는 베이커잖아. 그런데 휴가가 한 달이라 여행도 마음대로 하고 빵 만드는 것도 좋아하는 것 같아. 음…… 그래, 직업에는 귀천이 없는 것 같아."

나는 반색하면서 계속해서 물어본다.

"그렇지! 그리고 또…… 그래, 파리에서는 뭐 느낀 것 없어?"

"유럽에는 차가 무조건 서잖아. 사람이 차보다 우선이야. 또…… 삼촌 나 더 얘기해야 돼?"

"아니, 됐다. 얼른 샤워하고 나가자. 감기 들겠다."

코끝이 찡했다. 이 아이가 무척 대견해 보였다. 그리고 나의 시각으로만 조급해했던 것이 조금 부끄러워졌다. 그때 나는 열한 살 꼬마의 눈에 비친 유럽을 배우고 있었다.

저녁 시간이 되자 이웃 텐트의 벨기에 흑인 아저씨가 바로 앞 바다에서 잡았다며 홍합 요리를 나누어주러 왔다. '뮬'이라고 하는 벨기에 전통요리란다. 오랜만에 해산물을 본 대한은 입이 째지도록 벌어져서 인사한다.

"Thank you!"

일주일 후, 마지막 나라 네덜란드 국경을 넘었다. 아내가 도로변에 차를 세웠다. 오늘은 대한이의 마지막 국경 이벤트가 있는 날이기 때문이다.

대한은 여행 초기부터 여권에 여러 나라의 출입국 도장을 받고 싶어 했다. 방학이 끝나면 친구들에게 자랑하고 싶었을 것이다. 그러나 그는 끝내 뜻을 이룰 수 없었다. 언제나 국경에는 달랑 "Welcome Netherlands" "Welcome France"라고 씌어진 입간판 하나 서 있을 뿐, 도장을 찍어줄 사람도 출입국 관리사무소도 없기 때문이다.

한 번은 그가 자고 있는 사이에 국경을 지나쳐버렸다. 무척 아쉬워하더니 다음부터는 국경을 지날 때마다 이벤트를 하겠다고 나섰다. 국경을 지나는 순간에 아껴둔 초콜릿 우유 마시기, 선루프로 몸을 내놓고 올라서서 소리 지르기 등을 하더니, 이날은 네덜란드 국경 입간판 바로 아래에서 한국의 개다리춤을 추는 '세기의 이벤트'를 선보인 것이다.

이 열한 살짜리 꼬마 여행자는 자기만의 방식으로 여행을 즐기고 있었다. 적어도 이번 여행이 이 아이의 가슴을 더 넓게 열어놓으리라는 믿음이 생겨났다. 사실 대한민국은 비행기나 배를 타지 않으면 다른 나라로 갈 수 없는 섬과 같은 나라가 아니던가. 그곳에서 10년을 살아왔던 한 아이가 전라도에서 경상도 가듯 국경 없는 세상을 맘껏 돌아다닌 것이다.

며칠 후 누이와 대한은 암스테르담 하늘 위로 날아갔다. 33일 만이었다. 아내와 나는 이국땅에서 고국을 향해 이륙하는 비행기를 한참 동안 바라보았다. 가슴 한구석이 텅 비어버린 것만 같았다. 그런데도 다른 한쪽 가슴에서 꼼틀꼼틀 일어나는 이 뿌듯함은 뭘까.

여행에서 돌아온 대한이가 몸도 마음도 많이 커졌다고 주변에서 입을 모아 이야기했다. 그런데 정작 그는 한동안 여행 후유증으로 고생했다고 한다. 그 다음해 겨울방학, 그는 다시 배낭을 메고 당시 우리 부부가 여행하고 있던 아프리카로 날아왔다. 올해 중학생이 된 그는 인도를 여행하고 싶어 한다.

독일 괴팅겐 20040928

오늘이 음력 8월 15일. 드디어 차를 판 날이다.

장사치들이 원래 그렇듯이 기분 나쁜 흥정이다.

1,100유로 주겠다고 해서 왔더니 1,000유로 이상 줄 수 없다며

딴청이다. 우리도 기분 나쁘게 대꾸하고 박차고 나오니 따라 나온다.

1,050유로에 등록 · 취소 비용, OK.

돈 몇 푼 흥정에 기분 좋아지는 일이 아니라 그 반대라니.

중고차 딜러는 자기가 졌다는 생각에 저기압이다.

돈이 오가는 관계에 무슨 웃음이 있겠는가? 시원섭섭하다.

4월 말에 구입해서 9월 말에 팔았으니, 5개월 만이다.

(수동 기어) 운전도 할 줄 몰라서 차 번호판 달고도 택시 타고,

기어 변속 연습에 오르막길 연수에…… 무수히도 꺼먹던 시동.

잠자리도 제공하고, 때로는 네 명과 가득한 짐까지 떠맡으며

유럽 곳곳을 누비고 다녔던 우리의 애마.

무사고 귀환에 반값이라도 받고 팔았으니 다행이라 해야겠지.

이제 다시 앞뒤로 배낭 메고 떠나야 하는 진정한 배낭족의 길이다.

이 세상 끝에서 무엇이 시작되는 걸까?

아르헨티나 땅끝에 사는 한국 사람들

"앗, 돌고래다!"

재빨리 뱃머리로 달려갔다. 돌고래 두 마리가 저만치 달아나고 있었다. "슈슉 슈슉" 물살을 뚫고 수면 위로 날아올랐다가 바다 속으로 미끄러졌다. 녀석들은 투명한 햇살을 넘나들며 바다 속과 바깥세상의 경계를 자유롭게 흔들어놓고 있었다. 낯선 이방인에게 인사라도 건네고 싶었던 걸까, 아니면 뱃길을 안내라도 하겠다는 걸까…….

마젤란 해협을 건너는 중이었다. 아내와 나는 그때까지 아르헨티나 파타고니아Patagonia 지방을 한 달 가까이 여행하고 있었다. 파타고니아 곳곳에 흩뿌려진 빙하호는 이 세상 풍경이 아닌 것처럼 아름다웠다. 빙하는 이곳이 남극으로 가는 길목임을 말해 주었고, 안데스는 대륙을 종단한 마지막 기운으로 나그네를 땅 끝까지 인도하고 있었다.

마침내 남위 55도, 남미 대륙 최남단의 도시 우수아이아에 도착했을 때 아내와 난 곧바로 항구로 달려 나갔다. "Fin del mundo(세상의 끝)"이라고 적힌 큼직한 입간판이 서 있었고, 남극을 오가는 배들이 정박해 있었다. 그때 갈매기 한 마리가 날아와 난간 위에 앉았다. 주둥이가 빨간 녀석이었다.

"안녕, 친구야. 난 여행자야. 넌 날 수 있으니 남극에도 가봤겠구나?"

갈매기는 지구 반대편에서 온 이방인이 귀찮았는지 훌쩍 날아가버린다. 쳇, 그렇게 성가셔 할 것까지는 없잖아? 여기까지 오는 데 2년이나 걸렸단 말이야. 난 갈매기에게 투정까지 부릴 만큼 감상에 젖어들었다. 오후의 햇살 때문이었을까. 갈매기가 날아간 뒷자리에서 하얀 여객선들이 눈부셨다.

"저 배를 타고 곧장 700킬로미터만 가면 남극인데……."

"물론이지. 1인당 최소 4,000달러만 낸다면!"

아내가 찬물을 확 끼얹었다. 아니 남극에서 흘러온 빙하 물이었을지도. 그녀는 쯧쯧 가엾다는 인상을 지어 보였다. 그랬다. 남극은 가난한 여행자에게는 여전히 멀리 있었다.

감상을 털어내고자 이 땅끝에 살고 있다는 한국 사람들을 찾아 나섰다. 항구에서 그리 멀지 않은 곳에서 'Textil Corea(한국 옷집)'라는 간판이 걸린 옷가게를 발견할 수 있었다. 칠레 산티아고에서 우수아이아에도 한국 사람이 산다는 이야기를 처음 들었을 때부터 꼭 만나보고 싶었다. 무슨 사연으로 이곳까지 왔는지, 어떤 모습으로 살고 있는지 궁금했던 것이다.

"두 분 한국에서 오셨나봐요?"

인사도 잠시, 지긋한 나이의 아주머니는 가게 안쪽에 빈 방이 하나 있다며 호텔에서 지낼 것 없이 배낭을 들고 오라 하신다. 처음 만난 사람에게 같은 한국인이라는 이유만으로 선뜻 방을 내주고, 또 오란다고 바로 짐을 꾸려서 떠나는 우리들. 호스텔의 서양인 친구들은 이해할 수 없다고 고개를 흔들었다.

사실 남미에서 한국인들이 옷가게를 하는 경우가 많아 도심을 걷다 보면 가끔 만날 때가 있다. 그럴 때마다 열이면 열 모두 반갑게 맞아주고 선뜻 집으로 초대하고는 했다. 그리하여 여행자는 굶주린 김치 냄새에 여독을 풀고 이민자들은 여행자가 실어온 고국 냄새에 그리움을 달래는 것이다.

신기하게도 세계 어디를 가나 한국인 이민 가정은 한국 드라마를 쌓아두고 산다. 이곳 아주머니도 역시 마찬가지였다. 하루는 우리 부부가 집 떠난 지 2년이라는 말을 들으시더니 저녁에 비디오테이프를 잔뜩 가지고 오셨다.

"아니, 아주머니! 여기까지 비디오가 배달되나요?"

"지난달에 부에노스아이레스에 일 있어 갔다가 빌려왔어요. 여기 살면 이것도 낙이라니까요."

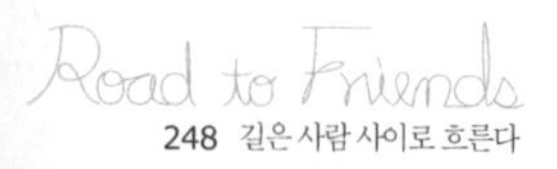

칼라파테 모레노 빙하 남극으로 가는 길목에서 빙하 칵테일 한잔

우수아이아 갈매기야, 넌 남극에도 가봤겠구나

우수아이아 세상의 끝에 서다

USHUAIA
fin del mundo
Municipalidad de Ushuaia
Cámara de Turismo de Ushuaia

어찌 그 맛을 모르겠는가. 타국에서 보는 한국 드라마는 그냥 드라마가 아니다. 모국어에 대한 허기를 달래는 일이다. 아무리 열심히 익혀도 현지 언어로는 완전히 이해할 수도 전달할 수도 없는 어떤 느낌을 드라마를 통해 나누는 것이다.

그리하여 장기여행자 부부는 이틀 동안 두문불출하며 '금순이'와 씨름했다. 세계 최남단의 땅 우수아이아에서, 남극으로 항해하는 여객선 뱃고동 소리를 들으며 '금순이'와 이틀 밤을 샐 줄이야. 그때 우리 부부는 한국 드라마에 대한 목마름만으로는 거의 이민자 수준이었다고 해야 할까?

우수아이아에는 한국인 한 가정이 더 살고 있었다. 2대째 뿌리 박고 'Vivero los Coreanos(한국인의 농장)'를 운영하는 문병경씨 부부네. 농장은 우수아이아에서는 꽤 유명해서 길을 물어보면 누구나 알려줄 정도였다.

농장은 눈 덮인 산 아래에 있었는데 비닐하우스 문을 열고 들어서자 체구가 작고 차분해 보이시는 할머니가 단번에 우리를 한국 사람으로 알아보고 반기셨다. 문병경씨 어머님이다.

"우리 집 양반이 살았을 때는 시내에서 한국 여행객을 만나면 죄다 데려와 재워주고는 했지요."

10월 말이면 남반구 여름의 시작인데 비닐하우스 안에서는 난로가 지펴져 있었다. 그리고 난로 뒤편으로 각양각색의 꽃들이 활짝 피어 있다. 할머니께서 차를 타주시며 오랜만에 찾아온 고국 여행자에게 옛

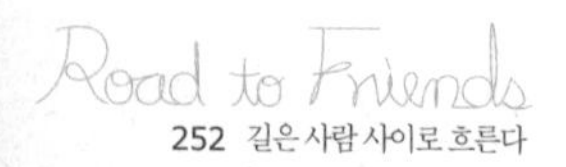

날이야기를 해주신다.

"1970년이었지요. 그 양반이 여기로 여행 왔다가 길가에 핀 민들레를 본 거예요. 옳거니, 이 동토에도 꽃이 피네, 하시고는 채소 농장을 하겠다는 거예요. 주변에서 미쳤다고 그랬지요. 그 당시까지만 해도 채소는 비행기로 부에노스아이레스에서 실어다 먹는 걸로만 알았거든요. 다행히 군부대에서 땅을 빌려줬어요. 이 추운 땅에서 처음으로 채소를 길러보겠다는 사람이 나타났으니 기특하기도 했겠지요. 그렇게 우리는 땅 일구는 일부터 시작했어요."

고 문명근 할아버지는 이민 오기 전 한국에서 교사였다고 한다. 농사를 짓던 분도 아니었는데 얼마나 힘드셨을까. 마침내 두 분은 몇 년의 실패 끝에 채소를 길러내는 데 성공했다. 그리고 곧 화초까지 키울 수 있었다. 그 후 우수아이아 주민들은 싼 가격에 싱싱한 채소를 마음껏 먹고 화초까지 기를 수 있게 된 것이다. '한국인의 농장'이 유명한 이유였다.

이야기를 나누는 동안에도 화초를 사러 주민들이 계속 방문했다. "이곳 사람들이 꽃을 좋아하나봐요"라는 내 물음에 이번에는 문병경 씨 부인인 임씨 아주머니가 대답한다.

"그래서 쉬지를 못해요. 어쩌다 쉬기로 한 날에도 마음이 영 불편해서 오후에라도 나와 보면 꼭 몇 사람씩 서성대고 있거든요."

곧 돌아가신 아버님 자랑이 이어진다.

"우리 아버님이 상을 많이 받으셨어요. 1987년에는 한국 대통령표

우수아이아 동토의 땅에 꽃을 피워낸 자랑스러운 한국인

창도요. 여기뿐만 아니라 한국 신문에도 많이 나고 그러셨는데, 젊은 분들이라 잘 모르시나봐요?"

남편 자랑도 빠지지 않았다. 이미 여러 번 상을 받았는데 다음주에도 부에노스아이레스에 가서 '올해의 농업인' 상을 받기로 되어 있다고 했다. 나는 조금 실례인 줄 알면서도 굳이 짓궂은 질문을 하고야 만다.

"그런데 아주머니, 아저씨는 아버님의 가업이니까 그렇다지만 아주머니는 어떻게 이 먼 곳까지 시집을 오셨어요?"

아주머니는 미소를 지었다.

"그러게요. 그때는 왜 그랬는지 몰라요. 언니 소개로 한 번 만나보고는 한국에서 바로 이곳까지 시집 왔으니까요. 처음에는 춥고 낯설었는데 지내다보니 여기가 좋아졌어요. 크게 욕심내지 않으면 이만한 곳도 없어요. 두 분도 가시지 말고 우리랑 농장 하면서 살아요, 네?"

해가 저물고 농장 문을 닫을 시간이었다. 문씨 아저씨는 남자들끼리 따로 볼일이 있다며 차에 타라고 했다. 그가 나를 태우고 간 곳은 다운타운의 생맥주 바였다. 아저씨는 단골인지 바텐더에 앉아 있는 친구들과 요란스럽게 인사를 나누고서 자리에 앉았다.

"여기 자주 오시나봐요?"

"응, 매일. 여기가 내 지정석이야. 일 끝나고 한잔 하는 맛에 사는 거지."

그의 형님은 상파울로에서 사고로 세상을 떠났다고 한다. 그래서 둘째 아들인 그가 가업을 이어받은 모양이었다. 아저씨는 자신의 두 아들이 학교 공부뿐 아니라 한국말도 잘한다고 자랑을 내어놓았다. 아버님 살아계실 때는 아이들은 한자도 배웠단다.

인근에서 석유가 나서 예전에는 한국 대기업에서 파견 근무도 꽤 많이 나왔지만 한국 여행자는 참 오랜만에 봤다는 그에게 이곳에 사는 게 어떠시냐고 물어보자 그는 조금 뜸들이다 혼잣말처럼 이야기했다.

"사람 사는 게 다 그렇지 뭐."

그러고는 말이 없어지고 천천히 맥주잔만 기울였다. 조금 쓸쓸한 것도 같았다. 나도 말없이 창밖을 지나는 사람들을 쳐다보았다. 집으로 돌아와보니 농장에서 기른 상추와 삼겹살에 총각김치까지 초호화 저녁상이 준비되어 있었다.

아이들은 무척 밝고 귀여웠다. 아저씨 자랑처럼 한국말 발음이 완벽했다. 다시 맥주를 따르는 아저씨에게 술 좀 그만 드시라는 아주머니의 듣기 좋은 잔소리가 이어졌다. 할머니는 밥 먹으라고 손자들을 부르고 있었다. 그리고 나그네 부부는 포식을 했다. 그날 난 동토의 땅에서 싱싱한 상추에 삼겹살을 싸 먹으며, 아저씨의 말처럼 사람 사는 게 다 똑같은 모양이라고 생각했던 것 같다.

우수아이아를 떠나기 전날이었다. 옷가게 아주머니와 호수에 놀러 갔다가 돌아오는 길에 3번 도로 끝까지 달려보기로 했다. '마지막 기차역'을 지나 바다가 가로막을 때까지. 그곳에 '도로 이정표'가 하나 서 있었다.

Alaska 17,848km / Buenos Aires 3,063km

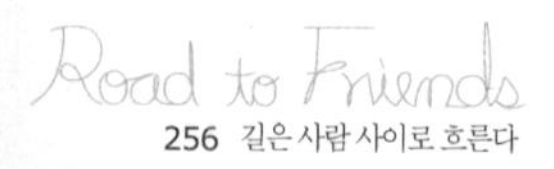

부에노스아이레스 인형이 사는 집에 웬 빨래?

바릴로체 게스트하우스에서 바라본 아르헨티나 속의 스위스 바릴로체의 야경

그건 아내와 내가 1년이 걸려 달려온 길이었다. 더이상 도로가 없으니 지금부터는 뒤를 돌아 달려가야 할 것이다. 여태껏 고향 땅과 멀어져만 왔는데, 이제부터는 점점 고향 땅이 가까워지리라는 생각에 아내와 난 묘한 감동이 일었다.

"참 멀리도 왔네!"

"그런데 우리는 왜 그토록 여기까지 오고 싶어 했던 걸까?"

아내의 말처럼 무엇이 그리 간절했을까. 이 땅 끝에도 대형슈퍼가 있고, 밤마다 붐비는 식당가도 있고, 일요일이면 교회 종소리가 들리고, 노동조합도 있는데 말이다. 세상 여느 곳과 별 다름 없이 사람 살아가는 땅이건만 이곳만은 다를 거라고 기대했던 걸까. 아니면, 땅 끝에서 새로운 세상이 시작되리라 믿고 싶었던 걸까.

꼬마 여행자, 아프리카에 가다

탄자니아 콜란도토의 마마 리와 꼬마 여행자

누이와 함께 (유럽 여행에 함께했을 때보다 그새 한 살 더 먹어 열두 살이 된) 꼬마 여행자가 아프리카로 날아왔다. 유럽에 이어 두 번째로 우리 부부의 세계여행에 끼어든 것이다.

내 조카 전대한. "이 다음에 커서 뭐가 되고 싶어?" 하고 물으면 초등학교 2, 3학년 때부터 녀석은 이상하게도 시인이라고 대답하고는 했다. 그것도 음유시인. 왜 그렇게 생각하게 되었는지, 누가, 무엇이 영향을 끼쳤는지는 잘 모르겠다.

다행히도 엄마 아빠나 선생님, 주변 사람 들은 "시인은 배고픈 사람이란다. 의사나 변호사가 되어야지"라고 답하는 대신 "넌 멋진 꿈을 가졌구나. 고놈 참 기특하네!"라고 격려해 주었다. 그래서 녀석은 언제나 누가 물어보면 자랑스럽게 자신의 꿈은 '시인'이라고 말하고는 했다.

케이프타운에서 다시 만난 그는 더이상 꼬마가 아니었다. 나와는 한 뼘도 차이 나지 않을 만큼 키가 컸고 얼굴에는 온통 여드름 축제가 벌어지고 있었다. 불과 1년 6개월 전의 유럽여행 때처럼 다리 아프다고 보채지도 않았다.

오히려 우리 부부를 성가시게 하는 건 40대에 접어든 누이였다. 케이크가 먹고 싶다며 음식 투정을 부리거나 이런 지저분한 방에서 어떻게 자냐고 기겁을 하기도 했다. 그러나 대한이는 동요하지 않았다. 나와 함께 케이크와 깨끗한 숙소를 찾아 발이 부르트도록 도시를 헤매면서도 여행이 마냥 즐거운 모양이었다.

그의 세상 보는 눈도 제법 깊어져 있었다. 요하네스버그에서의 일이다. 남아프리카공화국은 케이프타운의 다운타운을 벗어나는 순간부터 여행자를 주눅 들게 만든다. 가이드북은 물론 앞서서 이곳을 거쳐 온 여행자와 관광 안내소까지도 섬뜩한 경고를 내리고는 했다. 아파르트헤이트에 맞서 싸울 때 풀려나간 총기들이 채 수거되지 않았으며, 백인들로부터 자유를 쟁취했지만 먹고사는 문제까지는 해결하지 못한 때문이라 했다. 그 중 요하네스버그가 가장 위험한 도시였다.

아니나 다를까, 도착한 날 터미널을 순회하던 경찰관이 우리에게 혹시라도 배낭을 메고 터미널 밖으로 나갈 생각이라면, 그건 자살행위임을 명심하라는 놀라운 충고를 던져주고 갔다. 그날 열두 살 꼬마 여행자는 일기에 이렇게 적고 있다.

이곳의 다운타운은 무척 위험하다고 한다. 경찰들의 말에 의하면, 큰 배낭 같은 짐을 들고 터미널 밖으로 나가면 '끽' 이란다. 무섭다. 그래도 용기를 내야겠지?

자유롭게 다닐 수 있는 것도 참 행복하다는 것을 느꼈다. 도시가 삭막하다. 여행자와 백인들, 그리고 아기들이 아니면 사람들의 표정도 모두 어둡다. 너무 조용하다. 그리고 도시에 리듬이 없다고 해야 할까? 한 박자가 빠진 도시 같다. 남아공에서 인구가 가장 많은 도시라는데 북적대는 느낌이 들지 않는다. 나는 그게 좋은데…….

2005년 12월 28일 수요일 날씨 맑다가 비오다 그침

한 가지 말하지 않은 것이 있다. 꼬마 여행자는 여드름 말고도 달라진 점이 또 하나 있었다. 더반에서 만난 인도-아프리칸 친구 '아도' 가 꿈이 뭐냐고 물었을 때, 그는 '작가'라고 대답한 것이다. 범위가 넓어졌다고 해야 할까, 현실성을 찾아간다고 해야 할까.

물론 달라지지 않은 점도 있다. 늘 배고프다고 칭얼대는 거다. 그야 한창 클 때니까 그렇다 치고 이해할 수 있지만 사실 나를 괴롭게 하는 것은 시도 때도 없이 질문하고 수다를 떠는 거다.

한 번은 탄자니아와 잠비아 간을 운행하는 열차인 타자라TAZARA

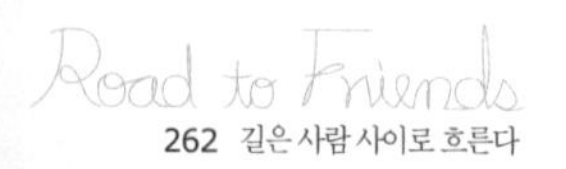

살아 있는 색을 모두 가진 아프리카. 왜 검은 대륙이라 부를까

기차(TANZANIA - ZAMBIA RAILWAY)를 기다리며 대합실에 배낭을 깔고 앉았을 때다. 그날도 그는 참새처럼 쫑알대는데, 가만 생각하니 2박 3일 기차여행 동안 내 귀의 평화가 걱정되는 것이다. 그래서 시침 떼고 한마디 했다.

"대한, 작가가 되려면 말이지, 책 읽고 아는 것도 중요하지만 관찰하고 느끼는 것도 필요하거든. 엄마와 숙모가 돌아올 때까지 아무 말 않고 가만히 대합실 풍경에 빠져보는 건 어떨까?"

그날 밤, 꼬마 여행자는 일기에 또 이렇게 적었다.

잠비아에서 탄자니아까지 가려면 굉장히 멀다. 그래서 기차를 타러 역에 갔다. 1,600킬로미터를 달리는 대장정이기 때문에 먹을 것을 사야 했다. 엄마와 숙모가 먹을 것을 사러 갔을 때, 삼촌이 사람들의 표정을 관찰해 보라고 했다.

웃고 떠들며 미소 짓는 사람, 힘들어 보이는 사람, 화내는 사람, 조는 사람 등등. 그래도 힘들고 지친 사람들이 가장 많다. 너무 세상과 일, 그리고 가난에 찌든 것 같다. 같은 사람인데, 사는 것이 너무 차이가 많이 난다. 이들이 조금 더 잘살기를 빌 뿐이다.

2006년 1월 6일 금요일, 날씨는 좋은데 삼촌 감기 괜찮을지 걱정

아내와 며칠에 한 번 그의 일기를 훔쳐 읽는 재미가 쏠쏠했다. 하지

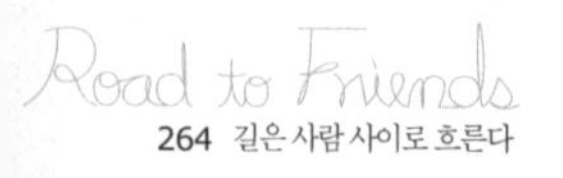

만 그걸 뺀다면 둘이 여행할 때보다 힘든 시간이기도 했다. 대한의 겨울방학 두 달에 맞춰 최남단 케이프타운에서 최북단 카이로까지 당도해야 하는 강행군의 임무를 맡은 셈이었다.

아무래도 위험한 곳은 피하게 되고, 시간이 부족하니 구석구석을 돌아볼 수도 없고, 잔지바르 섬처럼 마음에 쏙 드는 곳에서도 더 오래 머물 수도 없었다. 무엇보다 킬리만자로 아래에서 등반은 차치하고 단 하룻밤도 보내지 못한 것이 내내 가슴에 남았다.

이래저래 피곤이 쌓여가던 어느 날, 탄자니아 아루샤에서 사파리를 마치고 신양가로 가는 새벽 버스를 탔다. 신양가는 이른바 '관광 루트'에서 벗어난 곳이었다. 버스 안에는 서너 개 백열전구가 흔들리고, 바닥에는 때 묻은 카펫이 너덜거렸으며, 며칠치 식량이나 될까 싶은 허연 식빵들이 선반에 주렁주렁 매달려 있었다. 여기저기 구멍이 난 버스 바닥을 임시방편 삼아 널빤지로 막아놓았지만 채 가려지지 못해 모락모락 먼지가 피어오르고 있었다. 버스가 내달리자 먼지는 숨을 쉴 수 없을 지경으로 새어들었다. 그것뿐일까, 곧이어 질퍽한 무엇이 종아리에 와 닿았다. 바닥에 난 구멍 사이로 진흙 덩어리들이 튀겨져 들어왔던 것이다.

"오토매틱 천연 머드팩이군!"

또 버스는 한 시간 간격으로 멈춰 섰다. 타이어를 조이기 위해서였는데, 기가 막힌 건 공구도 없이 헝겊과 노끈으로만 처방한다는 것이다. 차가 굴러가는 것 자체가 신기할 따름이었다. 결국 버스는 고갯마

신양가 24시간 생사고락을 함께한 버스 뒤에서는 교황이 인사를 건넸다

세렝게티 가는 길 화장실을 안내하는 마사이족?

루를 넘어가다 완전히 멈추어버렸다.

승객들 모두가 버스에서 내려 산 아래의 '기림바' 라는 외진 마을로 걸어내려 가야 했다. 이미 밤은 깊어 전기가 들어오지 않는 마을은 암흑천지였다. 생전 처음일지도 모르는 동양인들의 등장에 동네 아이들이 새까맣게 모여들었다. 정말 새까맣게! 우리는 그때 비로소 알았다. 아프리카의 별은 하늘에만 있는 것이 아니라는 사실. 피부가 새까만 아이들의 눈이 달빛을 받아 반짝반짝 하는데, 그렇게 예쁠 수가 없었다.

얼마나 기다렸을까. 멀리서 불빛 하나가 '빵빵' 경적을 울리면서 달려왔다. 버스였다. "브라보!" 사람들은 낯모르는 사람들과 얼싸안고 환호성을 질러댔다. 그러고도 몇 차례 더 멈춰 섰던 버스는 예정된 열두 시간에 2를 곱해 꼬박 하루가 걸려서야 신양가에 도착할 수 있었다.

진흙에 먼지투성이가 된 배낭을 부려놓고 아침 햇살 아래 찻집에서 커피를 마시고 있었다. 그때 젊은 흑인 친구가 다가왔다.

"저는 다니엘이라고 해요. 마마 리가 기다리고 있어요."

마마 리는 10년 동안 아프리카 오지에서 봉사하고 있는 이보연 선교사님이다. 큰처형을 통해 알게 되어 방문하고 싶다는 연락을 드렸더니, 생면부지의 우리를 반갑게 맞아준 것이다.

"선교사님, 죄송합니다. 많이 기다리셨죠? 차가 고장이 나서……."

"안 그래도 어제 저녁에 도착할 예정이라는 메일을 받고 웃었어요. 여기는 말만 그렇지 항상 꼬박 24시간 걸리거든요."

과거와 미래를 염려하지 않고 '현재'를 살아가는 세렝게티의 식구들

다시 지프를 타고 비포장 길을 달렸다. 창밖으로 한결같은 아프리카 풍경이 이어졌다. 황토벌판에 듬성듬성 서 있는 나무들, 엉성하게 심어놓은 옥수수 밭, 흙벽의 초가집들. 찢어진 옷에 맨발로 달리는 아이들…….

30분 만에 콜란도토의 선교사님 집에 도착했다.

"배고프죠? 금방 된장찌개 끓여줄게요."

이 오지에서 그 귀한 된장을! 아껴 드시는 것이 분명해 보이는데도 듬뿍 퍼 넣으신다. 그날 이후로도 마찬가지였다. 대한이가 먹고 싶다고만 하면 냉면에, 카레라이스에, 미역국에…… 선교사님 살림을 다 거덜 낼 판이었다. 구수한 된장찌개에 지난밤의 피곤이 녹아내릴 즈음 내가 물어보았다.

"선교사님, 말라리아 약은 어떻게 하시나요? 일주일에 한 번 먹는 게 보통 일이 아니던데요."

"전 안 먹어요."

"여긴 괜찮은 지역인가요?"

"아니, 가끔 걸려요."

그녀의 대수롭지 않은 말투에 우리는 깜짝 놀랐다.

"말라리아가…… 죽기도 하는 병인데요?"

"여기 살면 안 걸릴 수가 없어요. 증상을 아니까 아차 싶으면 곧바로 치료 받으러 가죠. 예전에야 힘들었지만 지금은 마을에 병원도 생겨서 괜찮아요."

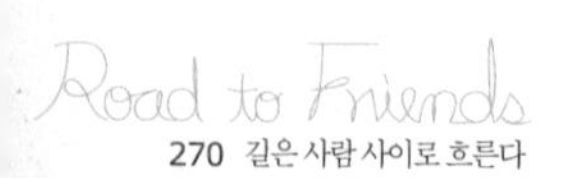

우리는 할 말을 잃었다. 아프리카 여행에서 가장 두려운 적이었던 말라리아. 하지만 선교사님은 말라리아가 반갑지는 않지만 동행해야 하는 친구라도 되는 양 얘기하고 있었다.

그 주 일요일, 지프를 타고 깡촌이라고 해야 할 마을의 교회에 갔다가 근처 현지인 집을 방문한 적이 있다. 울타리 없이 마당 양쪽에 흙집이 두 채 있었는데, 헛간 같은 부엌과 잠자는 공간이었다. 방이라고 해도 흙바닥에 포대 자루를 깔아놓은 것이 전부였다.

여주인이 장작을 피워 급히 음식을 내어왔다. '우갈리(귀리와 조를 찧어 쪄낸 밥)' 와 '다가(멸치와 비슷한 생선) 젓갈' 이었는데, 우갈리를 손가락으로 주물럭주물럭해서 덩어리를 만든 후 젓갈에 찍어 먹는다고 한다. 선교사님이 시범을 보여주며 살짝 귀띔을 하신다.

"우리가 보기에는 초라한 밥상일지라도 여기 사람들은 이것마저 못 먹는 이들이 더 많으니까, 맛있게 먹어주세요."

이미 낡고 지저분해 보이는 그릇에 질려버린 누이는 먹는 시늉만 하는데, 늘 배고픈 꼬마 여행자는 씩씩하게 먹는다. 가끔 흙이 씹히는 걸 빼면 제법 맛있어 아내와 나도 한 그릇을 싹 비우고도 입맛을 다셨다.

그날 선교사님이 대한에게 꿈이 뭐냐고 물어보았다. 열두 살 꼬마 여행자는 그날의 대화를 일기에 이렇게 남겼다.

선교사님이 내게 꿈이 뭐냐고 물었다. 내가 작가라고 대답했더니 선교사님이 "이곳 아이들은 꿈이 없어요. 시골이라 이룰 수 있는 꿈도 없

콜란도토 대한과 함께 스와힐리족의 전통놀이를 즐겼다

고, 아이들이 가지지 않는 거죠"라고 말하셨다. 그렇게 치면 난 정말 행복하다. 지금도 내 꿈을 이루려 노력하고 있으니까!

2006년 1월 20일 금요일 날씨 더움

꿈이 없는 아이들. 꿈이란 생각할 수도 없고 생각하더라도 이룰 수도 없는 거라고 여기는 아이들……. 낮에 만났던, 빈 양동이를 들고 황토 벌판을 걸어가던 소녀의 모습이 떠올랐다. 아, 그 소녀는 어디까지 걸어가서야 물을 기를 수 있었을까.

그날 저녁, 배고픔을 인생의 가장 큰 고통으로 여기는 대한이 결심 하나를 털어놓았다.

"나, 한국에 가면 '기아 체험' 에 참여해 볼래!"

5일 만에 콜란도토를 떠나 빅토리아 호수변의 도시 므완자에 들렀다. 남한을 풍덩 빠뜨리고 남을 거라는 호수에서 여인들이 노래를 흥얼거리며 생선을 손질하고 있었다. 겨우 세 시간을 달려왔을 뿐인데도 빈 양동이를 들고 벌판을 하염없이 걷던 소녀의 메마름 같은 것은 보이지 않았다.

그곳 힌두사원에서 열 살 안팎의 꼬마 숙녀들을 만났다. 부모가 인도 펀자브 출신 시크교도라는 그 아이들은 깔끔한 옷차림에 뽀얗고 예쁜 얼굴을 하고 있었다. 한 아이는 의사, 또다른 아이는 천문학자를 꿈꾸고 있었다. 그중 한 꼬마 숙녀가 대한에게 꽃을 선물했고, 두 아이는 주소와 이메일, 전화번호 등을 교환하며 아쉬운 이별을 했다. 대한은 부끄러워하면서도 아프리카에서 생긴 친구가 신기하고 좋은 모양이었다. 그리고 이렇게 말하는 것이다.

"그런데 삼촌, 쟤들은 콜란도토의 고통을 알까? 고작 세 시간 거리인데……."

그날 나는, 한국에서 온 한 아이가 아프리카 아이들의 '생각할 수도, 이룰 수도 없다고 여기는 꿈' 을 기억해 준다면, 킬리만자로의 미련은 아무래도 좋다고 생각했던 것 같다.

다른 사람들이 행복하다면 나는 괜찮아

예루살렘의 천사 영생 아저씨

여행자들 사이에, 내 생각이지만, 이스라엘 친구들은 인기가 없는 편이다. 나부터도 그들이 모여드는 숙소는 꺼리게 된다. 보통 네댓 명이 몰려다니며 안하무인으로 떠들어대기 때문이다. 그리고 하지 말라는 짓을 꼭 용감하게 하고는 한다.

그들은 담뱃불조차 금지된 마추픽추 산정山頂에서 늠름하게 버너를 켜서 차를 끓인다. 볼리비아 수크레에서 사진관을 운영하는 한국 이민자 말에 따르자면, '이미 인화되어 나온 사진 값을 깎자고 덤비는 유일한 놈들'이 그들이었다. 또 젊은 혈기를 자랑하느라 밀림 속 어린 악어 입을 묶어두고 도망가 버려 결국 악어를 굶겨 죽이기도 했다. 볼리비아에서는 유명했던 사건이라 한다.

왜 그럴까. 어떤 여행자는 유대 선민의식 때문이라 했고, 또 어떤 이는 남녀 모두 군대를 다녀와야 하는 그네들의 문화 때문이라고 했다. 대부분의 이스라엘 친구들은 군 전역 후 취업하기 전까지의 기간에 여행을 다니는데 군인의 치기가 집단적으로 남아 있다는 것이다.

멕시코 산크리스토발에서였다. 어느 날 우리가 묵고 있는 호스텔에 이스라엘 친구 다섯 명이 들어왔다. 그들은 첫날부터 파티를 열었는데, 다함께 쓰는 공동 부엌을 점령하고 자정이 넘도록 시끌벅적하게 술을 마셔댔다. 다음날도 그 다음날도. 체력도 좋은 모양이다.

하루는 옥상에 빨래를 널고 햇볕을 즐기고 있는데 한 친구가 내 옆자리에 와서 털썩 앉았다. 인사를 나누고 이런저런 이야기를 하다가 평소 궁금하던 문제를 물어보게 되었다.

"팔레스타인 문제를 어떻게 생각하니?"

"팔레스타인 뭐!?"

"왓(what)?"이라는 그의 말끝이 사뭇 날카로웠다. 의자에 깊이 파묻혀 느긋하게 해를 쬐던 나는 불에 덴 듯이 정신이 번쩍 들었다. 그러고는 대충 얼버무린다는 게 그만 심중을 꺼내 보이고 말았다.

"아니, 난 그냥, 땅 문제가 쉬운 건 아니겠지만, 서로 평화롭게……."

"무슨 땅 문제? 넌 바이블도 안 읽어봤냐? 그 땅은 대대손손 우리 땅이라고!"

나 역시 디아스포라 이후 2,000년의 세월 동안 세계 곳곳에 흩어져 천대받으며 살아왔던 유대인들에게 측은한 마음이 없는 건 아니다. 하

예루살렘 낙타도 유대교도?

지만 같은 세월 동안 그 땅에서 살아온 사람들을 무력으로 내쫓는 건 또 뭔가. 동병상련하는 마음이 생겨나야 인지상정 아닌가. 그의 말처럼 굳이 성경을 본다고 해도 모세가 이스라엘 족속을 데리고 가나안 땅에 도착했을 때에는 이미 사람이 살고 있지 않았는가 말이다.

하지만 나는 입을 다물었다. 그의 눈에서 살기 같은 공격적인 기운을 느꼈기 때문이다. 그날 이후 난 이스라엘 여행자를 만나도 절대 팔레스타인 문제는 꺼내지 않는다. 아니 대화 자체를 하고 싶은 마음이 사라져버린 것이다. 그 대신 꼭 한 번 이스라엘에 가보고 싶었다.

마침내 이스라엘로 입국하는 날. 요르단과 이스라엘 국경 담당 여군은 이미 여러 질문을 했으면서도 여전히 아내와 나의 여권을 뒤적였다. 또 무언가를 찾아낸 모양이었다. 그녀는 고압적인 말투로 따지듯이 묻는다.

"이란에는 왜 갔죠? 가만, 파키스탄도 갔었군요!"

"이것 보세요! 우리는 여행자입니다!"

이미 내 말투 또한 거칠어져 있었다. 이스라엘 출입국 사무소에 도착한 순간부터 우리들은 가상 범죄인처럼 취급당했다. 건물 밖에서 배낭을 통째로 가져간 출입국 사무소 직원은 한 시간 넘도록 소지품 검사를 했고, 다시 한 시간이나 더 기다리게 한 후 여권 심사를 시작했지만 질문은 몇 십 분째 계속되고 있었다.

"이란에 친구 있습니까?"

"그런 것까지 제가 대답해야 하나요?"

베흐루즈, 아사디, 코르세, 알리, 자흐라……. 사막에서 피어난 꽃처럼 아름답고 순박했던 내 친구들. 그들 때문이었을까. 드디어 내 눈에 핏발이 선 모양이었다. 아내가 내 옆구리를 꾸욱 찌르고 나서 얼른 수습에 나선다. 우리는 지금 세계여행중이에요. 호호. 여행자가 길에서 만나면 다 친구죠, 뭐. 호호. 여군이 다시 묻는다. 시리아도 갈 겁니까? 터키 가는 길이잖아요. 비행기를 탈 수도 없고. 호호. 이런 순간에 나는 성질만 내지만 아내는 더욱 현명해진다.

요르단 암만을 떠난 지 꼭 다섯 시간 반 만에 예루살렘에 도착했다. 차를 탄 시간은 두 시간 남짓. 그러니까 국경 심사에만 세 시간이 넘게 걸린 셈이다. 다시는 오고 싶지 않은 길이었다.

우리는 예루살렘 성 다마스커스 문 근처의 호스텔에 짐을 풀고는 방 안에 틀어박혀 꼼지락거리고 있었다. 잔뜩 상한 기분이 좀 누그러지면 저녁을 먹으러 나갈 참이었다. 그때 누군가가 방문을 똑똑 두드렸다.

"안에 계세요? 이리 나와서 저녁식사 좀 해요."

들어올 때 잠깐 눈인사를 나누었던 한국인 아저씨다. 그런데 무슨 식사? 공동 부엌으로 나가봤다. 놀랍게도 밥과 닭볶음, 양배추로 만든 김치가 뷔페식으로 놓여 있었다. 그때서야 자신을 '토머스' 라고 소개한 매니저가 자기네 호스텔은 아침은 물론 하루 세 끼를 제공한다던 이야기가 떠올랐다.

이런 횡재가! 여행이 길어지면서 몸이 아프거나 우울할 때 한국 음

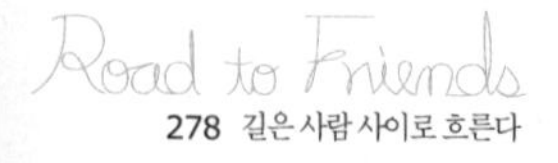

식만 한 특효약은 없었다. 특히 오늘 같은 날은 딱이었다. 아내와 나는 신이 나서 한 그릇 뚝딱 해치우고 아저씨와 이야기를 나누었다.

"아저씨, 여기서 일하신 지는 얼마나 되셨어요?"

"토머스가 그렇게 말하지요? 나 여기서 밥해 주는 사람이라고. 그러지 말라 했는데도……."

"그럼 아니라는 말씀……."

"내가 좋아서 내 돈 들여 하는 일이에요."

아저씨는 오랜만에 한국 사람을 만난 모양이었다. 처음 만난 우리에게 자신의 사연을 술술 풀어내기 시작했다. 그의 말투는 더없이 어눌했는데, 한국전쟁 때 갓난아이로 버려져 고아원에서 자랐다고 했다. 아저씨의 이름 '이영생'도 그때 원장님이 지어준 거였다. 고아원을 나와 지금 이때껏 넝마주이도 하고 막노동도 하며 그날그날 비만 피하며 살아왔단다.

"그래도 배곯은 적이 한 번도 없었으니, 다 예수님 덕분이지요."

영생 아저씨는 그것이 감사해 어느 날 예루살렘에 와서 봉사하기로 마음먹었단다. 그간 모아둔 돈과 알고 지내던 목사님 도움으로 11개월 전부터 지금까지 이곳에서 여행자들을 위해 밥을 해주고 계신다는 이야기였다. 그런데 호스텔 측은 자기들 서비스인 양 생색을 냈던 것이다.

"제가 영어를 못 하잖아요. 그래서 지난번에 여행 온 한국 학생한테 저걸 써달라고 부탁했어요."

식탁 뒤쪽 벽에는 "Jesus Gives This Food!"라고 적혀 있었다. 그때 영국인 한 명이 자기도 식사해도 되냐고 물어왔다. 아저씨가 벽에 붙은 종이를 가리키며 국적 없는 언어로 대답한다.

"예스. 이거 지저스가 줬어. 그러니까, 지저스 땡큐, 응? 맛있게 냠냠. 오케이?"

영국인 친구는 장난스럽게 종이를 향해 두 손 모아 "Thanks Jesus!" 하고는 접시에 음식을 퍼 담았다. 이번에는 일본인 친구들이 들어왔다. 그런데 아저씨가 "재패니즈 노!" 하는 것이다. 이유인즉, 오늘 점심식사 후에 자기 접시를 닦지 않았단다.

당황한 그들에게 내가 대신 설명해 주었다. 이건 영생 아저씨가 자비를 들여 만든 음식이며 여행자들이 밥 먹고 기운 내서 많이 보고 느끼고 돌아가라는 그의 마음이라고, 그런데 너희들이 밥을 먹고 난 후 자기 그릇도 씻어놓지 않아 화가 나셨다고. 일본인 친구들이 미안해서 어쩔 줄 몰라 하자 아저씨는 알았으면 됐으니까 어서들 식사하라고 손짓하신다.

다음날 예루살렘 성 안을 돌아보았다.

먼저 '비아 돌로로사Via Dolorosa(슬픔의 길)'를 걸었다. 예수가 십자가를 메고 걸었던 이 길을 2,000년이 지난 지금도 순례자와 관광객들이 따라 걷고 있었다. 유대인에게만 구원이 있다던 율법학자에 대항해 세상 모든 이들을 향해 평화를 설파했던 그는 죽어야 산다는 진리를 보여주고 있는 셈이다.

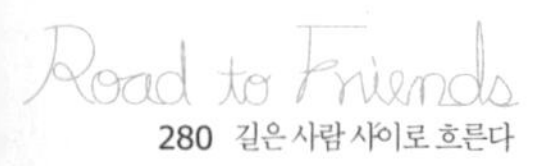

예루살렘
통곡의 벽 . 로마시대 예루살렘 성이 파괴되고 강제 이주되었을 때
1년에 단 하루 부서진 성벽 앞에 모여 통곡하고 기도하는 것이 허락되었다

사실 아내와 내게 예수는 특별한 존재다. 대학 시절, 그의 삶은 당시 한국 사회에서 지식인이 어떻게 살아야 하는가를 말해 주었다. 노동운동을 하러 인천에 있는 공장으로 향할 때도 '세상의 빛과 소금'이 되라는 그의 가르침을 품었다. 지난 10년 동안 내 삶을 지탱해 온 것 역시 그가 말한 '사랑'이었다.

그러나 정작 성서의 공간에 서고 보니 사랑에 대한 갈증으로 어찌할 바를 모르겠다. 예수는 이 자리에서 평화를 이야기했지만 지금 중동 땅에는 전쟁과 갈등이 넘쳐흐른다. 그의 흔적은 관광 상품이 되어 돈을 벌어들이고, 그 돈으로 무기가 거래된다.

발걸음을 옮겼다. 예루살렘 성 안은 유대인, 기독교인, 무슬림, 아르메니아인을 위한 네 구역으로 나누어져 있으면서도 미로 같은 골목길들로 서로 연결되어 있었다.

차도르를 쓰고 마호메트가 승천했다는 '황금사원'으로 향하는 여인들, 모자부터 구두까지 검게 차려입고 양쪽 머리를 꼬아 내린 채 '통곡의 벽'에 이마를 대고 기도하는 유대인 청년들, 검정 망토를 걸친 아르메니아인 할머니, 아장아장 걷는 금발 아이의 손을 잡고 예수의 '십자가의 길'을 따라 걷는 관광객들……. 예루살렘 성 안은 그야말로 인종과 종교의 박물관이었다.

'이처럼 살 수 있으면서도 왜 서로 미워하고 전쟁을 하는 걸까?'

숙소로 돌아오니 영생 아저씨가 저녁 준비중이었다. 오늘은 우리 부부가 요리하겠다며 아저씨를 식탁에 억지로 앉히자, 전날의 영국인 친구도 도울 일 없냐며 끼어들었고, 일본인 친구들은 오늘 설거지는 자기들이 몽땅 맡겠다고 나섰다. 참으로 평화로운 하루였다. 적어도 그때까지는. 하지만 인터넷에 접속해 조카로부터 온 메일을 열어보는 순간 평화는 깨져버렸다.

'삼촌, 지금 어디 있어? 이스라엘엔 들어가지 마. 오늘 한국인 기자가 납치됐어!'

우리는 이미 이스라엘하고도 예루살렘인데 대체 무슨 소리야? 바로 뉴스를 검색했다. 평화로웠던 오늘 하루, '성 밖'에서는 엄청난 사건이 벌어져 있었다. 이스라엘 정부군이 여리고 감옥을 습격해 팔레스타인 지도자를 잡아갔고, 이에 항의해 팔레스타인 해방군은 외국인 기자들을 납치했는데 그중 KBS 특파원도 들어 있었다.

다음날 예루살렘 거리에는 무장 군인들이 쫙 깔렸다. 아무래도 사해, 마사다, 여리고를 둘러보겠다는 계획은 당분간 힘들 모양이었다. 이스라엘 박물관에 갔다가 오후에는 4.4킬로미터 성벽을 따라 성 밖 세상을 한 바퀴 돌아보았다. 자꾸 마음이 무거워지고 이스라엘을 그만 떠나고 싶어졌다. 꼭 총을 든 군인들 때문이라 할 수는 없었다.

박물관은 세계 유대인들이 기증한 유물과 그곳에서 뜯어온 유대교 회당과 토라Torah(히브리 성서)로 가득 차 있었다. 방마다 아이들이 교육받고 있었는데 군인들도 많았다. 나라 없는 2,000년 세월을 견뎌낸 민족이 그 자부심을 교육시키는 건 당연한 일이겠지만, 왜 내 마음이 불편하고 불안한지 알 수 없었다.

예루살렘
그의 키스가 통곡의 벽을 넘어 팔레스타인까지……

선택받은 민족, 우수한 두뇌, 미국을 주무르는 경제력. 부모 중 한쪽만 유대인이어서는 자녀가 유대인이 될 수 없다는 이 닫힌 사회가 민족의식이 강해지면 나아갈 방향은 어디일까? 이런 물음과 함께 멕시코에서 만났던 이스라엘 청년이 생각났다.

어둠이 내릴 무렵, 숙소로 돌아왔다. 영생 아저씨는 보이지 않았고 준비된 저녁식사도 없었다. 여행자들은 왜 오늘 저녁이 없는지 의아해하며 하릴없이 부엌을 드나들고 있었다. 가끔 토머스에게 따져 묻는 이도 보였다.

정작 아저씨는 방에 누워 계셨다. 아프신 것이다. 나도 처음 들여다본 그의 방이란 옥상으로 통하는 계단 아래에 천막을 둘러쳐 만든 좁은 공간에다 침대 하나 달랑 있는, 사실 한데나 다름없었다. 이곳이 호스텔로부터 숙박료 50퍼센트를 할인받는다는 아저씨의 방이었다.

나는 화가 치밀어 호스텔 매니저 토머스에게 달려갔다.

"토머스! 호스텔에서 하루 세 끼 식사를 제공한다고 말했지?"

"그래, 맘껏 먹어. 공짜라고. 예루살렘에 이런 호텔은 없을걸."

"그럼 저 한국인, 너희가 고용했어?"

"너 왜 그래? 혹시…… 무슨 일 있었어?"

그는 말꼬리를 흐렸고, 난 또박또박 단어마다 힘을 주어 말했다.

"이봐, 잘 들어. 너희 고용인이면 그가 지금 아프니까 약 사다줘. 그리고 숙박비 한 푼도 받지 말고. 그가 요리하는 데 필요한 쌀이나 야채값도 지불하고. 만약 너희 고용인이 아니면, 손님들에게 말해. 저 사람의 진심을 가로채지 말란 말이야! 여행자들도 알고 먹을 권리가 있다고! 내 말 알아들었니?"

예루살렘을 떠나는 날이었다. 아저씨는 올리브나무로 직접 깎아 만든 십자가와 먼 여행길에 김치 담가 먹으라며 멸치액젓과 참기름 한 병을 배낭에 넣어주셨다. 나는 얼마 안 되는 돈이지만 봉투에 담아 억지로 드리면서, 토머스에게 당하지만 말라고 단단히 당부했다. 그러나 아저씨는 뒷머리를 긁으며 바보같이 웃기만 한다.

"난 괜찮아. 예루살렘에 다녀간 사람들이 행복하기만 하면……."

난 괜찮지가 않았다. 그리고 잘 모르겠다. 아저씨가 행복한 사람인지, 아저씨가 해준 밥을 먹는 여행자들이 행복한 사람인지. 성 안 예루살렘이 진짜인지, 성 밖 예루살렘이 진짜인지. 전쟁을 왜 일으키는지, 평화에는 어떻게 도달하는지. 예수와 마호메트의 가르침은 무엇이 같고 다른지. 알 수 없는 것들뿐이었다.

나그네 가슴에 괜스레 눈물이 주르륵 흘렀다.

TRAVEL TIP

김치와 치즈의 대결

중국 황산黃山 트래킹에서 만난 스위스 친구 로마노에게 물어본 적이 있다. 우리는 김치가 그리운데 너희는 어떤 음식이 그립냐고. 그는 1초도 머뭇거리지 않고 대답했다. 치즈와 초콜릿! 그때 난 하마터면 웃을 뻔했다. 하지만 여행에서 돌아온 지금, 조금 이해할 수 있다. 우리 역시 스위스 초콜릿이 진하게 생각나기 때문이다.

아내와 난 여행을 떠날 때, 현지 음식에 적응하겠다는 호기로운 마음으로 달랑 튜브 고추장 하나 가져갔다. 각오가 높았기 때문일까. 대부분 음식이 입에 잘 맞았고 새로운 음식에 도전하는 일도 마냥 즐겁기만 했다. 그러나 여행이 한 달 두 달 더해지면서 아무리 그곳 음식을 맛있게 먹었다고 해도 더부룩하고 허한 뒷맛은 어찌할 수가 없었다.

마켓에서 라면이나 고춧가루를 발견하면 덥석 집어 들고, 점점 부엌을 사용할 수 있는 숙소를 선호하기 시작했다. 어쩌다 한국 음식점이라도 만나면 현지 음식보다 몇 배나 비싼 가격에도 도무지 발길을 돌릴 수가 없었다. 30여 년 내 몸에 익숙해진 음식에 저항하는 일이 얼마나 부질없는 짓인지……. 한국 사람에 비하면 서양인들은 여행하기에 얼마나 좋을까. 치즈와 초콜릿 정도라면 가져다니기도 간편하고 구하기도 쉬우니 말이다.

'시릴'이라는 프랑스 요리사를 찾아간 적이 있다. 그는 파키스탄에서 만났는데, 지중해 연안 그뤼상이라는 작은 도시의 언덕 위 레스토랑에서 요리사로 일하고 있었다. 찾아간 첫날 그는 때마침 쉬는 날이었고, 비어 있던 콘도 룸에서 우리만을 위해 직접 요리를 만들어주었다.

그는 마치 수술실 의사처럼 신중하게 손등과 손가락 틈새까지 씻고 하얀 수건으로 깨끗이 닦은 다음 마침내 요리를 시작했다. 아내와 나는 중국, 터키와 함께 세계 3대 요리로 친다는 프랑스 요리사의 손놀림을 잔뜩 기대 어린 눈으로 지켜보고 있었다. 그는 토마토를 예쁘게 썰어 접시에 담고 그 위에 모차렐라 치즈를 얹었다. 그리고 두텁고 진한 밤색의 빵을 정성들여 자르고 와인을 꺼내 식탁에 놓았다. 그런데…… 그것으로 끝이었다. 아무리 간단한 점심 요기라지만, 실망이 이만저만 아니었다.

그런데 요리사 시릴의 설명은 길고 진지했다. 요점은 이것은 어느 지방의 유명한 치즈로서 몇 년이나 묵은 것이며, 빵 또한 이 지방만의 방식으로 구워낸 것인데 안에 들어간 곡물이 어떻다는 둥 하는 식의 이야기였다. 내가 보기에는 치즈는 치즈고 빵은 빵일 뿐인데, 그들에게는 제일 중요한 점이었다. 다만 나에게 인상적인 점은 치즈의 엄청나게 역한 냄새가 그날 저녁까지 입 안에 남아 괴로웠다는 것뿐이었다.

그날 이후 다시 생각해 보니 알 것도 같았다. 우리에게 겉절이, 생김치, 묵은지가 다르고, 배추김치, 총각김치, 물김치, 갓김치, 파김치, 고들빼기의 맛이 제각각 다르듯이 그들에게 치즈와 빵도 그런 것이 아닐까. 그때서야 나는

辛
라면

로마노가 고국 스위스의 치즈와 초콜릿이 그립다고 한 말을 이해하게 되었다.

아내와 나는 여행 내내 현지 친구들을 만나면 한국 김치 맛을 자랑한다는 핑계로 김치 담그기에 열성을 보였다. 그런데 여행에서 돌아오자 이제 오히려 그들 음식이 그리워진다. 스위스 초콜릿과 프랑스 치즈는 물론이고, 베트남의 포, 인도의 차이, 이란의 아이란(요구르트), 아르헨티나의 소고기 요리, 볼리비아의 피케마초(소고기 · 햄 · 야채볶음)……. 생각만 해도 행복해진다.

가끔 친구들에게 메일이 온다. 우리를 통해 김치 맛을 안 그들 역시도 김치가 그리워 한국 식당을 찾아다닌다고. 김치와 치즈의 대결? 재미있는 일이다.

TRAVEL TIP

내 생애 최고의 호텔

여행지에서 숙소를 구하는 일 역시 힘들고 귀찮다. 여행비용이 넉넉하다면야 널리고 널린 것이 호텔이니 어렵고 말고 할 것도 없겠지만, 빠듯한 비용으로 여행하는 배낭여행자의 사정은 그렇지가 못하다. 적은 비용으로 만족을 높이려면 다리품을 팔 수밖에.

가격이 저렴하면서도, 침대 매트리스가 푹 꺼지지 않고, 시트는 깨끗하고, 해가 잘 들고, 이왕이면 주인장도 맘에 드는 호텔. 여행 초기에는 나름대로 '소박한' 조건을 세우고 무던히도 돌아다녔다. 하지만 너무 따지고 고르다 보면 여행이 피곤해지기 마련. 눈높이가 낮아지자, 더러 고생하는 경우가 생겨났다. 스프링이 다 늘어진 침대에서 잔 아침에 허리를 펴면 뚝뚝 뼈 부러지는 소리를 들어야 하고, 시트 상태가 좀 께름칙하다고 생각한 날에는 어김없이 벼룩이 남기고 간 상처를 벅벅 긁어댄다.

이런 일도 있었다. 멕시코 바하캘리포니아의 엔세나다에 도착한 날이었다. 호텔 관리인의 눈치가 좀 이상했지만 주변에 비해 싼 가격이라 머물기로 했다. 저녁을 먹으러 나와서 길가 쪽으로 난 우리 방 창문을 올려다보았다. 어, 그런데 한 여인이 커튼으로 몸을 가린 채 얼굴만 삐죽 내밀고 있는 것이 아닌가. 다시 방 호수를 가늠해보니 그건 우리 방이 아니라 바로 옆방이었다.

그 순간이었다. 그녀가 내게 관능적인 눈빛을 던지며 커튼을 살짝 걷는데, 이런, 알몸이었다. 그날 밤 아내와 나는 밤새 잠을 이룰 수 없었다. 옆방에서 들려오는 덜컹거리는 침대 소리는 차치하고라도, 방 호수를 구분 못한 만취한 사내들이 우리 방문을 한두 시간 간격으로 두드리는 통에 지옥 같은 밤을 보내야 했다.

반대로 예기치 못한 기쁨을 주는 경우도 있다. 케냐 나이로비에 도착했을 때는 밤 12시가 넘어 있었다. 10시에 도착할 예정이었던 버스가 늦어진 것이다. 지친 몸으로 호텔을 찾아 들어갔다. 그리고 다음날 아침, 하루 더 머물겠다며 미리 비용을 지불하려는데, 돈 낼 필요가 없다는 것이다. 전날 밤 12시가 넘어 체크인 했으니 그날 아침식사 값만 내면 된다는 이야기였다. 갑자기 강도가 많기로 유명한 나이로비가 좋아지는 순간이었다(러시아도 마찬가지다).

그리고 또 있다. 유럽여행 때 이동하는 숙소였던 우리 중고차. 체코 시골마을 텔츠의 성당 앞마당에서, 그리스 이름 모를 마을 학교 운동장에서, 로마 콜로세움 앞에서, 보름달이 뜨는 프랑스 어느 지중해변에서, 노르웨이 피오르를 내려다보면서 보냈던 수많은 밤들. 그 사랑스러웠던 장소들이 우리 부부에게는 예약이 필요 없던 최고의 호텔이었다.

그래도 우리에게 가장 아름답게 기억나는 호텔을 묻는다면, 단연 네팔 안나푸르나의 산장들이다. 달랑달랑 말방울 소리가 들리고, 창문틀에 설산들이 그림처럼 붙어 있고, 화덕에서 우리가 주문한 요리를 만드는 주인장의 수줍은 미소가 있는 그곳. 여행 첫해 마지막 날, 해발 5,100미터에서 추위에 떨며 촛

불 하나에 의지해 보냈던 최고最高의 산장, 하이 캠프. 아내와 내게는 꼭 다시 한 번 찾아가고픈 세계 최고의 호텔이다.

ROAD 4 :

그리움의 길

넌 독재자가 굶어죽을 것 같니?

짐바브웨 하라레의 수상한 사람들

처음부터 수상한 도시 하라레에 갈 계획은 전혀 없었다. 짐바브웨 여행의 목적은 단연 세계 3대 빅 폴Big Fall로 불리는 빅토리아 폭포일 뿐이었다. 하지만 때마침 연말 휴가 기간이 겹쳐 일주일 내의 버스표는 모두 매진 상태였다.

"하라레에는 아무것도 없어(There is nothing in Harare)!"

케이프타운에서 만난 일본인 친구들이 혀를 내두르며 해주었던 경고가 떠올랐지만, '낫싱nothing'이란 표현에는 언제나 어느 정도의 과장이 숨어 있기 마련. 경찰까지 다운타운을 걷는 것조차 자살행위라고 겁주는 요하네스버그에 일주일을 더 있는 것보다는 나아 보였다. 우리는 힘들게 하라레 행 표를 끊었다.

그러나 터미널에서부터 분위기가 심상치 않았다. 짐 보따리가 피난 행렬을 방불케 했다. 버스는 아예 자기 몸집만큼 큰 트레일러 짐차를 달고 나타났다. 여인들은 남산만 한 엉덩이를 출렁이며 설탕, 밀가루, 옥수수 가루 등이 담긴 가마니들을 머리에 이고, 아이들도 결코 가벼워 보이지 않는 빵 봉지를 들고 쫓았으며, 냉장고와 텔레비전을 싣는 백인 할머니도 보였다. 짐을 싣는 데만도 한 시간이 더 걸렸다.

다행히 버스는 잘 달려갔다. 해거름이 되어 바오밥나무가 많은 도시에 멈춰 서자 사람들은 무섭게 상점으로 몰려갔다. 그들은 마치 약탈하듯이 식량이 될 만한 것들은 몽땅 사들였다.

"어머, 정말 먹을 것이 하나도 없나봐."

"삼촌, 먹을 거 없으면 우린 어떡해?"

당시 겨울방학을 맞아 케이프타운에서부터 아프리카 여행을 함께 하고 있던 누이와 조카 대한은 슬슬 걱정이 되는 모양이었다.

"뭘 어떡해? 없으면 굶어야지. 아프리카 아이들의 배고픔도 체험하고, 좋지 뭘 그래?"

아내가 대한에게 짐짓 퉁명스럽게 대답한다. 사실은 나도 조금씩 걱정이 되기 시작했다. 산전수전 다 겪었다고 할 수 있는 우리 부부뿐이라면 걱정도 아니지만, 누이와 열두 살짜리 조카가 함께 여행중이었다. 버스는 우리들의 걱정을 싣고 열여덟 시간 만에 하라레에 도착했다. 배낭을 내리고 있는데 한 청년이 다가와서 속삭였다.

"환전 안 해? 나보다 더 좋은 가격은 없어."

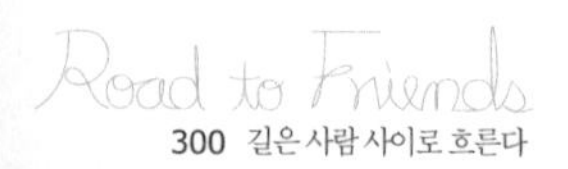

하라레 자연의 경이로움. 아 빅토리아 폭포

TAZARA 열차에서 본 기찻길 옆 오막살이

바오밥나무가 이렇게 자랐는데
어린 왕자는 어디 갔을까?

그는 하라레에서 처음 만난 사람이었다. 막대기처럼 빼빼 마르고 키가 커서 그 특유의 아프리카 그림 속에서 지금 막 튀어나온 것만 같았다. 그에게 응수해 주었다.

"얼마인데?"

"1달러당 11만. 이건 아주 특별한 경우야."

인터넷으로 확인해 두었던 환율에 비해 서너 배가 넘었다. 20달러를 환전하겠다고 했다. 그는 주변을 빠르게 살피면서 건물 뒤편으로 가자고 했다. 경찰 눈에 띄면 안 된다는 것이다. 따라갔더니 그는 고무밴드로 묶인 한 뭉치의 돈을 내밀었다.

짐바브웨 달러는 2만짜리 지폐가 최고액권임을 아는 순간이었다. 2만짜리 지폐로 20달러면 자그마치 110장. 나는 엄지손가락에 침을 묻혀가며 한 장씩 세기 시작했다. 그런데 이 친구, 인상을 쓰더니 잽싸게 돈을 뺏어가며 윽박질렀다.

"그딴 식으로 돈을 셀 거면 거래는 없어! 너, 경찰에게 잡히면 내가 어떻게 되는 줄 알아?"

"어떻게 되는데?"

"너 정말 짐바브웨가 어떤 상황인지 몰라? 그날로 난 끝이야!"

그는 손으로 기린처럼 길쭉한 목을 긋는 시늉을 했다. 빙긋이 웃으며 내가 다시 말했다.

"그래도 어떡해? 거래가 끝나자마자 넌 사라질 텐데, 만약 돈이 더 많으면? 네게 돌려줄 수 없잖아? 안 그래? 정 싫다면 거래는 없었던

걸로 하자."

"아, 이거 미치겠네!"

그는 다시 돈을 던지며 세어보라고 했다. 나는 어디 보자 하는 심정으로 퉤퉤 침까지 뱉어가며 한 장 두 장 세어나갔다. 그는 옆에서 눈을 부라리며 안절부절못하고 호들갑을 떨어대더니, 내가 절반 정도 세었을 때 내 손에서 돈을 탁 낚아채고서는 하늘에다 대고 욕을 지껄이며 달아났다. 확실히 첫 만남부터 하라레는 수상했다.

반면에 도로는 잘 정비되어 있었고 건물들도 깨끗해 보였다. 다만 차도 사람도 드물어 황야의 도시처럼 휑한 느낌이기는 했다. 호스텔 역시 대낮임에도 육중한 철문을 내리고 있어 당장 결투라도 벌어질 것 같이 스산한 기분이었다.

하라레 도시 상황을 알아볼 겸 환전하러 호스텔 사장을 찾아갔다. 터미널의 그 녀석보다는 낮았지만 은행 환율에 비해 월등히 높은 환율을 제시한다. 사장이 금고를 여는데 얼핏 보니 달러가 꽤 쌓여 있다.

"돈을 금고에 보관하나 보죠?"

TAZARA 기찻길 일주일에 두 번 왕복하는 기차를 기다리는 아이들

"은행 놈들을 어떻게 믿어! 이 나라가 언제 망할지도 모르는데."

"망하다니요?"

"난 달러만 긁어모으면 돼. 망하든 말든 나하곤 상관없는 일이야."

그를 물끄러미 쳐다보았다. 말쑥한 옷차림에 금테 안경을 썼다. 그가 한 손으로 안경을 벗으며 환전한 돈을 내밀었다.

"그런데 터미널에는 젊은 사람들이 왜 그렇게 많은 거죠? 거리는 텅 비어 있고."

"부랑자 놈들? 그놈들 조심해. 돈 몇 푼 때문에 큰일 당한다고."

"정말요?"

"짐바브웨는 지금 망하고 있어. 알아듣겠어? 정치고 경제고 다 이 모양인데 무슨 일자리가 있겠냐고. 그놈들도 다 먹고살려고 거기 모여 지랄들 하는 거지."

하라레는 점점 더 수상해졌다.

호스텔 사장은, 외출할 때는 택시를 부르고 시장 구경 갈 거면 보디가드를 고용하라는 충고를 덧붙였다. 그건 가이드북에 적힌 경고이기도 했다. 다음날 아침에 택시를 불렀다. 보디가드를 부르는 건 사양했다.

"헤이 맨! 어디로 모실까?"

택시 운전사 '스미스'가 랩을 하는 것처럼 경쾌하게 말했다(사실 그의 이름은 스미스가 아니다. 미안하게도 잊어버렸다. 다만 영화 〈나쁜 녀석들〉의 윌 스미스와 꼭 닮았기에 이렇게 부르기로 한다. 그도 불만 없으리라).

먼저 시장으로 갔다. 스미스가 보디가드를 해주겠다고 진지하게 제안했지만 거절하고 다만 한 시간 후에 시장 입구에서 만나자고 했다. 시장은 작고 소박했지만, 그래도 좋았다. 누이와 조카는 1달러에 망고 한 아름을 받아들고 입이 쫙 벌어졌고, 아내는 오랜만에 순박하게 웃는 사람들을 만나 날아갈 듯 즐거워했다.

"도대체 뭐가 위험하다는 거야?"

그러나 약속대로 한 시간 후에 시장 입구로 가보니 술 취한 사람들이 막 싸움판을 벌일 기세였다. 지나가는 사람들도 뚫어져라 이방인들을 노려봤다. 길 건너편에서는 건달로 보이는 녀석들이 우리를 가리키며 무슨 이야기인지 나누고 있었다.

"왜 스미스는 안 오는 거야?"

"어머, 저 사람들 우리 보면서 뭐라 하는 거 같아. 어, 이리로 오는데? 무서워, 어떡해!"

식구들이 겁에 질렸다. 나도 덜컥 겁이 났다. 그 순간에 스미스의 택시가 달려왔다. 우리 모두에게 그는 '택시 기사'가 아니라 '정의의 기사'처럼 보였다.

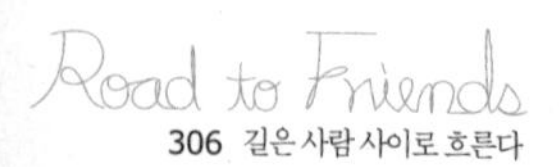

"헤이 맨, 이제 어디로 모실까?"

"슈퍼마켓!"

"시장에서 별 일 없었어?"

나는 언제 겁을 먹었냐 싶게 허풍을 떨었다.

"그럼! 도대체 뭐가 위험하다는 거야?"

"그런데 슈퍼마켓에서는 뭐 하게? 별게 없을 텐데?"

그는 연신 힙합 박자로 몸을 흔들어대며 운전했다. 그의 운전 역시 경쾌한 리듬이었다. 슈퍼마켓은 겉보기에 멀쩡했다. 세 명은 쇼핑하러 들어가고 나는 스미스와 함께 택시에 남았다. 그에게 묻고 싶은 것이 많았다. 우선 그에게 버스 승객들의 짐 보따리와 터미널의 삐끼와 호스텔 사장 이야기를 했다. 그가 힙합 리듬으로 랩을 하듯 대답했다.

"너희가 본 대로야. 지금 하라레는 엉망이지. 돈이 있어도 물건을 살 수 없다, 이거야. 왜냐고? 위대하신 미국과 유엔 나리들께서 무역을 꽉 막아버렸거든."

"왜?"

"나한테 물으면 어떡해? 걔네들한테 물어봐야지."

"아무 이유도 없이 그런다고?"

"걔네 얘기는 우리 대통령 무가베Robert Mugabe가 장기 독재한다는 거지. 우리는 바보인가, 그걸 모르게? 넌 그런다고 독재자가 굶어죽을 것 같니? 절대 아냐. 돈 있는 놈들은 벌써 이 나라 떴거든. 굶어죽는 건 나 같은 놈들뿐이라고!"

TAZARA 기차 안에서 불타는 아프리카의 낮과 밤, 그리고 그 사이

그의 힙합 리듬이 점점 빨라져서 속사포가 되어갔다.

"한 달 새 기름 값이 여덟 배 올랐어. 돈? 벌면 뭐 해? 일주일에 물가가 두 배씩 뛰는데. 돈이 금방 휴지로 변한다니까! 이런 나라에서 어떻게 사냐고? 답? 있지! 죽든가, 싫으면 강도짓이라도 하든가!"

잠시 침묵이 흘렀다. 다시 그가 경쾌한 힙합 리듬으로 되돌아왔다.

"그런데 너희는 무슨 일로 하라레에 온 거야?"

"그냥…… 여행하러."

"여행? 신기하네. 하라레에는 더이상 여행자가 오지 않는데."

"사실 하라레는 예정에 없던 도시였어."

"아무튼 반갑다. 넌 좋은 친구 같아. 네 두 아내들도."

"뭐? 두 아내? 으하하! 아냐. 한 명은 내 누이야. 꼬마는 조카고."

그가 웃었다. 웃고 있으니 정말 윌 스미스를 닮았다.

"너 〈나쁜 녀석들〉이라는 영화 본 적 없지? 스미스라는 주연배우가 나오는데 너랑 꼭 닮았어."

"그래? 한번 봐야겠군. 그런데 스미스 그 친구도 택시 운전 하나?"

슈퍼마켓에서 세 사람이 돌아왔다. 택시에 타자마자 한마디씩 쏟아낸다.

"진열대에 물건이 거의 없어!"

"과자는 다 유통기한이 지난 거야!"

"물건 대신 점원들만 가득해!"

셋 다 말은 그렇게 하면서도 두 손 가득 식량을 들었다. 그렇지만 호

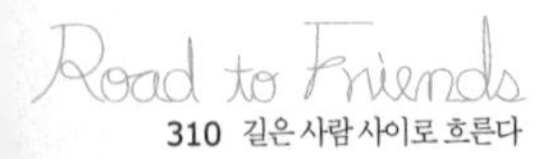

스텔로 돌아가는 길, 우리는 우울했다. 텅 비어 있는 진열대도, 휑한 바람만 부는 거리도, 경제 제재와 강도 이야기도 모두 우리를 쓸쓸하게 만들었다. 오직 스미스만이 최고액권 지폐 60장(11달러 정도)을 받아들고 경쾌한 힙합 리듬으로 랩을 했다.

"헤이, 친구들! 또 보자고!"

이틀 후, 우리는 수상한 도시를 떠났다. 그리고 하라레의 택시 운전사는 남았다.

여행에서 돌아와 가끔 짐바브웨 상황을 접하게 된다. 점점 더 어려워져가는 것 같다. '2007년 4월 현재 실업률 80%로 세계 최악, 인플레이션 3,700%, 인구의 1/3인 400만 명이 식량구호 필요, 일주일에 3,500명씩 사망, 평균 수명 여자 34세 남자 37세(10년 전의 절반 수준)…….' '2008년 5월 현재 인플레이션 165,000%로 매일 최악의 기록 갱신. 5억짜리 지폐(한화로 2,000원) 발행' 기사에 등장하는 수치들이 문득 비현실적으로 느껴진다. 기록적인 숫자들 속에는 우리가 만난 여러 스미스가, 떠나고 싶어도 떠날 수 없는 사람들이 살고 있기 때문 아닐까.

탄자니아-잠비아 기차 안에서 20060108

계속 달리는 기차 안이다.

다행히 1등석 한 칸이 비어서 옮겨올 수 있었다.

거의 41시간째 달리고 있는 중이다.

또 시간이 흘러 지금은 43시간 넘어 달리고 있지.

해가 나오기도 했지만 고온다습의 기후가 다가오고 있다.

푹푹 찐다. 카드게임으로 달래온 시간들.

짬짬이 가이드북을 보다가 '잔지바르 섬'에 가고 싶은 욕심이 생겼다.

스와힐리 문화와 아랍 문화라…….

오늘은 기차 사파리를 잔뜩 기대하며 이른 새벽잠을 설쳤다.

남편이 제일 먼저 '리노'를 봤다 하고,

사슴도 보고, 형님은 얼룩말을 보시고.

난 새끼 리노와 원숭이 한 마리 그리고 사슴들을 보았다.

기찻길 옆에 오랜 세월이 흐른 듯한 뼈다귀들이 즐비한 걸 보면

육식동물이 있다는 이야기가 맞긴 한 것 같은데.

새벽 시간에 달렸다면 더 많이 봤을지도 모르지.

참, '일출' 도 봤지. 한참을 붉은 기운으로,

구름 속으로 빨려 들어가더니 뜨는 것 같기도 하고

지는 것 같기도 하고. 구름이 연출해내는 하늘의 진풍경.

이것이 one of Africa이려나?

아프리카. 국경을 넘고 넘어도 달라지지 않는 건, 흙담에 초가집,

거기에 묻어 있는 가난, 구호품 같은 옷에 맨발로 달리는 아이들,

손에 망고를 들고 빨아먹는 아이들.

뱃살은커녕 어깻죽지가 삐죽 솟아 있다.

뭘 먹을 게 있어 살을 찌우겠는가?

가슴이 참 아프다. 무엇에 속이 상한지도 모르고

속도 상하고, 신경질도 나고.

끝없이 펼쳐진 야생 초원.

그저 이런 자연에 파묻혀 욕심 없이 사는 것, 이 속에서 행복할까?

이집트에는 '삐끼' 양성 전문학교가 있다?

이집트 아스완의 삐끼들

여행자에게는 숙명 같은 만남이 있다. 여행지에서 가장 먼저 만나고 가장 자주 부딪히는 사람들인 이들은 때로는 나그네를 화나게 만들고 때로는 인생을 살아가는 벌거숭이 지혜를 설핏 보여주기도 한다. 세상 어디에서나 만날 수 있는 그들의 이름은, '삐끼' 다. 가끔 그 만남이 악연이 되기도 하지만.

"헤이, 프렌드!"

이집트 카이로 공항에서도 역시 가장 먼저 맞아주는 건 그들이었다. 까만 콧수염을 달고 우르르 달려들어 "안녕, 친구들!"이라고 와글거렸다. 세계 삐끼들의 공통적인 인사법인 셈이다. 언제부터 내가 그들의 친구였나? 하기야 '학생' 이나 '선생님' 아니면 '사장님' 밖에 존재하

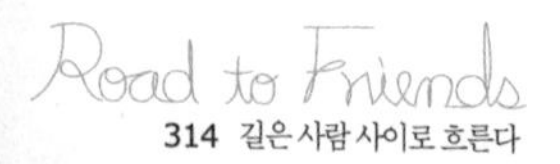

지 않는 대한민국보다 훨씬 인간적이긴 하다.

"하우 머치? 굿 프라이스!"

그들이 제시하는 택시 요금에 내가 관심을 보이지 않자, "그럼 넌 얼마를 원하는데?" "이 정도면 좋은 가격이야!" 하면서 어르고 달래며 무대 위 배우처럼 극적인 표정 연기를 선보인다. 보통 이 정도에서 적절히 타협해야 서로 편해진다. 그건 오랜 여행에서 배운 길바닥 지혜다.

그런데 이집트 삐끼는 그렇지 않았다. 말도 안 되는 가격에서 좀처럼 물러서지 않는다. 협상 시간이 길어질수록 점점 짜증난다. 결국 장시간 비행으로 지친 우리가 알면서도 바가지를 쓸 수밖에 없다. 공항에서부터 기분을 망치고 만다.

사실 우리는(아내와 나, 누이와 조카) 이집트 여행에 대한 기대가 가득했다. 피라미드에 얽힌 비밀과 미라의 복수, 스핑크스가 내는 죽음의 수수께끼와 '왕들의 계곡'에 묻힌 보물들……. 굳이 어린 시절의 이런 환상이 아니더라도 이집트는 동경할 것들로 넘쳐나는 인류 최고最古의 문명을 가지고 있지 않던가!

게다가 하늘에서 본 사하라 사막과 나일 강은 매우 감동적이었다. 나이로비에서 이륙한 비행기는 다섯 시간 내내 나일 강을 따라 날았는데, 지평선 끝까지 사막이 펼쳐져 있었다. 아프리카 적도에서 지중해까지 8,000킬로미터를 달려온 나일 강은 세상에서 가장 긴 뱀이 되어 사막을 좌우로 갈라놓고 있었다. 그야말로 숭고한 대장정이었다.

'이집트는 나일 강의 선물'이라는 헤로도토스Herodotos의 말에 동의

카이로　아프리카의 인디아라 불리는 이집트

할 수밖에 없었다. 이렇듯 이집트 여행에 대한 기대가 빵빵한 풍선처럼 잔뜩 부풀어 있었다. 그러나 지상에 내려앉는 순간, 바람이 빠지기 시작했다. 지상의 카이로는 근원적이고 낭만적이고 평화롭기까지 했던 우리의 상상을 마구 흔들었다. 카이로Cairo가 카오스Chaos로 변한 건 순식간이었다.

건물들은 낡고 우중충하고 스산했으며, 거리는 매연과 소음과 무질서와 쓰레기로 넘쳐났고, 수크(시장)에서는 삐끼와 상인들의 바가지요금과 거짓말이 무진장 날아다녔다. 같은 가게에서 생수 한 병을 사더라도 어제와 오늘의 가격이 달랐다.

왜 여행자들이 이집트를 '아프리카의 인도'라고 부르는지 이해하는 데 단 하루도 필요하지 않았다. 다만 인도와는 뭔가 달랐다. 여행자를 당혹스럽게 하면서도 인도를 매력적이게 만드는 '어떤 것'이 빠져 있었다. 그랬다. 이집트는 '2퍼센트'가 부족해 보였다.

아스완에서의 일이다. 이집트 여행이 막바지에 다다랐지만 여전히 그 '2퍼센트'에 연연하고 있을 때였다. 그날도 아부심벨 투어에 도시락이 포함되어 있다는 거짓말로 우리를 쫄쫄 굶긴 여행사에 쳐들어가 한바탕 싸우고 나오는 길이었다.

수크에 들러 과일을 좀 사기로 했다. 바나나 더미 위에 '2파운드(400원)'라고 적힌 큼직한 팻말이 꽂혀 있었다. 그런데 10파운드를 지불했는데도 이집트 상인은 잔돈 거슬러줄 생각을 안 했다.

"왜 거스름돈 안 주니?"

"바나나는 10파운드야."

혹시 알지 모르겠다. 정작 아랍에서는 아라비아 숫자를 사용하지 않는다는 사실. 그들은 약간 비슷하긴 하지만 미리 익혀두지 않으면 절대 알아볼 수 없는 특수문자처럼 생긴 기호를 사용한다. 하지만 그는 오늘 사람을 잘못 봤다. 아내와 난 이미 이란 여행을 통해 아랍 숫자를 외워두었던 터였다. 내가 싱긋 웃으면서 낮은 목소리로 그에게 말했다.

"미안한데, 나 아랍 숫자 읽을 줄 알거든."

이렇게 말하면 그가 크게 당황하며 '미안하다, 사실은 이렇다' 라고 사과할 거라 생각했다. 그러나 역시 이집트 상인은 달랐다. 그는 더욱 뻔뻔한 얼굴로 능치고 나왔다.

"아, 이 팻말에 적힌 숫자! 이건 누비아 돈이야. 이집트 돈으로는 10파운드지."

기가 막혀. 아무리 수단 국경이 가까운 지역이라 누비아족이 많이 산다고는 하지만 옛날 옛적에 사라진 누비아 돈이라니! 게다가 그는 10파운드를 다 준다 해도 내게는 바나나를 팔지 않겠다고 허세까지 부렸다. 물론 내가 그 돈을 내고 살 리도 없지만.

"내 참, 바나나 한 송이 사는 일이 이렇게 어려워서야."

하도 어처구니가 없어서 그저 웃어버리는 것 말고는 별 도리가 없었다. 빈손으로 수크를 빠져나오는데 대한이가 투덜거린다.

"삼촌, 이집트에는 삐끼 전문학교가 있는 거 아냐? 그렇지 않으면, 헤이 프렌드, 하우 머치, 굿 프라이스, 어떻게 말하는 게 다 똑같을 수

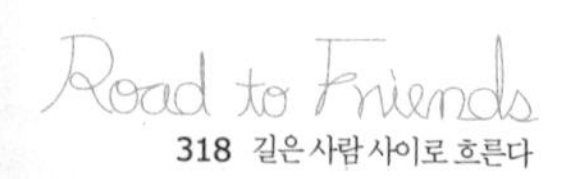

룩소르 동경할 것들로 넘쳐나는 인류 최고의 문명

룩소르의 카르낙 신전 이건 인간이 만든 도시가 아니야

있어?"

"으하하!"

우리는 배꼽을 잡고 웃었다. 그리고 나일 강을 따라 걸었다. 이집트 문명을 풍요롭게 해준 나일 강이 코발트빛으로 반짝이고 있었다. 파라오의 무덤 속 벽화에서도 보았던 이집트 전통의 펠루카가 하얀 돛대를 달고 생명의 강을 오르내렸다. 수천년 전에도 그랬던 것처럼 펠루카는 바람의 힘만으로 미끄러지듯 나아가고 있었다. 참 평화로웠다.

'고대 이집트 문명과 오늘날 이집트 사이에 어떤 연속성이 있을까?'

나는 또 그 부족한 '2퍼센트'의 정체성에 대해 생각했다.

'아직도 해독하지 못하고 있는 이집트 상형문자와 함께 파라오 무덤 속으로 사라져버린 걸까. 아니면 관광 산업으로만 살아남은 걸까. 기원전 333년 알렉산드로스 대왕에게 정복당한 이후 무려 2,300년 동안 제국의 지배 아래 있었던 긴 세월을 이겨낼 수는 없었던 걸까.'

그때였다. 삐끼 한 명이 우리를 발견하고는 다가왔다. 펠루카를 타라고 호객할 모양이다. 그래, 어디 한번 해보자. 내가 너희들에게 당하고만 있을 줄 알아! 심호흡을 한 번 하고 나서, 내가 먼저 과장된 몸짓으로 녀석의 어깨에 팔을 턱 걸치며 그들 말투를 흉내 냈다.

"헤이, 프렌드! 하 와이 유?"

그는 '뭐야 이거?' 하는 눈빛으로 쳐다봤다. 나는 계속해서 그들의 말투를 흉내 냈다.

"쓰리 아우어, 텐 파운드!"

보통의 경우 세 시간이면 30~40파운드 정도가 적정 가격이다. 눈이 똥그래진 그는 어깨에서 내 팔을 풀어내려고 했지만 나는 더욱 꽉 껴안으며 천천히 혀를 굴리듯이 말했다.

"헤이, 프렌드! 돈 워리! 하우 머치? 굿 프라이스!"

이제 당황한 빛이 역력한 그는 아무 말도 못하고 나를 쳐다보기만 했다. 내가 한쪽 눈을 질끈 윙크하며 싱긋이 웃어주었다. 마침내 그는 완전히 전의를 상실하고 소탈하게 웃었다.

"오케이, 내가 졌다. 친구! 가격은 네 마음대로 정해라."

그는 자신들의 어법을 똑같이 구사하는 외국인을 처음 만난 모양이었다. 우리는 펠루카를 타고 나일 강의 푸른 바람을 만끽했다. 그리고 두 시간 후, 배에서 내려서 나는 그에게 30파운드를 지불했다.

이제 한껏 자신감에 찬 나는 대한을 데리고 다시 수크로 가서 오렌지를 1킬로그램 샀다. 상인은 오렌지를 까만 봉지에 담아주면서 케냐에서 구입한 대한이의 코끼리가 그려진 티셔츠를 가리키며 말을 붙였다.

"이 티셔츠 어디서 샀어?"

내가 시선을 돌리는 사이에 그는 슬그머니 오렌지 하나를 봉지에서 빼낸다. 다음 순간, 나는 오히려 오렌지 두 개를 능청스럽게 다시 까만 봉지에 담으며 딴청을 피웠다.

"야, 어제 이집트 축구팀이 결승전에 진출했더라! 젊은 애들이 빵빵거리고 몰려다니는 통에 밤새 잠을 못 잤다니까!"

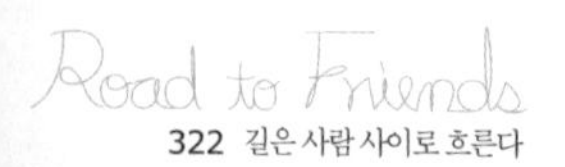

아스완 나일 강의 밤을 거슬러오르는 펠루카

흠칫 놀란 녀석이 이미 봉지 속으로 골인한 오렌지를 쳐다보면서 더듬거렸다.

"너, 혹시, 여기 살고 있니?"

"아니, 난 여행자일 뿐!"

우리는 오렌지 봉지를 들고 의기양양한 걸음으로 수크를 빠져나왔다. 참았던 웃음이 터져 나왔다.

한 뼘의 자유를 위하여!

베트남 달랏의 응구엔 티 호아

"왜 표를 안 판다는 거죠?"

"드라이버driver!"

매표원이 창구 밖으로 얼굴을 내밀며 운전사 쪽을 가리켰다.

"아니, 운전사가 8만 동(5.5달러) 달라잖아요. 여기 요금표에는 분명 '달랏' 까지 4만 동이라 적혀 있는데."

"노 잉글리시. 드라이버."

찬바람이 씽 분다. 그녀는 매정하게 잘라버렸다.

"매표소에서 표를 살 수 없다니."

"기가 막혀!"

아내와 나는 투덜거리며 운전사에게로 갔다.

"매표소에 4만 동이라 적혀 있는데 왜 8만 동을 달라는 거예요?"

"이 버스가 막차거든. 나 출발해야 하니까 갈 거면 타고, 싫으면 저기 호텔로 가라고."

왜 이렇게 딱딱한 거야! 결국 흥정 끝에 6만 동을 내고 버스에 올랐다. 요금표에 떡하니 적힌 가격의 두 배를 요구하다니, 너무했다. 그런데도 아내와 난 화가 나기는커녕 버스 위로 튀어오를 것처럼 즐거웠다. 그건, 이 나라의 별난 상황 때문이다.

베트남에는 외국인 요금이 따로 있다. 입장료는 물론이고 교통비도 두 배에서 다섯 배 비싼 요금을 지불해야 한다. 그 틈을 비집고 등장한 것이 외국인 전용 '투어리스트 버스'다. 일부 여행사들이 외국인 요금을 무는 것에 비해 더 싼 가격에 더 질 좋은 버스를 내놓은 것이다.

이 투어리스트 버스를 타는 순간 여행자는 무거운 배낭을 메고 터미널까지 나갈 필요도, 굳이 호텔을 찾아 헤맬 필요도 없어진다. 버스는 '도어 투 도어door to door', 즉 호텔 앞에서 호텔 앞까지 데려다준다. 게다가 내려주는 호텔들도 싸고 무난한 편이다. 사정이 이렇다보니 이런 안락한 조건을 마다하고 로컬 버스를 타는 '바보'는 흔치 않다.

그리하여 여행자들이 같은 버스를 타고, 같은 호텔에서 자고, 같은 도시를 돌아다니는 일이 벌어지고는 한다. 베트남 땅 위에 보이지 않는 어떤 '선線'이 생겨난 것이다.

하노이에서 나짱까지 우리도 '선' 안에서 편안히 여행할 수 있었다. 그러나 허전했다. '선' 안에서 만나게 되는 현지인은 여행자에게 닳고

닮은 사람들이었다. 그들이 보여주는 베트남은 밋밋했고 그들이 웃고 돌아선 자리에는 왠지 씁쓸함이 남고는 했다.

그뿐만이 아니었다. 베트남 사람들은 외국인을 곧 '돈'이라고 보는 것 같았다. 제2의 중국, 세계자본의 최고 재테크 시장으로 떠오르고 있는 베트남. 이곳에 기회와 경쟁, 돈과 속도, 자본주의의 물결이 거세게 몰아닥치고 있었다. 내가 상상해 오던, 시클로의 베트남이 아니었다. 이미 시클로를 대신해 오토바이가 거리를 장악하고 매연과 소음을 뿜어내고 있었다.

사실 아내와 난 진작부터 '선'을 넘기로 결심했다. 여행사가 만들어 놓은 '베트남 루트'에서 탈출하고 싶었다. 하지만 '바보'가 되는 일이 생각처럼 쉽지 않았다. 하노이에서는 투어리스트 버스도 한 번쯤 타보자고, 훼Hue에서는 비 오는 날 오토바이를 타고 돌아다니다가 감기가 들어서, 호이안에서는 우기에 비가 온다(!)는, 말도 안 되는 핑계로 차일피일 미루어왔다. 비용과 질의 차이가 워낙 컸기 때문이다.

그러다 마침내 '바보'가 된 아내와 나는 싱글벙글 날아갈 것만 같았다. 로컬 버스(15인승 이스타나)는 해안도시 나짱을 떠나 산길을 내달렸다. 창밖에서 시원한 바람이 불어왔다. 언덕을 넘자 붉은 논과 밭이 넓게 펼쳐졌다. 여기저기 베트남 고깔모자 '농라'를 쓴 농부들이 한 마리 학처럼 점점이 박혀 있었다. 더없이 평화로웠다.

잠시 후, 작은 마을을 지날 때였다. 저 앞에 흰색 아오자이를 입은 여인이 손을 흔들며 서 있었다. 운전사가 차를 세우고 내리더니 언제

29-M9
2845

하노이 시클로의 나라 베트남, 새벽부터 오토바이 경적 소리가 잠을 깨운다

준비했는지 그녀에게 꽃다발을 건넸다. 애인인 모양이었다. 쑥스러움에 얼굴이 빨개진 여인이 참 예뻐 보였다. 운전사가 다시 차에 올라타 시동을 걸자 승객들이 너도나도 한마디씩 쏟아냈다. 아내에게 물었다.

"다들 뭐라는 거지?"

"애인이 예쁘다거나 젊음이 부럽다거나 뭐 그런 이야기 아니겠어?"

"역시 세상 어디를 가도 사랑에 빠진 연인들만큼 아름다운 건 없나봐."

꽃다발과 여인 덕분에 차 안이 따뜻해졌다. 그것을 빌미로 사람들은 서로 인사를 나누는 것 같았다. 그때였다.

"Where are you from?"

유창한 영어가 날아들었다. 40대 초반의 여성 '응구엔 티 호아'는 달랏에 있는 연구소의 생물학자라고 자신을 소개했다. 그녀가 물었다.

"투어리스트 버스가 따로 있을 텐데 왜 이 버스를 탔어요?"

"뭐랄까, '리얼 베트남'을 만나고 싶었어요."

"리얼 베트남이라……. 맞아요, 베트남은 변화하고 있죠. 하지만 그것마저도 베트남이 아닐까요?"

"아, 그렇군요."

그녀는 이것저것 설명했다. 달랏은 프랑스가 베트남을 점령한 이후 휴양지로 개발한 곳인데, 미국과의 전쟁이 끝난 후에 북베트남 사람들이 많이 내려와 산다고 했다. 베트남 사람들에게는 유명한 신혼여행지라고도 일러줬다.

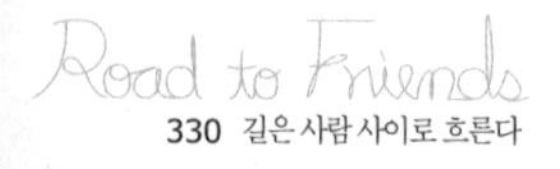

달랏 베트남에서 가장 예쁜 기차역

내가 사람들의 평균 수입이 얼마나 되냐고 물었다. 앞자리의 사람들에게 알아보더니 노동자의 경우 보통 80만 동(55달러) 정도라 했다. 80만 동이라니. 이 버스비가 4만 동인데. 놀라는 우리를 보고 그녀는 웃기만 했다. 그런 후에 내가 어리석은 질문을 하고 말았다.

"한국에 대해서 어떻게 생각하세요?"

그녀는 잠시 머뭇거리더니 낮은 목소리로 말했다.

"음…… 한국과 베트남의 역사는 비슷하잖아요. 한국도 전쟁을 경험했고 아직 분단되어 있고. 그래도 베트남은 통일을 이루었죠. 지금은 다 지나간 일이에요. 한국이 미국 전쟁에 따라 왔지만, 아마 오고

차오독(메콩 델타) 수상시장 생명의 강, 메콩 강의 하루

싶어 온 건 아닐 거예요. 그때 한국은 가난했잖아요."

그랬다. 그때 한국은 베트남보다 가난했다. 그렇다고 영혼을 팔아 배를 불리는 짓이 용서될 수 있을까? 그녀의 말처럼 과연 다 지나간 일이라고 치부할 수 있을까? 겨우 30여 년 전 일인데……. 그때 부모 형제를 잃고 포탄과 지뢰에 팔다리가 잘려나간 이들이 아직 살아 있는데…….

사실 난 그들 앞에 죄인일지도 모른다. 베트남전쟁 특수가 1970년대 가파른 한국경제의 성장 동력이었다면, 내가 먹고 자란 밥에도 틀림없이 베트남 사람들의 피와 눈물이 배어 있었을 테니까. 아무 말도 못하고 있는 내게 그녀가 조심스레 덧붙였다.

"이번에는 한국이 이라크전쟁에 참전하는 일이 없으면 좋겠어요."

더이상 할 말이 없었다. 이미 대한민국 국회는 '국익'이라는 명분으로 이라크 파병을 결정한 상태였다. 남의 나라 국민의 목숨을 팔아서 밥을 먹겠다는 발상. 베트남전쟁 후 30여 년, 과연 대한민국은 무엇을 반성하고 무엇을 배웠을까.

버스가 주유소에 멈췄다. 간이매점에서 음료수라도 한 병 살까 해서 일어서려는데 그녀가 기다리라고 하더니 콜라를 사 왔다.

"베트남에는 어디든 외국인 요금이 있으니까요."

그녀가 웃으면서 주소와 이메일을 적어주며 말했다.

"우리 이 다음에는 베트남이 아닌 곳에서 만나요."

그녀의 말처럼 달랏에서 우리는 다시 만나지 못했다. 사진 한 장 남

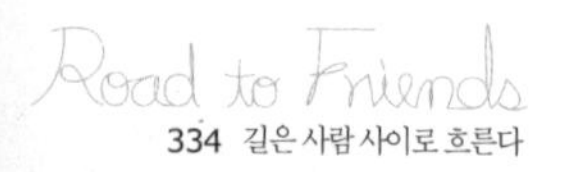

기지 못했다. 하지만 그녀가 건넨 콜라 한 병이 가슴속에 들어와 앉았다. 그녀는 베트남에서 처음으로 '돈'이 아니라 '사람'으로 우리를 대해준 이였다. '노란 선'을 처음 벗어난 그날, 아내와 나는 한 뼘은 더 자유로워진 느낌이었다.

당나귀 탄 가수의 평화 콘서트

파키스탄 퀘타에서 만난 일본인 여행자 시사토

파키스탄 퀘타에 도착했을 때였다. 도시 초입에서부터 수상한 광경이 펼쳐지고 있었다. 도로 곳곳에 바리게이트가 쳐지고 사거리에는 탱크까지 나와 있었다. 버스 터미널에서 그다지 멀지 않은 호텔까지 가는 사이에 기관총을 내 건 군용 지프가 몇 대씩이나 지나갔고 완전무장한 군인들이 어디로인가 바삐 달려갔다.

"무슨 일이지? 전쟁이라도 난 거 아냐?"

말은 그렇게 했지만 사실 그때까지 우리는 상황의 심각성을 알지 못했다. 호텔에 도착해서도 하얀 콧수염이 덥수룩한 주인장에게 대수롭지 않게 물어보았다.

"밖에 무슨 일이에요?"

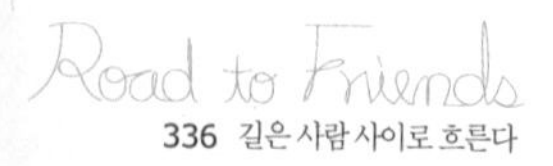

"바자르(시장)에서 폭탄이 터졌어. 사람이 많이 다쳤대."

그 역시 차분하게 대답하고 오늘은 외출하지 않는 게 좋겠다, 내일이면 괜찮아질 거니 걱정 말라고 덧붙였다. '폭탄' 이라는 단어가 신경을 잠깐 자극했지만 흐리멍덩한 머릿속까지 도달하지는 못했다.

그날 우리는 이미 딱 죽기 일보 직전이었기 때문이다. 파키스탄 동쪽 끝의 훈자 마을에서 이곳까지 무려 42시간 동안 쉬지 않고 버스를 타고 달려온 것이다. 아내와 나는 저녁도 거른 채 씻는 둥 마는 둥 침대에 그냥 쓰러졌다.

다음날 아침이었다. 상황은 그대로인 것 같았다. 하지만 밖에 나갈 수 없다는 말만 할 뿐, 누구 하나 자세히 이야기해 주려 하지 않았다. 도대체 무슨 일인지 궁금하기는 했지만 우리에게는 당장 해결해야 할 민생고가 있었다. 전날 저녁부터 아무것도 먹지 못한 것이다. 배낭을 뒤져봐도 비스킷 한 조각도 없이 텅 빈 상태였다.

붉은 사막의 오아시스. 여행자들은 퀘타를 이렇게 칭송했다. 퀘타의 바자르는 신선한 채소와 과일이 넘쳐나는 총천연색의 경연장이라며 사막에서 마른 침까지 삼키는 이도 있었다. 그래서 아내와 난 미련 없이 비상식량까지 몽땅 버스 안에서 해치웠던 것이다.

"무슨 방법이 없을까요?"

더없이 불쌍한 표정으로 주인장을 바라보자, 그가 한 손으로 하얀 콧수염을 만지작거리며 옆 건물과 마주 붙은 벽으로 난 구멍을 가리켰다. 역시, 사람이 죽으란 법은 없나보다. 옆집은 바로 빵 굽는 집이었

훈자 나그네의 손바닥에 말린 살구를 가만히 놓아주던 할아버지

훈자 안녕, 꼬마야. 우린 카라코람 비단길을 넘어 한국에서 온 나그네야

다. 빵은 이미 동이 났지만 밀가루를 한 봉지 구할 수 있었고, 히든카드인 라면 수프를 풀어 수제비를 끓였다.

"그게 뭐니?"

"던지기 탕!"

호텔에는 우리 부부 말고도 두 명의 외국인 여행자가 더 있었는데, 일본인 시사토와 요리코다. 그들도 우리와 함께 '던지기 탕'으로 민생고를 해결했다. 배고픔이 해결되자 시간이 지루하게 흘러갔다.

2층 우리 방 앞 베란다에 서서 호텔 마당을 내려다보고 있자니 이건 감옥이 따로 없다. 길가 쪽으로 트럭도 들어설 만큼 크고 육중한 철문이 나 있고 그 왼쪽으로 리셉션, 오른쪽으로 주방이 있다. 마당에는 듬성듬성 푸른 잔디가 깔려 있고 일이층의 객실 건물은 'ㄷ자' 모양으로 마당을 에워싸고 있다. 마당을 향해 객실마다 달랑 방문과 창문 하나씩 뚫려 있으니 정말 '감옥 같은' 분위기가 연출된다.

어떤 상황이라도 즐기는 건 우리 부부의 여행 철학이다. 우리는 방안에 '영화관'을 열었다. 관객은 시사토와 요리코. 시사토가 인도 영화 DVD 한 장을 가져왔다. 제목은 〈디스코 댄서〉. 혹시 인도 영화를 본 적이 있는지. 인도 영화들에는 공통적인 특징이 하나 있다. 내용 전개와는 상관없이 갑자기 무대가 바뀌면서 화려한 복장의 무희들이 나타나 인도 음악에 맞춰 춤추는 장면이 꼭 몇 차례씩 들어 있다. 그것도 춤을 위해 그 영화의 모든 것이 존재한다는 듯, 상당히 오랜 시간 동안.

역시 우리의 주인공 디스코 댄서가 사랑하는 여인과 함께 춤을 추고 있을 때, 누군가 방문을 쾅쾅 두들겼다. 이어서 늙은 주인장의 목소리가 들려왔다.

"안에 일본 사람들 있어? 대사관이라는데!"

한국 배낭여행자들 사이에 떠도는 우스갯소리가 있다. 위험한 상황에 처했을 때 한국, 중국, 일본, 미국 여행자의 각기 다른 대처법이다. 미국 여행자는 즉각 대사관에 연락하고, 일본 여행자는 돈으로 해결하고, 중국 여행자는 자기들이 떼로 모여들어 해결한다는 것이다. 그러면 한국 여행자는? 오직 혼자의 힘만으로 상황을 극복해야 한다나…….

그런데 일본 대사관에서 퀘타의 모든 호텔(우리가 묵고 있는 싸구려 호텔까지도!)에 자국민의 안전을 위해 전화를 돌린 것이다. 그런데 주인장을 따라 나갔던 시사토가 침울한 얼굴이 되어 돌아왔다. 반군과 정부군이 대치중인 상황이 좀 길어질 것 같다고 했으며 다른 조치가 있을 때까지 호텔을 벗어나지 말라는 당부까지 받았다고 했다.

영화가 끝나갈 즈음, 또다시 주인장이 문을 두드렸다. 아니, 이번에는 한국 대사관에서? 물론 아니었다. 그보다 더 반가운 소식, 일명 '브레이크 타임'이었다. 시민들이 식량을 구입할 수 있도록 반군과 정부군 사이에 한 시간의 브레이크 타임을 합의했다는 것이다.

호텔의 모든 숙박자들이 우르르 달려 나갔다. 식료품점에는 벌써 물건을 사려는 사람들로 발 디딜 틈도 없었다. 이 많은 사람들이 어디서 쏟아져 나온 걸까. 라면에 통조림에 생수에 비스킷에……. 거스름돈을

퀘타 한 시간의 자유, 브레이크 타임

챙겨 받을 새도 없이 '한 시간의 자유'는 끝이 났다.

어느새 상점의 셔터가 내려지고 거리는 다시 군인들의 차지가 되었다. 달라진 건 없었다. 그래도 먹을 것을 잔뜩 쥚어진 사람들의 얼굴은 조금 여유가 생긴 듯했다. 어차피 그들의 말처럼 모든 것은 '인샬라(신의 뜻대로)' 아닌가.

또다시 지루한 오후가 이어졌다. 그 시간을 보내기 위해 시사토, 요리코와 함께 호텔 마당에 나가 방콕에서 사서 매달고 다니던 '대나무 공' 놀이를 했다. 그런데 우리 넷의 웃음소리가 너무 컸던 걸까, 구체적인 상황을 잘 모르는 여행자들이 용감했던 것일까.

"당신들은 지금 이 상황이 즐거워요?"

"……."

까무잡잡한 얼굴에 덩치가 큰 아저씨가 눈썹까지 치켜 올리며 우리를 향해 한마디 내뱉었다. 이어지는 그의 설명을 들으며 우리 얼굴이 점점 굳어졌다. 현 퀘타의 상황은 이랬다.

우리 부부가 도착한 날이 '무하람'의 마지막 날이었다. 무하람은 마호메트의 사위 알리의 암살과 외손자 알 후세인의 죽음을 추모하는 애도 기간인데, 그 열 번째 날에 대규모 군중이 모여 자신의 몸을 때리며 수난극을 상연한다. 오직 마호메트의 직계 자손만을 정통 칼리프(상속자, 이슬람 교단의 지배자)로 인정하는 이슬람 소수파 '시아파'에게는 매우 중요한 날이기도 하다.

이날 퀘타에서도 1만 명이 넘는 추모 행렬이 바자르를 행진하고 있

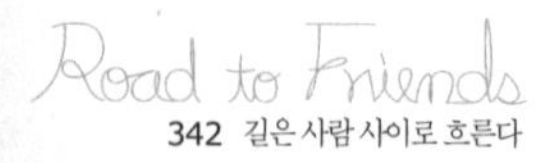

었는데 갑자기 반정부군으로 보이는 무장괴한들이 총을 쏘아댔다는 것이다. 곧 군대가 출동했지만 그 사이에 하늘에서 폭탄을 안고 떨어지는 자살 테러까지 더해지면서 바자르는 온통 아수라장이 되어버렸고, 그로 인해 60여 명의 희생자와 200여 명의 부상자가 생겼다고 했다.

이 대목에서 우리 모두는 할 말을 잃었다. 잠시 머물다 떠나면 그만인 철없는 나그네들의 모습에 얼마나 기가 찼을까. 그러고 보니 호텔에 머물고 있는 사람들의 표정도 아침과는 달리 많이 굳어져 있었다. 때 맞춰 "탕 타탕 탕탕" 총소리까지 들려왔다. 상황이 점점 더 심각해지는 모양이었다.

물론 죽을상을 한다고 해서 상황이 변하지는 않겠지만, 우리끼리 낄낄대고 노는 건 분명 아니리라. 네 명의 여행자는 잔뜩 풀이 죽어 말없이 잔디 마당에 앉았다. 그때 아내가 한 가지 제안을 내놓았다.

"시사토! 너 가수라고 했지? 평화 콘서트를 여는 거야!"

그날 저녁, 우리 네 사람은 '호텔 감옥' 잔디 마당에서 작은 콘서트를 열었다. 시사토는 런던이나 시드니 등지의 레스토랑에서 노래를 부르고, 돈이 얼마 모이면 떠나는 식으로 3년 6개월 동안 기타 하나 들고 세계 구석구석을 돌아다니고 있는 친구였다.

그의 기타 선율이 흐르자 마당에 드리워진 회색 밤공기에 가녀린 파문이 일었다. 구슬프면서도 감미로운 그의 목소리가 순식간에 내 심장을 파고들었다. 분명 처음 듣는 일본 노래인데 이 친숙한 느낌은 뭘까? 그가 하모니카를 입에 물었다.

'아, 김광석이다.'

그의 목소리는 아내와 내가 좋아하는 김광석의 목소리를 그대로 닮아 있었다. 첫 곡이 끝나고 두 번째 노래가 시작되자 2층 난간에 서서 침울한 표정으로 바라만 보던 사람들이 하나둘 마당으로 내려오기 시작했다. 닫혔던 방문이 열리고 처음 보는 사람들도 고개를 내밀었다. 사람들을 불러내고 모이게 하는 노래의 힘. 어느새 마당은 정말 멋진 콘서트장이 되어갔다. 더러는 잔디에 앉고 더러는 팔짱을 끼고 섰다. 그때였다.

"비틀스 노래도 불러줄 수 있어요?"

조금 전 우리를 야단쳤던 덩치 크고 까무잡잡한 아저씨, 무함마드다. 시사토가 응답을 하고 〈예스터데이〉를 부르자 사람들이 흥얼거리며 따라 하기 시작했다. 찌릿 하고 고압 전류 같은 것이 팔다리를 타고 내 온 몸으로 스며든다. 팔뚝에 소름까지 돋아났다.

언어가 다르고 피부색이 다른 사람들이 모여 한 곡의 노래를 함께 부를 수 있다는 사실은 강렬한 기쁨이었다. 노래가 끝났다. 내가 재빨리 모자를 벗어 관람료 받는 시늉을 했다.

"와하하하!"

이틀 만에 처음으로 '무슬림 호텔' 감옥에서 총성 대신 시원한 웃음소리가 터져 나왔다. 별이 유난히도 많은 밤이었다.

3주가 흐른 어느 날, 이란을 여행하던 중에 메일을 한 통 받았다.

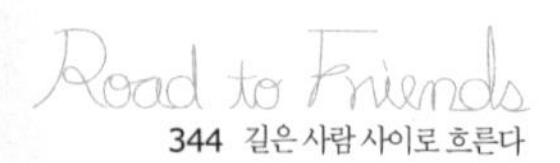

안녕 친구들! 나, 100달러에 당나귀 한 마리 샀다. 이놈을 타고 훈자 마을까지 다녀왔어. 이제 인도 국경을 넘어가볼 생각인데, 과연 가능할까? 너희들 생각은 어때?

—퀘타에서의 그날 밤을 기억하며 시사토가

그는 당나귀를 타고 어디까지 갔을까. 인도를 여행하고 베트남과 중국을 지나 일본까지 갈 수 있었을까. 아니 지금도 세계 어느 낡은 여관이나 레스토랑에서 기타를 퉁기며 하모니카를 불고 있지는 않을까. 그의 노래가 그리운 날이다.

사파티스타를 찾아간 하루

멕시코 오벤틱의 얼굴 없는 사람들

끝을 알 수 없는 산길이 구불구불 이어졌다. '가릉가릉' 앓는 소리를 내면서도 낡아빠진 12인승 승합버스는 잘도 달렸다. 쓰러질 것 같은 흙집이 천천히 지나갔다. 맨발의 여인은 흙바닥에 주저앉아 천을 짜고, 예닐곱이나 되었을까, 얼굴에 땟물이 말라붙은 아이가 동생 머리를 뒤져가며 '이'를 잡느라 열중이었다. 정오의 햇살이 여인의 발등에, 아이의 꼬질꼬질한 손등 위에 붉은 황토색으로 느릿느릿 내려앉았다.

오벤틱에 도착했다. 사파티스타Zapatista의 다섯 개 핵심센터 중 하나가 있는 곳이다. 나뭇가지로 얼기설기 엮어 만든 차량 통제용 문은 어설프게 닫혀 있었고 그 옆에 매점이 하나 있었다.

매점에서 비스킷 한 봉지를 사고 컵라면으로 늦은 점심을 해결했다.

한 시간쯤 지났을까, 인터넷을 통해 보았던 그 '얼굴 없는 사나이' 한 명이 다가와서 자신을 따라오라고 손짓했다.

정문으로 들어서니 길 양쪽으로 판잣집 서너 채가 잇대어 있었고, 벽에는 체 게바라와 사파타Zapata(멕시코혁명 농민 지도자)가 강렬한 인상으로 이방인을 노려보고 있었다. 판잣집은 수공예 작업장, 잡화점, 병원, 자치정부 사무실 등으로 보였다. 그의 안내를 받아 사무실로 갔다. 당시 스페인어를 모르던 우리를 위해 벽화를 그리려고 와 있던 미국인 친구가 통역해 주었다.

"이곳에 온 이유가 뭐죠?"

"평화캠프에 가기 위해서입니다."

"한국에서는 무슨 일을 했죠?"

"저는 노동조합에서 일했고, 아내는 진보정당에서 일했습니다."

검은 스키 마스크를 쓴 두 명의 남자가 체류 허가를 심사했다. 그동안 둘러본 사무실에는 긴 나무탁자와 의자, 뒤쪽에 철제 책상 하나와 야전침대가 놓여 있어 전체적으로 썰렁해 보였다.

잠시 후 우리는 다시 옆 사무실로 안내되었다. 역시 검은 마스크를 쓴 사람이 한 명 있었는데, 여성이었다. 이곳 총괄 책임자 같았다. 그가 한 달 체류 허가증을 써주더니 악수를 청했다.

"야호! 드디어 평화캠프에 간다."

아내와 나는 환호성을 질렀다. 참으로 먼 길이었다. 멕시코시티에서 산크리스토발까지 버스로 열세 시간을 달려왔고, 그곳에서 사파티스타 지원 시민단체의 추천서를 받고, 산길을 따라 여기까지 오는 데 꼬박 나흘이나 필요했다. 이제 이곳 학교에서 2주간 스페인어를 배우면 원주민 마을로 들어갈 수 있을 것이다.

곧바로 교무실로 안내되었다. 뜻밖에도 교장 선생님은 스키 마스크를 쓰지 않은 맨 얼굴의 사나이였다. 메스티소(백인과 원주민의 혼혈인으로 멕시코의 다수 인종이다)인 그는 체 게바라처럼 멋진 수염을 기르고 있었다. 그런데 그의 이야기가 뜻밖이었다.

"당신들을 받아줄 수 없어요. 학생은 많고 교사는 없습니다. 기숙사에 빈 침대도 없어요."

"네? 우리는 자치정부로부터 체류 허가증을 받았는데요?"

나는 당황하여 방금 받은 체류 허가증을 꺼내 보였지만, 그는 고개를 가로저으며 말을 이었다.

"그래도 안 돼요. 오벤틱에서 스페인어를 배우려면 몇 달 전부터 예약이 필요합니다. 자치정부 관계자는 결정만 하면 되지만 현장 교육자의 입장은 달라요. 외국인 때문에 정작 우리 아이들의 교육에 소홀할 수는 없잖아요."

몇 번 더 사정해 보았지만 요지부동이었다. 멕시코시티의 '시민연합'에 예약하고 기다리라고만 했다. 안타깝게도 한 달 체류증이 내 손에 쥐어져 있었지만 별 도리가 없을 성싶었다. 오늘밤만이라도 머물고 싶다고 부탁하자, 그는 흔쾌히 이튿날까지만 나가면 된다고 허락했다. 내친김에 몇 가지 더 물어보았다.

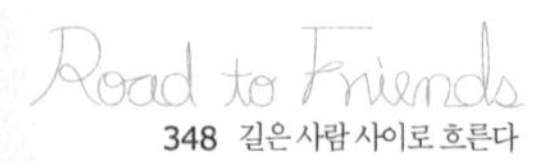

"학생들은 몇 명이나 있나요?"

"여긴 중고등학교secondary school예요. 주변 30여 개 마을에서 140여 명의 아이들이 들어와서 생활하고 있죠. 물론 학비는 무료입니다. 원주민들은 먹고살기에도 빠듯하니까요."

"그럼 재정은 어떻게 충당하나요? 자치정부도 힘들 텐데."

"외국인의 스페인어 수업료로 마련하죠. 둘러보면 아실 테지만 모든 게 사실 열악합니다. 전기도 물도 음식도 선생도 부족하죠."

나는 조금 망설이다가 결국 하고 싶었던 질문을 던지고야 만다.

"그러니까…… 당신들이 일어선 지 10년의 세월이 흘렀잖아요. 그 전보다 좋아졌다고 할 수 있는 건가요?"

"무슨 뜻인지 압니다. 가난은 해결되지 않았을지도 몰라요. 하지만 예전에 이곳 아이들에게는 배움의 기회 자체가 없었어요. 학교가 없었으니까요. 지금 아이들은 스페인어뿐만 아니라 원주민의 언어와 역사까지 배우고 있어요. 우리의 정체성을 찾아가고 있는 겁니다. 어느 나라, 어느 공동체라도 그것을 잃어버리면 미래도 없는 것 아닙니까?"

"하지만 멕시코는 원주민들만의 나라가 아니지 않습니까?"

"네, 멕시코는 혼혈의 나라입니다. 그래서 정체성이 더욱 중요하죠."

1994년 1월 1일 북미자유무역협정(NAFTA)이 발효되는 날, 멕시코 치아파스 주의 라칸돈 밀림에서 검은 스키 마스크를 뒤집어 쓴 채 말을 타고 총을 든 사람들이 세상 속으로 달려 나왔다. 그들은 가난하고

산크리스토발 사과 4개랑 감자 2개, 양파 1개 주세요

힘들어도 자신들만의 방식으로 살아가는 삶이 행복하다고 믿는 사람들이었다. 그때 그들은 이렇게 말했다.

"우리가 무기를 든 이유는 다른 이들이 우리에게 귀 기울이고 관심을 갖게 하기 위해서입니다. 우리는 세상을 정복하려는 것이 아니라, 단지 새로운 세상을 제안하려는 것뿐입니다."

사실 그들이 제안하고자 하는 새로운 세상에 대해서 나는 잘 모른다. 하지만 그들은 자진해서 총을 거두고 라칸돈 정글로 돌아갔고, 2001년 3월에 다시 빈손으로 보름 동안 3,000여 킬로미터를 행진하여 멕시코시티로 입성했다.

그때 수많은 원주민들과 평화를 사랑하는 전세계 사람들이 그들을 따라 걸었다. 멕시코시티의 시민들도 거리로 나와 환호했다. 그 자리에 내 친구 기예르모의 가족도 있었을 것이다. 스스로 '사파티스타 민족해방군'이라고 부르는 그들은 국회 연설에서 '원주민 자치에 관한 법률' 인준을 요구했다. 그날은 100년 전 멕시코혁명의 농민지도자 사파타가 되살아난 순간이었다고 멕시코인들은 기억하기도 한다.

교장의 말처럼 학교의 상황은 매우 열악했다. 얼핏 보기에도 상수도와 화장실, 식당의 위생 수준은 위험스러운 듯했다. 기숙사란 곳도 나무판자들을 대충 박아 만든 막사였는데, 외벽에는 비닐 한 장뿐이고 머리맡으로 풀이 자라 있을 정도였다.

때마침 비가 내렸고, 조금 우울해졌다. 그렇지만 아이들은 맑고 행복해 보였다. 10년 전만 해도 학교 하나 없던 이곳에 이 정도의 학교를

산크리스토발 치아파스의 주도.
얼굴 없는 사람들에게는 세상을 향한 창이다

운영하는 것만으로도 자치정부로서는 힘겨운 일일 수도 있었다.

"우리는 새장 속 새가 되어버린 북아메리카 인디언처럼 되지 않기 위해 저항을 선택했죠. 또 한 가지 질서로 몰아가는 신자유주의를 경고하기 위해서예요. 각자가 행복하게 살아가는 방법이 다를 수 있다는 걸 말하고 싶었죠. 우리는 저 아이들에게 희망을 가르칠 겁니다. 그 선택의 결과가 가난일지라도 말입니다."

그가 해준 마지막 말이었다. 현대문명의 이기利器에 익숙해 있는 우리만 마음이 불편한 건 아닌지. 그리고 이 아이들에 비해 대한민국의 아이들은 얼마나 더 행복하다고 할 수 있을지. 아니, 더 행복하기나 한 건지…… 사실 알 수 없는 일이다.

지구 한쪽에서는 학교가 없어 아파하고 반대쪽에서는 학교에 더해 넘치는 학원 때문에 힘겨워하는 아이들. 과연 이 아이들이 서로의 아픔을 이해할 수 있을까. 세상은 이해할 수 없는 요지경 속이다.

한두 달을 예정하고 떠난 길을 단 하루 만에 돌아왔다.

스페인 식민시대 고도古都 산크리스토발. 반듯한 돌길 위에 따뜻한 햇살이 내려앉아 있었다. 낡은 차들이 오후의 햇살 속으로 느릿느릿 지나갔다. 길 양쪽으로 오래된 단층집 지붕들이 이마를 맞대고 줄지어 있다. 난 이런 풍경에서도 문명으로 돌아온 편안함을 느꼈다. 단 하루 만에 돌아왔는데도 말이다.

그런데 밀림에서 우리를 따라온 녀석이 있었다. 녀석은 나의 온 몸에 흔적을 남기며 자신의 존재를 알리고 있는, 벼룩이다.

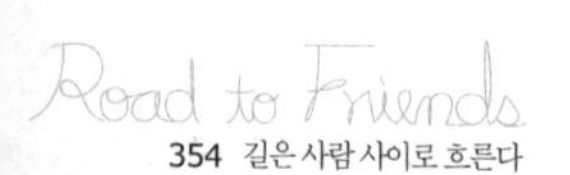

예수도 브라질에 오면 물라토가 된다?

브라질 살바도르의 페르난도

"더위가 우리를 잡아먹으려고 해!"

브라질 살바도르 공항에 도착한 날, 아내는 혀를 내둘렀다. 아침 6시였지만 온도계는 섭씨 40도. 재빨리 에어컨 버스를 잡아타고 도심으로 향했다. 창밖으로 브라질의 하얀 대서양이 끝도 없이 이어진다. 30분이나 달렸을까. 이윽고 낯선 풍경이 펼쳐지기 시작했다. 이후 내게는 브라질 하면 떠오르는 '한 장면'이 되어버린 풍경.

바다는 푸르렀고 모래사장은 하얗게 빛났다. 바닷가에 까만 사람들이 그 이른 시간에 수영복만 입은 채로 산책이나 조깅이나 축구를 하고 있었다. 한두 명이 아니라 그 수가 꽤 많았는데, 심지어 수영하는 사람도 있었다. 검고 윤기 나고 탄력적인 그들의 몸매는 뜨거운 아침

살바도르 예쁜 집, 예쁜 그림, 내가 살바도르를 사랑하는 이유

햇살을 받아 싱싱한 에너지를 뿜어냈다. 나를 포함한 버스 승객들의 옷차림이 덥고 답답하게 느껴질 만큼.

배낭을 앞뒤로 멘 채 살인적인 더위를 뚫고 페르난도 로페즈의 집에 도착했다. 그의 집은 해변도로에서 내려 오르막길로 10분쯤 걸어가야 했는데, 그 짧은 시간에 우리 몸은 흠뻑 땀으로 젖어들었다. 아파트 경비원의 연락을 받고 나타난 건 페르난도가 아닌 그의 아내 실비아와 의붓딸 나디야였다.

"아침 안 먹었죠? 페르난도는 일본에서 어젯밤 비행기를 탔다니까 곧 도착할 거예요."

두 사람은 수영복 차림에 숄만을 걸쳤는데, 그들 역시 막 아침 조깅을 마치고 돌아온 참이라 했다. 꼭 빼닮은 모녀는 시원시원한 이목구비에 날씬한 몸매, 까무잡잡한 피부를 가진 매력적인 여성들이었다. 울퉁불퉁한 얼굴에 배가 툭 튀어나온 페르난도와는 전혀 딴판이라 어리둥절해 하는 우리 부부를 집 안으로 안내한다.

음, 브라질 냄새! 구수한 커피 냄새가 집 안 가득하다. 벽마다 페르난도가 사다 날랐을 세계 각국의 토산품들이 걸려 있다. 한국의 하회탈도 보인다. 천장에서 선풍기가 아침부터 바쁘고, 발코니에는 해먹이 팔자 좋게 늘어져 있으며, 그 너머로 대서양 파도가 넘실거린다. 마치 리조트에 온 것만 같다.

"배고프죠? 우리 얼른 식사해요."

식탁이 아주 푸짐하다. 아프리칸 콩 볶음요리, 구운 바나나, 슈마(옥수수 가루로 만든 아프리카인들의 주식), 망고, 빵과 커피. 아프리카 음식 문화가 고스란히 남아 있다. 실비아는 심리학 교수이고 나디아는 번역 일을 한다고 했다. 곧 그들이 우리 부부만 남겨두고 출근하자, 우리는 서재에 마련된 침실에 쓰러졌다.

잠에서 깨어났을 때는 페르난도가 와 있었다. 그는 덥수룩한 수염을 기르고도 변하지 않는 그 어린아이 같은 웃음으로 우리를 껴안았다.

"흐흐, 잘 왔어. 여기가 내 고향이야."

페르난도는 브라질 금속노조의 사무총장이다. 그는 상파울로에서 일하면서 주말마다 살바도르에 온다는데, 마침 이번 주는 그의 휴가다. 그래서 우리도 시간 맞춰 날아온 것이다. 이로써 그와의 만남은 세 번째다.

스웨덴을 여행중일 때였다. 스톡홀름에서 금속노조의 국제회의가 열렸는데 운이 좋게도 한국에서 참석한 지인 덕에 우리 부부도 참석할 수 있었다. 거기에 노벨상을 시상하는 행사장에서 열린 만찬에 초대되는 영광도 누렸다. 그때 페르난도를 처음 만난 것이다.

그의 첫 인상은 흡사 브라질의 현 대통령 룰라 같았다. 얼굴을 덮어버릴 정도로 무성한 구레나룻과 그 근엄함. 그러나 그가 바보처럼(아니 아이처럼) 웃는 걸 보는 순간 마음에 쏙 들어버렸다. 우리 부부는 은근히 의도적(!)으로 접근했다. 브라질에 있는 그의 집을 가보고 싶었던 것이다.

두 번째 만남은 아르헨티나 부에노스아이레스에서였다. 첫 만남 이

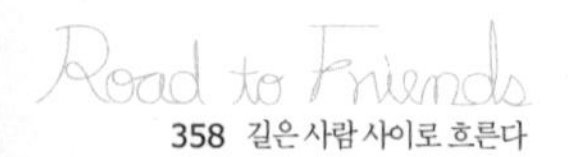

후 가끔 메일을 주고받으며 안부를 전하고 있었는데, 우연히 같은 시기에 부에노스아이레스에 머물게 된 것이다. 세상은 이렇게 좁다! 물론 아내와 나는 여행중이었고, 그는 남미 철강노조 포럼에 참석차 출장 와 있었다.

그리고 이제 그의 고향에서의 세 번째 만남. 바로 다음날 아침부터 페르난도와 실비아랑 바닷가로 나갔다. 사실 살바도르 어디에 가나 그림 같은 모래사장이 펼쳐져 있지만 페르난도는 일부러 차로 20여 분이나 나갔다. 단골 해변이 있단다.

단골 해변의 노천 바에 앉자마자 페르난도와 실비아는 맥주부터 시켰다. 그리고 지나가는 장사꾼을 불러 세워 야자열매를 네 통 사서 아내와 내게도 한 통씩 건네고 쪽쪽 빨아 단번에 마셔버리더니 다시 아카라헤(새우와 야채소스를 콩가루 튀김 위에 얹어 먹는 요리)를 주문한다.

"이게 바로 블랙 아프리칸 요리야. 많이 먹어. 맥주 더 시킬까?"

페르난도와 실비아는 그림 같은 바다를 코앞에 두고 몇 시간째 이렇게 먹는 일에만 열중한다. 참다못한 내가 물어본다.

"페르난도, 수영은 안 해요?"

"수영? 나, 수영 못해."

"네? 매 주말마다 이 해변에 온다면서요?"

"맞아. 거의 매주 와. 이놈(맥주) 마시러."

쿡쿡. 1년 365일 언제나 수영할 수 있는 곳이라며 고향 자랑을 해대더니 정작 수영을 못한다고?! 배 나온 페르난도는 그렇다 치더라도 더 재미있는 사람은 실비아다. 그녀는 예쁜 비키니 수영복을 입고 앉아서 바닷물에 몸 한 번 안 적신다. 이따금씩 샤워 꼭지로 수영복 살짝 적시고 와서는 노닥거리며 맥주 마시는 일이 전부다. 그런데 주위에 그런 사람들이 꽤 많다. 하긴 러시아인들이 털외투 입고 보드카 마시는 거나, 이들이 수영복 입고 맥주 마시는 거나 매한가지일지도 모르겠다.

결국 아내와 나만 바다로 뛰어들었다. 그동안 남미 고산지역에서 헤매느라 얼마나 물이 고팠던가. 이 바다에서는 수영할 필요도 없었다. 파도가 키를 훌쩍 넘어 달려들었다. 몰려오는 파도 속으로 파고들거나, 뒤돌아서서 파도에 몸을 맡기고 노는 거다. 물놀이 기구를 탄 것처럼 해변까지 순식간에 미끄러지는 놀이에 우리는 시간 가는 줄 몰랐다.

실컷 수영을 하고 나와서는 모래사장을 걸었다. 다른 사람들도 파도놀이를 하고, 조깅을 하고, 축구를 하며 주말을 즐기고 있었다. 그러고 보니 사람들 피부색 참 다양하다. 새까만 사람, 까무잡잡한 사람, 노르스름한 사람, 희멀건 사람, 새하얀 사람……. 모두가 수영복 차림이어서 그 색깔 대비가 더욱 강렬해 보이는 모양이다. 꼭 세상 모든 인종이 다 모인 것처럼.

"호호. 브라질은 혼혈의 나라니까."

그 자신이 물라토(흑인과 백인의 혼혈)인 페르난도는 당연하다는 양, 호호 웃더니 또 맥주를 시킨다. 하지만 다음날부터 그는 휴가중이라면서도 바빴다. 살바도르 노총을 방문하고, 노동자당 당원 모임에 참석하고, 개인 사무실에 들러 일처리를 했다. 물론 우리 부부도 그를 따라

살바도르 아프로-브라질 문화의 고향

다니며 '브라질의 오늘'을 눈여겨보아둔다.

하루는 아내와 둘이서만 시내 관광에 나섰다. 살바도르는 식민 초기 사탕수수와 고무, 아프리카 노예무역으로 브라질에서 가장 잘 나가던 도시였다. 그 후 리오 데 자네이루로 무역 중심이 이동하고 상파울로가 산업화하면서, 살바도르가 주도主都인 바이아 주는 브라질에서 가장 가난한 지방이 되었다. 지금 살바도르는 아프로-브라질Afro-Brazil 문화의 중심지로 남아 있다.

거리의 색감은 아주 독특했다. 벽화는 원색적이고 강렬하면서도 부드럽고 애잔한 느낌이었고, 리듬은 관능적이었다. 골목골목 흐르는 음악은 발바닥부터 몸 구석구석을 간지럽게 했다. 특히 '아프로-브라질 박물관'에서 본 칸돔블레Candomble의 24신神 오리사스Orixas 조각품이 인상적이었다. 칸돔블레는 아프리카 토속 종교인데, 가톨릭으로 강제 개종 당했을 때에 마리아, 예수, 가톨릭 성인들 이름에 자신들 24신을 투영시켜낸 것이다.

신기한 일은 칸돔블레 24신이 그리스-로마의 신들과 매우 흡사하

다는 것이다. 달과 사냥의 여신 아르테미스를 꼭 닮은 오소시Oxossi, 전쟁의 신 아레스처럼 온갖 무기를 들고 선 오군Ogun, 지구의 축을 평생 떠받치는 벌을 받은 아틀라스처럼 지구를 짊어지고 선 오닐레Onile, 땅과 농사를 관장하는 데메테르처럼 땅에 씨를 뿌리고 있는 이파Ifa 그리고 사랑의 신, 아름다움의 신, 노래의 신……. 어쩌면 이렇게도 비슷할 수가. 인류문화의 원형은 동일한 걸까.

다시 거리를 걷다가 아내가 별안간 박장대소한다. 그림 한 점을 사고 싶어 돌아다니던 참이었는데 무언가를 발견한 모양이다. 아내를 웃게 만든 그림은 예수가 제자들과 함께한 '최후의 만찬' 을 그린 것이었다. 그런데 그림 속 예수 얼굴이 정말 재미있다. 그는 크고 뭉뚝한 코에 까무잡잡한 피부의 물라토였다. 게다가 식탁 위에는 빵과 포도주 대신 바나나 한 송이가 놓여 있다. 예수도 브라질에 오면 물라토가 된다? 역시 혼혈의 나라 브라질다웠다.

일주일 후, 본격적인 브라질 여행에 나섰다. 아내와 난 버스를 타고 리오를 거쳐 상파울로로 향하고, 페르난도는 비행기를 타고 상파울로

살바도르 빵과 포도주 대신에 바나나가? 예수도 브라질에 오면 물라토가 된다

일터로 날아갔다. 참으로 먼 길이었다. 리오까지 28시간, 다시 상파울로까지 5시간. 하지만 시간 때문만은 아니었다. 그 길에 브라질의 숨막히는 가난이 있었다. 가도 가도 정글이더니 띄엄띄엄 마을이 나타났다. 무너진 흙집, 소쿠리에 바나나 몇 송이 담아놓고 쭈그려 앉아 있는 아이들, 왜 소들마저도 저렇게 삐쩍 말랐는지…….

리오에 도착했다. 겉모습은 화려했다. 코파카바나 해변길은 그 명성과 다르지 않았고, '크리스토Cristo' 동상 앞에는 전세계에서 몰려든 관광객으로 넘쳐났다. 밤마다 불야성을 이루고 거리는 노골적인 정열로 넘실거렸다. 그러면서도 골목길을 메운 것은 쓰레기와 지린내와 노숙자들이었다. 산허리의 빈민가는 또다른 세상이었다.

세계에서 땅 크기로 다섯 번째이고, 경제 규모로 대여섯 번째이며 인구 2억 명의 대국. 우주항공과 자동차 산업이 발달한, 남미에서 가장 산업화한 나라 브라질. 이곳에서 만나는 가난은 이웃나라 볼리비아나 페루의 '일상 같은' 가난과는 또 달라 도시와 산업화의 그림자처럼 보였다. 브라질 산업의 70퍼센트가 집중되어 있다는 상파울로로 가는 길은 그래서 더욱 아득하기만 했는지도 모르겠다.

상파울로에서 다시 페르난도를 만났다. 나그네 부부는 다음날부터 바쁜 여행자가 되었다. 그가 우리를 위해 자동차 공장, 금속노조, 노동자당 등의 방문 일정을 잡아놓았기 때문이다.

하루는 상파울로 외곽 빈민도시에서 열린 무상국립대학 설립 기공식에 갔다. 그곳에 룰라 대통령이 참석했고 페르난도 덕분에 앞좌석에 앉아 그의 연설을 들을 수 있었다. 알아들을 수는 없지만 그의 연설은 시민들이 눈물을 글썽일 만큼 정열적이었다. 교육에서의 기회 평등이 집권 여당인 노동자당과 룰라 정부의 핵심 정책이란다.

리오에서 칸디도 포르티나리Candido Portinari(1903~62)의 그림 〈구두닦이 소년〉을 본 적이 있다. 포르티나리는 브라질에서의 작업만을 고집했다는 화가인데, 그의 그림은 대부분 사실적이고 힘이 넘치면서도 따뜻했다.

그 그림 속의 구두닦이 소년은 조금 더 자라 공장에서 일하기 시작했고, 어느 날 노동조합을 알게 되었다. 나이가 더 들면서 수염을 멋지게 기른 그는 노조 위원장이 되었고, 마침내 브라질의 대통령이 되었다. '동지 대통령, 룰라'. 사람들은 그를 이렇게 부른다. 한 번의 임기가 끝나가는 지금, 그는 공공부문 구조조정 등으로 일부 좌파에게 비판을 받고 있기도 하다. 사실 난 브라질의 정치 상황에 대해서 잘 모른다. 다만, 우리가 살바도르, 리오, 상파울로 거리에서 무수히 만났던 그 이름 모를 구두닦이 소년들에게 그가 앞으로도 오랫동안 '동지 대통령'으로 남기를 바랄 뿐(2006년 10월, 그는 재선에 성공했다).

브라질에도 뒤풀이 문화가 있다. 행사가 끝나고 페르난도의 금속노조 동료들과 함께 맥주 바에 모여 앉았다. 페르난도는 변함없이 오늘도 '울티모(마지막)'를 벌써 세 번째 외치고 있다. 낮의 일들을 기억하며 내가 입을 뗀다.

"페르난도, 정치가 희망이 될 수 있을까?"

"글쎄……. 우리가 살아가는 데 필요한 것만은 틀림없겠지."

"그래. 그럼 페르난도, 또다른 세상이 가능할까?"

"이상하게 들리겠지만, 내게 브라질은 지금도 다른 세상인데?"

우문에 현답, 그의 말처럼 정치가 희망일 수 있으면 좋겠다. 그는 다시 예의 그 '울티모'를 외치면서 맥주를 시킨다.

"우리 한 병만 더! 흐흐. 이번에는 진짜 마지막이라니까!"

그래, 진짜 마지막이다. 오늘밤이 지나면 나그네는 다시 떠날 테니까.

이후 아프리카 짐바브웨를 여행중일 때, 그의 메일을 받았다. "나, 다음주에 모잠비크 가는데 너희 지금 어디니?" 모잠비크는 짐바브웨의 바로 이웃나라다. 아쉽게도 간발의 차이로 만나지 못했다. 얼마 전에 다시 메일이 왔다. 스위스 제네바에 있는 국제금속노련으로 장기파견 나와 있으니까 언제든 들르라고. 본인이 동에 번쩍 서에 번쩍 하니 우리도 그런 줄 아는 모양이다. 그래도 언젠가 다시 그를 볼 수 있을 거란 믿음이 내게 있다.

사람이 사람을 아는 일

캐나다 밴쿠버의 버스 운전사

아내와 나는 캐나다 밴쿠버에서 3개월째 머무는 중이었다. 길거리 영어도 좀 다듬어볼 겸, 장기여행으로 부족해진 여행 경비도 보충할 겸, 학원과 식당을 부지런히 오가던 때였다.

그날은 12월 31일. 한해의 마지막 날이라고, 특별한 날이라고 감상에 젖는 걸 마뜩지 않아 하면서도 이국에서 맞는 연말은 어쩔 수 없는 모양이다. 일하러 가기 싫어 방 안에서 내내 미적거리다 겨우 집을 나선 참이었다.

비까지 부슬부슬 내리고 있었다. 거리에 멍하니 서서 지나가는 사람들을 쳐다보니 저마다 들뜬 표정으로 부지런히 집으로 클럽으로 향하고 있다.

나이아가라 폭포 (캐나다)
캐나다의 겨울. 으, 끔찍해!

밴쿠버

크리스마스 풍경과 1월 1일 영하의 날씨에 열린 북극곰 수영대회

오늘 같은 날에 주방에서 양고기와 닭고기, 설거지거리와 씨름할 생각을 하니 한숨이 절로 나왔다. 왠지 이 도시에서 나 홀로 이방인인 것처럼 평소에 다니던 거리마저도 낯설게 다가왔다.

'눈이라도 내리면 그나마 좋을까.'

버스에 타서도 무겁게 가라앉은 창밖 풍경만 바라보았다. 비가 지겹다는 생각도 들었다. 우산을 쓰자니 부족하고 그냥 맞기에는 꽤 오는, 오는 둥 마는 둥 내리는 밴쿠버 특유의 비.

'과연 이 비도 그리워질 날이 올까.'

문득 버스가 아직도 정차하고 있음을 깨달았다. 무슨 일이지? 앞쪽으로 고개를 쭉 뽑아보니 버스 운전사가 휠체어를 탄 한 장애인이 버스에 오르도록 도와주고 있었다. 그 승객이 장애인 전용 공간에 자리를 잡고 휠체어를 고정시킬 때까지 그는 느리고 꼼꼼하게 장애인의 손발이 되어 움직였다.

'하필이면 오늘처럼 늦게 나온 날에……'

나는 반사적으로 손목을 들어 시계를 보다가 그 순간 스스로의 무의식적인 행동에 깜짝 놀랐다. 주변을 두리번거렸다. 누가 내 행동을 보지 않았을까. 내 마음을 읽지나 않았을까. 얼굴이 화끈거렸다. 난 역시 거리나 버스에서 장애인들을 보기 힘든 나라, 대한민국에서 온 이방인이었다. 점점 더 마음이 쓸쓸해지는 날이었다.

식당은 평소보다 몇 배나 바빴다. 10시가 넘어서야 겨우 한숨을 돌릴 정도였다. 설거지와 청소를 끝내고 식당 문을 나선 시간은 자정이 되기 10분 전. 어둡고 텅 빈 정류장에서 버스를 기다리는 사이 자정이 지나갔다. 새해가 시작된 것이다.

도심 쪽에서 새해를 알리는 축포 소리가 들리는 것도 같았다. 여행 떠나기 전, 매년 친구들과 태백산이나 지리산에서 새해를 맞았던 기억들이 아득하게 밀려왔다. 그때였다. 언제 나타났는지 어둠 속에서 버스가 달려와 내 앞에 섰다. 급한 김에 일단 탑승한 후 정기 승차권을 꺼내려고 가방을 뒤적였다.

"헤이, 친구! 난 너를 알아. 매일 이 시간에 타지? 그냥 들어가도 돼!"

버스 운전사가 고갯짓까지 하며 그냥 들어가라고 했다. 고맙다고 인사한 후 언제나처럼 끝에서 두 번째 좌석에 앉았다. 그런데 자꾸만 눈물이 나오려고 했다. 바보같이.

나를 안다고……. 아마 그가 나에 대해 아는 건 비린 양고기 냄새를 팍팍 풍기며 녹초가 된 얼굴로 자정 즈음에 버스를 타는 동양인이라는 것이 전부이리라. 그런데도 그는 이 이방인을 안다고 했다.

버스는 다음 정류장에서 다른 승객을 한 명 더 태우고 태평양이 보이는 해변도로를 달렸다. 그러고는 다리를 건너 다운타운 불빛 속으로 달려갔다. 그때서야 하루 종일 낯설게만 굴었던 도시의 불빛이 이방인에게도 따뜻하게 다가오기 시작했다. 하긴, 사람이 사람을 아는 일에 뭐가 더 필요할까. 버스에서 내리며 나도 그에게 소리쳤다.

"나도 당신을 알아요!"

빙긋 웃는 그에게 손을 흔들며 다시 한 번 소리쳤다.

"해피 뉴 이어!"

그도 손을 흔들어주었다. 버스는 다시 달려갔다. 버스가 불빛 속으로 사라질 때까지 난 그 자리에 서 있었다.

그날 그가 나를 알아주었듯이, 그날 이후 그 버스 운전사는 내게 밴쿠버를 기억하는 얼굴이 되었다. 아마 오늘도 그는 어느 정류장에서 느릿느릿 장애인을 태우고 또다른 정류장에서 이방인에게 인사를 건네며 비 내리는 밴쿠버를 달리고 있는지도 모르겠다.

동양인 부부를 보면 즉시 신고할 것

베를린의 마약 전담반 형사 알렉스와 낸시

베를린 공항에 내리자 낸시가 기다리고 있었다. 반갑게 포옹하고 나서 그녀가 뜬금없이 물었다.

"너희 부부더러 경찰이 뭐라 안 했어?"

"경찰이 왜?"

"마약 어쩌고저쩌고 하지 않더냐 말이야?"

무슨 소리인가 했더니 알렉스의 장난기가 발동한 것이다. 아내와 내가 이스탄불과 베를린 간의 시차를 잘못 알려준 덕분에 낸시와 알렉스는 우리가 도착한 시간보다 두 시간이나 일찍 공항에 나왔다고 한다. 거기에다 비행기가 한 시간 연착했다. 더이상 기다릴 수 없게 된 알렉스가 우리를 골탕 먹이려고 장난을 쳐두고 간 거였다.

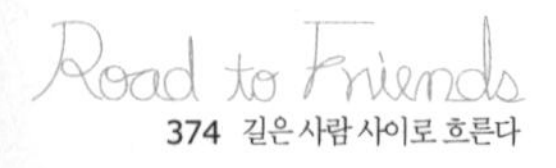

알렉스, 그의 직업은 형사다. 그것도 강력계 마약 전담반. 그가 공항 경찰에게 신분증을 제시하며 심각한 표정으로 은밀히 당부했단다.

"한국인 부부를 보면 즉시 연락 주시오!"

'마약 밀매 부부 베를린에서 잡히다!' 멋진 환영식이 될 뻔했다.

알렉스와 낸시를 만난 건 볼리비아 우유니에서였다. 피케팅까지 벌이는 해프닝 끝에 칠레로 가는 지프를 기다리고 있을 때, 그들 역시 비슷한 문제로 여행사 사장과 말다툼을 하고 있었다. 알렉스는 190센티가 넘는 키에 날렵한 몸매, 강렬한 눈빛, 멋진 꽁지머리를 하고 있어 첫인상은 영화배우에 가까웠다. 낸시도 마찬가지로 매력적인 여성이었다. 왠지 끌리기도 했고, 서양 여행자의 경우 흔치 않은 광경이라 피케팅 노하우를 살짝 일러줬다. 그 덕분에 그들은 보상을 받게 되었고, 배짱이 맞은 우리는 같이 다니기 시작했다. 그들이 독일 차를 대접하고 아내와 난 한국 음식을 선보였다. 그렇게 볼리비아에서 칠레로, 다시 칠레에서 아르헨티나까지 함께 여행하게 된 것이다.

하루는 아르헨티나 살타로 가는 길이었다. 버스는 안데스 산길을 넘어 12시간 동안 달려갔다. 길이 워낙 험해 머리도 아프고 속도 불편한데 알렉스는 내내 두 눈을 부릅뜨고 늠름하게 앉아 있었다. 그래서 대단한 체력이라며 치켜세웠더니, '씨익' 웃으며 하는 말.

"폴리스맨은 잠들지 않는다! 하하, 내 전공이거든, 차 안에 앉아서 두 눈 뜨고 기다리는 거."

멋진 유머 감각을 가진 그가 강력계 형사임을 아는 순간이었다. 그

베를린 하루가 짧은 페르가몬 박물관

베를린 위성을 통해서 터키와 소통하는 터키인들의 슬럼가

날 우리는 자정이 넘어 낯선 도시에 도착했다. 하지만 근육질 형사가 동행하는데 두려울 것이 무엇이랴! 보무도 당당하게 밤거리를 걸어 호스텔을 찾아갔다.

그러다가 도착한 호스텔에서 곤란한 상황을 만났다. 우리 일행은 미국인 커플까지 여섯 명. 호스텔에는 침대가 세 개씩 있는 방이 딱 두 개 남아 있었다. 그러니까 한 커플은 따로 잠자야 한다는 뜻이었다. 미국인 커플이 약삭빠르게 한 방으로 쏙 들어갔다. 아내와 난 어째야 하나 주저하고 있는데, 알렉스와 낸시가 자기들이 따로 자겠다고 하는 게 아닌가. 역시 그들은 보통 서양인 친구들과는 달랐다.

이튿날 아침, 두 사람은 방을 뺐다. 다음날 새벽 버스를 탈 텐데 숙박비가 아깝다는 이유였다. 버스 시간까지 바에서 맥주나 마실 거라는 독일인다운 계획이었다. 아내와 나는 점점 그들이 마음에 들었다. 짠돌이 성격까지 우리 부부와는 국화빵이라고 할까. 그날 밤, 바는 우리 두 부부의 방으로 결정되었다. 음악을 들으며 신나게 이야기를 나누며 밤을 새운 그날, 왠지 새벽이 빨리 왔다. 헤어지는 순간에 알렉스가 제안을 하나 내놓았다.

"우리 집에 방이 세 개거든. 내년 월드컵에 한국인 부부 한 쌍을 베를린으로 초대하고 싶은데, 혹시 너희가 아는 한국인 부부 있어?"

독일인 커플은 새벽 버스를 타고 떠났고, 한국인 커플은 6개월 동안 남미와 아프리카를 돌아다녔다. 그리고 러시아 가는 길목에서 다시 만나게 된 것이다.

그들의 집은 쉰하우저 알레에 있는 'ㅁ' 자 모양의 아파트 5층이었다. 우리 부부가 묵게 될 방에 들어가 보니 매트리스에 하얀 시트가 덮였고, 냉장고에는 우리가 아프리카에서 보낸 엽서가 예쁘게 붙어 있었다. 그때 덩치 큰 낸시가 귀엽게 투덜거린다.

"킴(아내), 이거 '김' 맛잖아? 마켓에서 산 건데 맛이 달라!"

"그건 구워 먹는 거야. '맛김' 은 따로 있어."

낸시는 한국 김을 미치도록 좋아한다. 남미에서 만났을 때도 우리 비상용 김을 몽땅 해치운 그녀였다. 그때 아내가 멋진 설명을 곁들였다.

"내 패밀리 네임이 '김' 이잖아. 이놈도 '김' 이야. 옛날 옛적에 한국에 왕이 있던 시절이었어. 어느 아침, 이놈이 왕의 식탁에 올라온 거야. 왕의 입맛에 딱 맞았어. 누가 진상한 음식이냐 물었지. 신하가 남도 바닷가에 사는 '김' 아무개입니다라고 했대. 그래서 왕이 명을 내린 거야. 오늘부터 이 음식은 '김' 이라 불러라! 그 '김' 아무개가 내 조상인 꼴이지. 호호. 어때? 기억하기 쉽지?"

낸시가 그 이야기를 기억하고 베를린 아시안 마켓에 들렀던 모양이다. 그날부터 네 사람의 달콤한 베를린 동거가 시작되었다. 저녁마다 한국 요리, 독일 요리, 아프리카 요리로 만찬을 열었고, 주말에 베를린 안팎을 돌아다녔다. 비 오는 날 밤이면 독일어 자막이 나오는 한국 영화를 빌려보고, 또 어떤 날에는 그들 친구들과 파티를 열었다.

두 사람이 출근하고 나면 아내와 난 러시아 여행을 준비했다. 낸시의 동독 시절 초등학교 교과서로 러시아어를 공부하고, 비자를 받으러

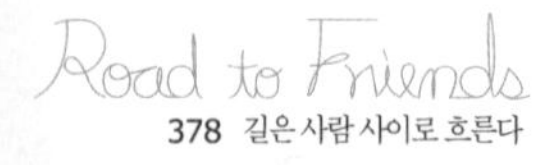

대사관과 여행사를 쫓아다니는가 하면, 열차에서 읽을 《닥터 지바고》 나 막심 고리키의 《어머니》를 구하러 중고서점을 온통 뒤지고 다녔다.

어느 주말, 아침 일찍 축구 경기장에 갔다. 얼마 전 경찰관이 살해된 총기 사건이 있었는데, 분데스리가 베를린팀과 경찰 · 유가족 연합팀이 그 추모 경기를 연 것이다. 전반전만 7:0, 후반전 결과는 아무도 기억 못할 만큼 경기 자체는 시시했다. 하지만 쌀쌀한 날씨에도 경찰 가족과 시민들이 구장을 꽉 채웠고 아이들은 축구 스타에게 열광했다. 그 아침 시간에 알렉스가 생맥주를 두 잔 사들고 왔다. 전광판 시계는 '10:37' 을 가리켰다.

"아무튼 독일인들의 맥주 사랑은 못 말린다니까!"

아내와 나는 고개를 흔들었다. 경기가 끝나자 낸시가 아이스크림을 사겠다고 했다. 차를 타고 한 시간 가까이 달려 옛 동베를린 지역 주택가의 조그만 가게에 도착했다.

"무슨 아이스크림 하나 먹겠다고 이 먼 곳까지 온담?"

투덜거리는 내 말을 알아들을 턱이 없는 낸시는 소녀처럼 눈을 반짝이며 아이스크림 자랑을 늘어놓기 시작했다.

"내가 열두 살 때부터 다니던 단골집이야. 어머, 저 아저씨 좀 봐. 저 바지, 저 앞치마. 15년 전과 똑같다니까. 맛도, 이 자리도. 변한 거라고는 주문 창구에 목만 겨우 내밀던 내 키가 이렇게 컸다는 것뿐이야."

아내는 '같은 사람, 같은 앞치마, 같은 맛, 늘 한자리에 있어 더 사랑받는 사회' 의 매력에 감탄을 아끼지 않았다. 무엇이든 빠르게 갈아 없고 변하고 새로운 것을 찾아 허둥지둥 쫓아다녀야 하는 우리 사회보다 더 인간적이라는 말도 잊지 않았다.

나는 인간적인 사회도 좋지만 배가 꼬르륵거리는 민생고는 언제 해결할지가 더 궁금했다. 어느새 시간은 오후 두 시를 넘어서고 있었다. 체면 불구, 아이스크림의 달콤함에 젖어 있는 낸시에게 퉁명스럽게 물었다.

"밥은 언제 먹어?"

"무슨 밥? 먹었잖아. 맥주 그리고 아이스크림."

아내와 내 눈이 똥그래지고 알렉스와 낸시는 신기하다는 듯 입을 벌렸다. 네 사람의 눈빛이 '빠지직' 한 점에서 충돌했다. 소위 문명 충돌!? 다른 문화에 대한 관용정신이 몸에 밴 베테랑 나그네들이 먼저 꽁지를 내렸다. 아내가 장 봐서 저녁을 일찍 해 먹자고 제안한 것이다. 물론 한국 음식에 사족을 못 쓰는 그들은 대찬성이었다. 알렉스는 한 술 더 떠 반드시 김치를 담가야 한다며 대형 마켓으로 차를 몰았다.

그날 저녁, 넓적하고 두툼한 손을 가진 알렉스는 드디어 아내에게 '김치 만드는 법'을 전수받았고, 낸시와 난 비디오 대여점에서 〈살인의 추억〉을 빌려왔다. 그날 밤 영화를 보고 나서 한국 경찰 송강호가 뱉어내던 "야!" "XX!" 이런 말들을 흉내 내던 베를린 경찰 알렉스가 문득 생각난 듯 물었다.

"한국에서는 초등학생이 새벽부터 밤까지 학원을 다닌다던데, 정말이야?"

몇 달 전 텔레비전에서 〈믿거나 말거나〉 유의 세계 토픽을 본 적이

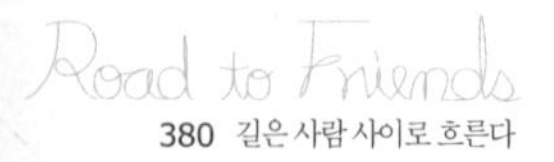

베를린 낯선 도시에서 친구를 만날 때 여행자는 마법에 걸린다

있다는 거다. 오, 그날의 난감함이라니! 대충 얼버무리며 베를린 장벽이 무너질 때 이야기를 들려달라고 말머리를 돌렸다. 이번에는 낸시가 먼저 말문을 열었다.

"당시 서베를린에 사시는 외할아버지 할머니가 매 주말마다 찾아오셨어. 하지만 우리는 갈 수 없었지. 사진으로 본 할머니 집은 근사해 보였는데. 그러던 어느 날, 11월 9일이지, 장벽이 무너진 거야. 사실 그 주말에 엄마 아빠랑 할머니 집에 갈 수 있어서 좋았다는 기억뿐이야. 그때 난 어렸으니까."

낸시보다 한 살 많은 알렉스가 끼어들었다.

"당시에는 비밀이었지만 우리 집은 국경 근처라 서독 방송을 오래전부터 보고 지냈어. 비틀스 테이프를 몰래 돌려 듣기도 했지. 그때는 상품 광고, 그게 최고로 멋있었어. 방송에서는 동독에서 벌어지는 시위 장면도 생생하게 나왔지. 어린 나이에도 '인간적 사회주의'라는 말이 참 멋있다고 생각했던 것 같아. 또…… 그래, 서독 땅을 처음 밟았을 때가 생각나. 깨끗했어. 교통신호도 멋졌고. 무엇보다 서독 냄새가 났던 것 같아. 프라이드 치킨, 감자튀김, 아이스크림 뭐 그런 거."

그때 낸시가 알렉스의 말을 자르고 나왔다.

"통일이 그렇게 환상적인 것은 아니었어. 동독 산업은 빠른 속도로 완전히 무너졌잖아."

"그래도 살아남은 거 하나 있어. '누도시Nudossi' 초콜릿 크림!"

알렉스는 여전히 장난스러운 말투였지만 낸시의 목소리는 왠지 날

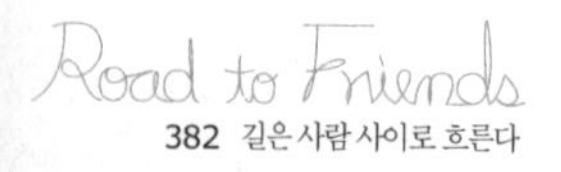

카로워져 있었다.

"나도 알아, 알렉스! 나 역시 슈퍼마켓에서 그 녀석 보면 얼마나 반가운지 몰라. 하지만 지금 그런 얘기가 아니잖아?"

눈치 없는 내가 끼어들었다.

"그럼, 낸시 넌 동독 시절이 그리운 거야?"

"응, 그런 이야기가 아냐. 추억할 거리가 완전히 사라졌다고 할까. 이해할 수 있겠니? 열한 살까지의 내 추억이 몽땅 폐품 처리된 것 같은 느낌, 그런 기분. 난 가끔 이 사회에서 이방인이란 생각이 들 때도 있어. 그리고……."

그녀는 뭔가 더 이야기를 하려다 그만두었다. 며칠 후 부활절을 맞아 알렉스의 시골 부모님 댁에 갔다. 아프리카학 박사 과정에 있으면서 노인 병원에서 아르바이트를 하는 낸시는 같이 가지 못했다. 그곳에서 아내와 난 비로소 그날 저녁 낸시의 말을 이해할 수 있었다.

알렉스의 고향에는 모든 것이 그대로였다. 그가 태어난 병원, 다녔던 초등학교, 좋아했던 여자아이의 집, 동네 하나뿐인 빵집. 알렉스의 아버님은 동독 시절부터 계속 키엘에 있는 병원의 매니저로 일하고 있었고, 어머님은 간호사여서 비교적 여유로운 생활을 누리고 있었다.

"낸시 부모님은 통일되고 얼마 안 있어 일자리를 잃었어. 그 후 지금까지 정원사와 파출부 일을 하시는데 두 분 월급을 합해도 내 월급만큼이 안 돼."

알렉스가 그날 낸시가 하고 싶었을 말을 대신 해주었다. 독일이 통

베를린 통일 당시 동·서독 총리의 장벽을 뚫을 듯한 강렬한 키스

일된 후 이민자들이 자꾸 늘어 임금 수준도 떨어지고, 일자리도 점점 줄어드는데, 복지 지원까지 삭감되니 모두 고민이 많다고 덧붙였다.

이틀 만에 베를린으로 돌아왔다. 낸시가 활짝 웃으며 기다리고 있었다. 그녀 옆에는 부활절 토끼 세 마리(사실은 초콜릿)도 함께 앉아 있었다. 그녀가 우리에게 한 마리씩 안겨줬다. 물론 알렉스에게는 덤으로 키스도. 병원 일로 얼굴이 홀쭉해졌지만 그날의 쓸쓸함은 지워져 있었다.

마침내 떠나는 날 아침. 꼭 20일 만이었다. 결코 짧지 않은 기간인데 싫은 내색 한 번 않던 착한 친구들, 새벽부터 꼼지락거리더니 이별

베를린 봉이 김선달이 울고 가겠군. 베를린 장벽 한 조각에 1.9유로

아침상을 준비해 주었다. 아내와 나는 한국 음식을 사랑하는 그들에게 나무젓가락 두 짝을 선물했다. 그리고 낸시에게는 특별히 고액(?)의 도서상품권을 이별 선물로 내놓았다.

두 사람도 우리에게 마지막 선물을 내민다. 모스크바행 비행기에 타서 포장을 뜯어보니 독일 요리책과 고춧가루다. 무슨 의미일까. 독일 요리에도 매운 구석이 있다는 걸 알아달라는 걸까. 아니면 한국을 방문할 테니 그때까지 독일 요리를 열심히 익혀 손님 대접에 만전을 기하라는 분부일까. 내 생각에 아마 후자가 아닐는지. 정말이지 후자였으면 좋겠다. 베를린에서 보낸 날들이 멀어지고 있었다.

이들과의 이야기가 아직 끝나지 않았다. 러시아 이르쿠츠크를 여행할 때 낸시에게 메일을 받았다.

"오늘 알렉스가 너희가 떠난 후에 두 번째로 김치를 만들었어. 점점 맛이 더 좋아지고 있어."

몽골로 넘어갔을 때 다시 메일이 왔다.

"어제 값싸고 맛있는 한국 레스토랑을 찾아냈어. 특히 김치 맛이 제대로야. 아마 단골집이 될 것 같아."

한국에 돌아와서 얼마 안 있어 이번에는 알렉스로부터 메일이 왔다.

"내 생일에 낸시가 한국 요리책을 선물했어. 최고의 날이었어."

그 후 엽서가 두 번 날아왔다. 브라질에서 한 번, 스페인에서 한 번. 괘씸했다. 한국을 제쳐두고 브라질과 스페인을 먼저 여행하다니.

다시 알렉스의 반가운 메일.

"2008년 2월이면 낸시의 박사 과정이 모두 끝날 예정이야. 그래서 3월에 한국으로 여행 가기로 했는데, 너희들 생각은 어때?"

그 후 아내와 내게 없던 버릇이 하나 생겨났다. 식당에서 삼겹살을 먹다가도 "야아, 맛있다. 개네들 오면 여기 데려오자", 산에 갔다가도 "3월이면 꽃이 아름다울 거야. 산에도 같이 가야지!"라며 시도 때도 없이 중얼거렸다.

알렉스와 낸시가 오기로 한 3월도 지나고 6월이 되어서야 우리는 친구를 만날 수 있었다. 낸시에게 사정이 생겨 알렉스만 오게 되어 아쉽기도 했지만 우리가 베를린 그의 집에 머물렀던 딱 그 기간만큼 반갑고 즐거운 시간을 보냈다.

알렉스는 서울은 물론 설악산, 정동진, 안동, 경주, 부산, 거제도, 보성, 여수, 전주, 부여 등을 우리 부부와 함께 때로는 혼자 부지런히 여행했다. 괴산 등 우리 친구들의 시골집에도 함께 방문했는데, 그는 서양과 다른 한국의 문화에 여러 번 감탄했다. 특히 그는 한국에서 보낸 3주 동안 매끼 다른 음식을 먹을 정도로 다양한 음식문화에 놀랐다고 한다. 또 찜질방은 그에게 세상에서 가장 재미있는 공간이었다. 무엇보다 감동적인 것은 사람들이었단다. 특히 한국의 나이든 여인들이 모두 '엄마' 처럼 자기를 보살피고 염려해 주며 무엇이든 손에 쥐어주려 한다는 것이다.

'유로 2008' 축구 결승전이 있기 사흘 전에 베를린으로 돌아간 그가 다시 메일을 보내왔다.

"친구들, 난 벌써 너희들이 그립다. 그리고 한국 음식도."

헬로, 친구들.

잘 지낸다는 소식 들으니 기쁘다.

너희 웹사이트 게시판에 글을 쓰려고 시도했는데,

도무지 한글을 알아먹을 수 없더군!

이제 베를린은 점점 얼어붙고 있어.

하지만 월드컵 시즌인 6월이면 100만 배는 더 좋아질 거야.

그리고 기억하라고. 난 형사야.

당연히 월드컵은 물론 우리 집도 안전하다고 할 수 있지.

너희들을 우리 집에 초대하는 건 낸시와 나의 행복이야

아프리카에서 환상적인 시간을 즐기길 바랄게.

우리는 너희들을 다시 만날 날을 고대하고 있어.

참, '김치 만드는 법' 좀 보내주라.

잘 준비된 코리안 축구팀을 기다리며,

낸시와 알렉스

P. S 재미있는 이야기 하나 해줄까? 너희가 훔볼트 대학 앞에서 차를 대고 잠잤다고 했잖아. 지난주에 우리 모두 대피해야 했어. 왜냐하면 거기에서 제2차 세계대전 당시의 신관이 제거되지 않은 폭탄 500킬로그램이 발견된 거야! 그러니까 너희 둘은 그 폭탄 위에서 잠을 잔 사람들인 셈이지.

기차는 고단하지만 따뜻한 삶을 싣고 달린다

시베리아 횡단열차 사람들

'국민학생' 시절이었다. 지금은 시내 외곽으로 옮겨갔지만 그때는 울산 고향집과 학교 사이를 기찻길이 가로지르고 있었다. 하루 두 번, 친구들과 학교를 오가며 꼭 하던 놀이가 있었는데, 철로 위에 녹슨 못이며 병뚜껑 같은 것을 올려두고 기차가 지나기를 기다리는 것이다. 기차가 육중한 바퀴 소리를 울리며 지나가고 나면 못과 병뚜껑은 납작한 칼이나 방패로 변모해 당시 우리에게는 훌륭한 장난감이 되고는 했다.

그때부터였던 것 같다. 달리는 기차를 보면 어딘가로 떠나고 싶다는 충동을 느낀 것은. '은하철도 999'를 타고 우주를 여행하던 '철이' 처럼. 하지만 내가 처음 기차 여행을 한 건 그보다 한참 더 지난 후였다. 그러니까 고등학교 2학년 겨울방학, 친구와 함께 서울로 가는 야간열차에 올라탔다. 서울의 대학을 둘러본다는 핑계로 부모님 허락도 없이 집을 나선 것이다.

덜컹거리는 흔들림과 흐린 전등 불빛, 짐 보따리와 땀 냄새, 그리고 사람들의 웅성거림……. 나의 첫 기차 여행이 남긴 기억들이다. 그날 난 설렘과 두려움으로 거의 잠을 이루지 못했던 것 같다. 새벽 일찍 청량리역 광장에 나섰을 때의 그 낯선 느낌이란…….

우리는 경동시장을 거쳐 어느 대학교 근처에 가서 먼저 목욕탕을 찾았다. 남도 촌놈에게 서울의 겨울은 몹시 추웠던 모양이다. 그때 돌아본 학교 교정은 정말이지 멋있었다. 돌로 지어진 이국적인 건물들은 덜컥 이 대학에 와야겠다는 결심을 할 만큼 인상적이었다.

그때 한 여자 대학생을 만나게 되었다. 그녀가 먼저 말을 붙였는지 우리가 63빌딩으로 가는 길을 물어보았는지는 기억이 가물거린다. 그녀는 처음에는 63빌딩까지만 동행하겠다고 했지만 마음을 바꿔 하루 종일 남대문과 광화문, 동대문운동장 등으로 우리를 데리고 다녔다. 두 촌놈의 '무작정 서울 나들이'가 불안해 보였던 걸까. 그녀는 신당동에서 떡볶이를 사주기도 했다. 그날 처음 먹어본, '사리'라는 걸 넣은 '즉석 떡볶이'는 방학이 끝난 후 오랫동안 친구들 사이에서 자랑거리가 되기도 했다.

그날 밤 다시 기차를 타기 위해 청량리역에 도착했을 때, 어느덧 우리들 사이에는 애틋한 감정이 자라 있었다. 아쉬운 이별을 하며 승강장으로 들어가려는데 그녀가 우리를 불러 세웠다. 잠시 망설이던 그녀

니즈니노보그라드 러시아에서 나를 설레게 하는 것들. 오래된 나무집, 양파 지붕, 트람

는 검표원을 사이에 두고 깜짝 고백을 했다.

"사실 나도 고 2야. 언니 학생증으로 대학 도서관에 가던 길이었어."

그 이후 우리는 다시 만나지 못했다. 편지를 보냈는데 답장이 없었던가, 그녀의 주소를 잃어버렸던가 기억이 나지 않는다. 그러나 나는 기억한다. 기차를 타고 낯선 도시를 방황하다가 낯모를 사람을 만나 하루를 함께 여행하고 또 이별했던, 그 따뜻하고 아련한 추억. 아마 그때부터 여행자의 로망을 마음에 품기 시작했을 것이다.

기차는 시베리아의 심장으로 달려가고 있었다. 자작나무 숲, 누런 들판, 간혹 스쳐가는 붉은 농토와 나무집. 녹화한 비디오테이프를 반복해서 틀어놓은 것처럼 변함없는 풍경이 이틀째 계속되고 있었다.

"일주일 동안 이 기차를 타고 있으면 아마 미쳐버릴지도 몰라."

아내는 창밖을 보며 중얼거렸다. 결코 끝나지 않을 것 같은 자작나무 숲은 우리에게서 지루함을 제외한 모든 감각을 마비시켜 놓았다.

시간 감각도 마찬가지였다. 객실 안의 공기가 차창 밖의 찬 공기와 다르듯이 기차 안의 시간은 바깥세상과 단절되어 있었다. 새벽 4시에 해가 뜨기도 하고 오후 3시에 해가 지기도 했다. 바깥세상의 시간은 시베리아로 갈수록 한 시간 두 시간 세 시간 더해졌지만 기차 안의 시간은 언제나 모스크바 시간에 머물러 있기 때문이었다. 객실뿐 아니라 러시아 전역에 걸린 시계마저도 모스크바 시간만을 가리키고 있었으며, 기차 운행 시각표도 그랬다.

이렇듯 시베리아 횡단열차를 타고 있는 한, 시간은 무의미했다. 승객들은 모스크바 시간에 매달려 배가 고파오고 잠이 오지만 바깥세상의 시간은 점점 더 멀리 달아났다. 기차가 힘껏 달려 겨우 따라잡아놓은 시간을 시베리아의 광활한 공간이 냉큼 삼켜버리는 꼴이랄까.

그럼에도 삼등칸 열차에서 러시아인들은 익숙하게 생활했다. 우리 앞자리 침대에 앉은 뚱뚱한 러시아 할머니는 느긋하게 빵과 치즈와 햄을 자르고, 복도 건너편 금발의 아가씨는 편안하게 누워 소설책을 읽었다. 또 '팔도 도시락' 을 든 꼬마들은 통로를 놀이터 삼아 뛰어다녔다.

조금 전에 스커트 차림의 딱딱한 제복을 입고 통로에 깔린 양탄자를 바르게 펴고 지나간 차장이 이번에는 청소기를 돌리며 나타났다. 이 모든 풍경 위에 음악이 흐르고 있었다. 러시안 음악에서 라틴 음악이나 팝송까지. 이들 모두는 마치 기차의 일부라도 되는 양 자연스러워 보였다.

기차가 옴스크역 플랫폼으로 들어섰다. 20분의 시간이 주어졌다. 이 순간 사람들은 잠깐 바깥세상과 조우한다. 차가운 공기를 마시며 기지개를 펴기도 하고 담배에 불을 붙이기도 한다. 여기에도 철로에 기대어 살아가는 사람들이 있다. 컵라면, 빵, 물, 맥주, 아이스크림 등을 파는 상인들이다. 아내와 나는 아이스크림을 하나씩 사 먹으며 플랫폼을 걸어본다.

옴스크는 19세기 당시로서는 철로가 연결된 가장 먼 시베리아 유형지였다. 도스토예프스키가 젊은 시절, 혁명 조직에 가담하였다고 하여 사형을 언도받고 열차로 실려간 유형지가 바로 이곳이었다. 잠깐 역사 밖에라도 나가볼까 하는데 차장이 승차를 재촉했다.

다시 열차는 철로를 삼키면서 달려간다. 이 기차를 타고 시베리아로 향했을 사람들을 생각해 본다. 도스토예프스키, 데카브리스트당의 젊은 장교들, 레닌, 유형지로 끌려갔던 수많은 혁명가들 그리고 동서양의 문물을 실어 날랐을 상인들. 이 철로를 따라 동서양의 문화가 섞이고 혁명이 전파되었을 것이다. 지금 역시 일자리를 찾아 떠나는 청춘과 고향으로 돌아가는 귀향자와 길 위의 여행자 들의 고단한 삶을 싣고 기차는 시베리아로 달려간다.

톰스크에서는 이틀 밤을 기차역에서 운영하는 숙소에 머물렀다. 시내로 호텔을 찾아 나서기도 귀찮았지만 값싸고 편하다는 것이 이유였다. 어차피 다시 기차를 타러 와야 하니까. 러시아 여행은 철저히 철로와 동고동락하는 셈이다.

그 중 하룻밤, 플랫폼에 나가보았는데 그곳에 멋진 풍경이 펼쳐져 있었다. 젊은 친구들이 맥주병 하나씩 들고 노래를 부르고, 벤치에 앉은 연인들은 서로의 입술을 탐하고 있었다. 철로를 젖줄 삼아 살아가는 시베리아인은 데이트도 기차역에서 하는 모양이다.

러시아에서 기차와 뗄 수 없는 또 한 부류의 사람들이 있다. 먹이를 찾아 어슬렁거리는 하이에나처럼 기차역을 배회하는 그들. 경찰관이다. 밀수범 등 범죄자를 잡기도 하지만, 주로 (내가 보기에) 불법 여행자를 물색한다. 러시아에서 국내인은 물론 외국인까지도 한 도시에 사흘 이상 머물 경우 호텔에서 '레기스뜨라찌야' 라고 하는 거주자 등록을 해야 하기 때문이다. 크라스노야르스크에서의 일이다. 막 도착한 아내와 나는 이르쿠츠크행 기차표를 예매하기 위해 열차 시각표를 들여다보고 있는 중이었다.

"패스포트!"

키가 크고 늘씬한 여자 경찰이 다가와 여권을 요구했다. 여권을 보여주었더니, 이번에는 '레기스뜨라찌야' 를 보여달라고 한다. 방금 도착한 우리가 거주자 등록을 했을 리 있나. 이틀만 머물고 떠날 터라 그럴 생각도 없었다. 그 대신 타고 온 기차표를 보여주었다. 보통 기차표로 3일 이상 머물지 않았음을 증명하기 때문이다. 하지만 그녀는 무전기에 대고 무어라 보고하더니 여권을 압수하고 무조건 따라오라 했다. 역사 밖에는 상급자로 보이는 각진 얼굴의 남자 경찰이 기다리고 있다.

"왜 레기스뜨라찌야가 없는 거지?"

"여기 기차표 있잖아! 지금 도착했는데 무슨 수로 레기스뜨라찌야를 받겠어?"

경찰은 방금 도착했음을 알 수 있는 기차표를 보고도 억지를 부렸다.

"그게 없으면 3일 내로 떠나는 기차표를 보여줘야겠어."

"아니, 우리가 표 사려고 줄 서 있는데 끌고 왔잖아. 억지 그만 부리고 보내줘. 당신들이 말린다고 해도 곧바로 예매할 테니까!"

그들의 빤한 수작이 눈에 보여 그만 비아냥거리고 말았다. 옆에서 아내가 웃으면서 무마하려 해보지만 이미 늦었다. 러시아 경찰은 자존

모스크바 오월 '붉은 광장'에서 눈에 띄는 두 사람은? 경찰 그리고 신부

톰스크 레이스 창틀 속의 푸른 잎사귀. 시베리아에도 봄이 왔다

심이 강하다. 잔뜩 인상을 구기더니 따라오라 했다. 역 지하로 통하는 계단 끝에 철문이 있었고, 문을 열고 들어서자 철제 책상 앞에 앉은 경찰 두 명이 몽골계 사람들을 취조하고 있었다.

우리는 취조도 하지 않고 30분 넘도록 그냥 세워두었다. 그 사이 우리 여권을 힐끗 한 번 보았을 뿐이다. 허름한 옷차림의 보따리장수들은 취조 결과 유치장에 갇히기도 하고 풀려나기도 했다. 마침내 우리를 취조하기 시작했다.

"까레이스키?"

"노, 코리안."

"러시아에 온 목적은?"

"여행."

"레기스뜨라찌야가 없으면 어떻게 되는 줄 알지?"

이미 했던 언쟁이 반복된다. 그러고는 또 그냥 세워둔다. 잠시 후, 그들은 여권을 뒤져가며 "중국에도 갔었어?" "미국은 언제 간 거지?" 등 쓸데없는 질문을 해대더니, "우와, 이건 어느 나라 비자야?" 하며 이제 여권에 찍힌 처음 보는 나라들 비자 구경에 여념이 없다. 그러면서도 우리 표정을 날카롭게 체크하는 것을 잊지는 않는다.

상황은 분명해졌다. 이 시점에서 500루블(2만 원) 정도 찔러주면 그걸로 끝날 것이다. 하지만 그러고 싶지 않았다. 잘못한 것도 없지만 이 도시에서 급할 일도 없었다. 아내와 난 하룻밤 숙박비나 벌어보자는 심정으로 묵묵히 기다렸다. 한 시간쯤 후, 결국 녀석들은 아내와 나를 풀어줬다. 아무 설명도, 미안하다는 말도 없이. 매표소로 돌아와보니 예매하려 했던 날짜의 좌석이 그 사이에 매진되어 버렸다.

러시아에는 여행자를 힘들게 하는 것들이 있다. 레기스뜨라찌야 그리고 경찰관. 또 이 큰 땅덩어리를 돌아보기에는 턱없이 부족한 한 달 비자. 무엇보다 무뚝뚝한 사람들. 격음이 유난히 많은 언어 때문일까. 한때는 절반의 세계를 호령했던 자존심이 무너져서일까. 아니면 자유와 경쟁이라는 낯선 삶의 방식에 지쳐서 웃음마저 잃어버린 것일까.

이틀 후, 이르쿠츠크행 시베리아 열차를 탔다. 창밖으로 낡은 나무집들이 지나간다. 제정 러시아 시절부터의 전통적인 건축 양식이다. 저 나무집은 차르의 폭정과 혁명의 소용돌이, 소비에트 시절과 현재 자본주의 무한경쟁의 시대까지 그 격동의 시간을 지켜보았을 것이다. 그리고 사람들은 어머니의 어머니의 어머니가 그랬던 것처럼 변함없이 시베리아의 저 외딴 나무집에서 살고 있을 것이다. 그들에게 이 역사의 부침浮沈은 어떻게 남아 있을까. 저 낡은 집들에 비하자면 짧고 무상한 일이었을까. 이데올로기처럼 쓸쓸한 저 자작나무는 알고 있을까.

사실 러시아 여행이 힘들었던 이유는 따로 있다. 모스크바를 떠나는 순간부터 아내와 나는 몸이 아프기 시작했다. 마음까지 약해져 정해진 철로에서 조금이라도 벗어나고 싶지 않았다. 만약 그러기라도 하는 날에는 다시 돌아올 수 없는 곳으로 사라져버릴 것만 같았다.

우리는 그 이유를 잘 알고 있다. 기차에 앉아 있기만 해도 조금씩 '시차'가 줄어들기 때문이었다. 당시 우리에게 시차란, 부모님과 친구

상트페테르부르크 더없이 화려한 외관의 교회

들이 밥 먹고 일하고 잠자는 시간과의 차이와 마찬가지였다. 우리 영혼은 내내 기차의 속도를 앞질러 달려가고 있었다. 나그네를 힘들게 한 건 시베리아 열차의 지루함도 레기스뜨라찌야와 경찰관도 아니었던 것이다.

울란우데로 가는 마지막 기차를 탔다. 기차는 바이칼 호수를 끼고 달렸다. 5월이지만 호수는 아직 얼음을 채 걷어내지 않고 있었다. 이제 한국과 시차는 두 시간, 내 마음은 과거의 어느 날로 달려간다.

하늘에 구멍이 난 것처럼 엄청난 눈이 내렸던 그날. '정리해고' 라고 적힌 노란 봉투를 받은 1,751명의 노동자가 아침부터 공장으로 모여들었다. 그들은 한 손에 봉투를, 다른 한 손에는 아이의 손을 잡고 있었다. 정말이지 인천에 사는 10여 년 동안 그렇게 많은 눈이 내리는 것을 본 적이 없었다. 그들은 공장에서 눈을 맞으며 농성이란 것을 시작했다.

며칠 지나자 맑게 갠 하늘 위로 헬리콥터가 날았다. 연이어 공장 담 허무는 소리, 군홧발 소리, 여인네들 울부짖는 소리가 들렸다. 또 2년의 시간이 흘렀다. 세상은 빠르게 그날을 잊어갔지만 그들은 성당에 모여 매일 '출근 투쟁' 이란 걸 하고 있었다. '출근' 을 위해 '투쟁' 을 해야 하는 시간……. 그 후 얼마의 사람들이 공장으로 돌아갈 수 있었다.

그때부터였을 것이다. 풍선에 바람 빠지듯 우리 부부에게서 삶의 탄력이 사라져간 건. 우리가 느끼는 세상은 삭막하기만 했다. 무엇을 해야 할지, 어떻게 살아야 할지, 이미 젊은 시절에 끝냈다고 생각했던 질문들이 달려들었다. 세상은 변하고 있었고, 그 속도를 따라잡지 못한

나는 '시대의 미아' 처럼 헤매고 있었다.

'난 이번 여행에서 무엇을 얻었을까.'

3년이라는 나이, 눈가의 주름살, 비어버린 호주머니……. 그것들 말고 무엇이 남았을까.

기차가 울란우데에 도착했다. 어느새 주위 사람들이 키 크고 각진 얼굴, 하얀 피부의 슬라브계 러시아인에서 땅딸한 키에 동글납작한 얼굴의 몽골계 러시아인으로 바뀌어 있었다. 하지만 변함없는 얼굴도 있었다. 레닌이다.

중앙광장에 러시아에서 제일 크다는 레닌 두상이 있었다. '무엇이 될 것인가' 를 고민하던 나의 대학 시절, 그는 '무엇을 할 것인가' 라는 삶의 질문을 던졌다. 그러나 나는 이제 내 자신에게 이런 질문으로 바꾸어 하고 싶다. 어떻게 살 것인가. 어떤 자세로 살 것인가.

2주 후, 아내와 나는 울란바토르 공항을 차고 오르는 대한항공 여객기에 탑승해 있었다. 오늘 날짜의 한국 신문에 얼굴을 박고 정신없이 읽고 있는데 승무원이 말을 걸었다.

"와인 한 잔 드릴까요?"

새벽 시간에 와인을? 여승무원을 빤히 쳐다봤다. 아내와 내 얼굴에 '시간' 이 묻어났을까. 와인 잔을 받쳐 들고 길 위에서의 3년을 비춰본다. 길. 나그네. 무지개. 꿈. 그러고는 잠이 들었다. 꿈을 꾸지는 않았다. 눈을 뜨자 인천국제공항에 새벽안개가 자욱했다.

TRAVEL TIP

여행 경로

967일 만에 돌아온 땅,
인천공항을 나서자 새벽안개가
자욱했다.

MONGOLIA
CHINA
VIETNAM
RUSSIA
THAILAND
NEPAL
PAKISTAN
INDIA
IRAN
NORWAY
TURKEY
EUROPE
ISRAEL
EGYPT
KENYA
ZAMBIA
ZIMBABWE
SOUTH AFRICA
NORTH AMERICA
SORTH AMERICA

중국 20일

➜ 웨이하이－칭다오－상하이－항저우
쑤저우－난징－황산－구이린－양수오－난닝
= 세계일주의 꿈, 인천항에서 배를 타고 시작하다.

베트남 17일

➜ 하노이－하롱베이－후에－호이안－나짱
달랏－호치민－구찌－차오독(메콩 델타)
= 달랏 가는 로컬버스에서 생물학자를 만나다.

캄보디아 8일

➜ 프놈펜－(톤레삽 호수)－시엠립(앙코르와트)

태국 14일

➜ 방콕－칸차나부리－치앙마이

네팔 28일

➜ 카트만두－포카라－룸비니
안나푸르나 15일간의 트래킹
= 길을 잃고 푸르나 가족을 만나다.

인도 35일

➜ 수나울리－바라나시－카주라호－산치
뭄바이－아메다바드－자이살메르 －델리
아그라 －다람살라－암리차르
= 뭄바이에서 세계사회포럼에 참석한
친구들을 만나다.

파키스탄 18일

➜ 라호르－라왈핀디
이슬라마바드－훈자－퀘타－타프탄
= 퀘타에서의 폭탄 테러로 여행 떠나고
첫 위기를 만나다.

이란 22일

➜ 자헤단－밤－야즈드－쉬라즈－이스파한
하마단(사베 마을)－테헤란－타브리즈
= 베흐루즈, 알리, 아사디, 자흐라……
사막에 피어난 꽃보다 아름다운 친구들을 만나다.

터키 20일

➜ 도우베야짓－에르주름
트라브존－괴레메－앙카라－이스탄불

동유럽 47일

➜ [독일] 프랑크푸르트－괴팅엔－할레－라이프치히
드레스덴－➜ [체코] 리토메리스－프라하－텔츠
➜ [오스트리아] 빈－➜ [헝가리] 파폭－부다페스트
➜ [루마니아] 오라데아－클루즈나포카－부쿠레슈티
기우르기우－➜ [불가리아] 벨리코 타르노보
= 독일 괴팅엔에서 중고차를 구입,
캠핑카(?)로 개조하여 유럽 대장정에 나서다.

남유럽 43일

➜ [그리스] 페트로타－네아페라모스－테살로니키
아테네－파트라스－➜ [이탈리아] 브린디시 －오스투니
알베르벨로－아말피－폼페이－로마－피사－피렌체
밀라노－보게라－[모나코]－➜ [프랑스] 칸
몽트뤼베롱－아비뇽－아를－팔르바－그뤼상－나르본느
➜ [스페인] 바르셀로나－팜플로냐 [프랑스] 그르노블
= 지중해의 여름, 에어컨이 없는 애마와 함께
모기와의 전쟁에서 살아남다.

서유럽 34일

➜ [스위스] 제네바－취리히－델레몽－베른
인터라켄(알프스)－[이탈리아] 베로나－베네치아
[오스트리아] 잘츠부르크－[독일] 퓨센－뮌헨
바덴바덴－[프랑스] 리보빌레(알자스)－파리

바이웨(노르망디)-볼로그-➔[벨기에] 제베르헴
브뤼헤-브뤼셀-[독일] 뒤셀도르프-쾰른
➔[네덜란드] 암스테르담-라이덴-헤이그
=누이와 조카 대한이가 여름방학 한 달 동안
여행에 동참하다.

북유럽 33일

➔[덴마크] 오덴세-프리데릭하픈
➔[노르웨이] 오슬로-베케스투아
옌데스하임(송내 피오르)-노르드 피오르
헬라-➔[스웨덴] 웁살라-스톡홀름-티레쇠
칼스크로노바-➔[폴란드] 그단스크-토룬
[독일] 베를린-포츠담-카셀-괴팅겐
=늙은 바이킹 얀과 아이다와의 네 번째 만남
그리고 이별. 중고차 유럽여행을 끝내고
정들었던 '애마'를 팔다.

영국 26일

➔런던-본모스-셀리스버리
스톤헨지-옥스퍼드

캐나다 152일

➔밴쿠버-캘거리-밴프-위니팩-토론토
몬트리올-사냐
=밴쿠버에서 장기 체류.
로자리아와 사라가 운영하는 식당에서 일하며
어학원을 다니다.

미국 48일

➔뉴욕-필라델피아-워싱턴D.C-랄리
아틀란타-콜롬비아-솔트레이크시티
샌프란시스코-LA-라스베이거스
플래그스태프(그랜드캐년)-샌디에이고

멕시코 18일

➔티후아나-앤세나다
멕시코시티-산크리스토발
=친구 기예르모에게 양초와 벽시계를
선물하다. 사파티스타를 찾아가다.

과테말라 8일

➔안티구아-과테말라시티

페루 25일

➔리마-피스코-이카
쿠스코(마추픽추)-푸노(티티카카 호수)
=쿠스코 아리랑식당 남사장님의
아리랑 노래처럼 구슬픈 이야기

볼리비아 86일

➔코파카바나-라파스-코차밤바-차파레
수크레-포토시-우유니(소금사막)
=한 달 배운 스페인어 소금사막에 가다.

칠레 13일

➔산페드로-산티아고-푸에르트몽
푸에르토나탈레스-푼타아레나스

아르헨티나 51일

➔살타-코르도바-멘도사-바릴로체
푸에르토마드린-칼라파테-살텐-우수아이아
부에노스아이레스-푸에르토 이과수
=남미 최남단의 땅 우수아이아에도
한국 사람이 살고 있었다.

브라질 24일

➔살바도르-리오 데 자네이루
상파울로-플로리아노폴리스

CANADA
USA
MEXICO
GUATEMALA
PERU
BOLIVIA
BRASIL
ARGENTINA
CHILE
EUROPE
AFRICA
BYE BYE
CHINA
BYE BYE
PERU
BYE BYE
USA
BYE BYE
ENGLAND

남아프리카공화국 16일

➔ 케이프타운–더반–요하네스버그

꼬마 여행자 대한, 다시 여행으로 돌아오다.

짐바브웨 5일

➔ 하라레–빅토리아 폭포

=이상한 도시 하라레에서 만난 택시 운전사 스미스

잠비아 4일

➔ 루사카

탄자니아 18일

➔ 다르에스살람–잔지바르

아루샤–신양가–므완자

=마마 리가 들려주는 아프리카 아이들의 꿈.

케냐 3일

➔ 나이로비

이집트 39일

➔ 카이로–기자–파라프라–룩소르

아스완–알렉산드리아–다합

=누이와 대한과 헤어지고, 다합에서 다이버가 되다.

요르단 5일

➔ 아카바–와디무사(페트라)–암만

이스라엘 4일

➔ 예루살렘

=예루살렘의 천사, 영생 아저씨를 만나다.

시리아 12일

➔ 다마스쿠스–팔미라–하마–알레포

터키–독일 29일

이스탄불–베를린

=베를린 마약전담반 형사 알렉스, 낸시와

달콤한 동거에 빠지다.

러시아 25일

➔ 모스크바–상트페테르부르크

니즈니노보그라드–톰스크

크라스노야르스크–이르쿠츠크–울란우데

=시베리아 횡단열차에서 우리들의 꿈을 기억하다.

몽골 15일

➔ 다르항–울란바토르

=967일 만에 돌아온 땅, 인천공항을 나서자

새벽 안개가 자욱했다.

Expense

TRAVEL TIP

여행 경비

총비용 : 44,434,275원

여행 기간 : 965일

하루 평균 비용 : 46,046원

항목	지출(원)	비율(%)	비고
숙박비	8,248,093원	18.6	
교통비	20,051,296원	45.1	
식비	4,884,782원	11.0	
입장료 & 관광	4,501,329원	10.1	
쇼핑	1,938,860원	4.4	
기타(간식, 비자 등)	4,809,915원	10.8	
총계	44,434,275원	100	

	총 지출(원)	여행기간	하루 평균	비고
둘이서 여행	32,751,673원	871일	37,602원	
넷이서 여행	11,682,602원	94일	124,283원	유럽/아프리카
총계	44,434,275원	965일	46,046원	

2003년 10월 16일에서 2006년 6월 4일까지, 2년 8개월(967일) 동안, 5대륙 47개국을 여행한 비용이다. 케냐는 단 3일, 볼리비아는 3개월, 캐나다는 5개월 동안 머무는 등 체류한 기간은 다양하다.

이동 수단은 주로 기차와 버스를 이용했다. 비행기는 국제선 10회, 국내선 2회, 여객선은 국제선 페리를 5회 이용했다. 또 캐나다 그레이하운드 버스를 2박 3일, 시베리아 횡단열차는 한 달 동안에 1주일, 아프리카 TAZARA(Tanzania-Zambia Railway) 열차는 2박 3일 동안 타기도 했다.

유럽에서는 중고차로 5개월 동안 여행해 비용을 절감할 수 있었고, 밴쿠버에서는 4개월 동안 식당에서 일해 얼마간의 돈을 벌었다. 또 밴쿠버에서 영어 어학연수를 받았고 볼리비아에서는 한 달 동안 스페인어를 배우기도 했다. 누이와 조카가 유럽에 34일, 아프리카에서 60일 동안 함께 여행했다.

여행 비용은 총 4,440만 원 정도 들었는데 누이와 조카의 여행 비용을 제하면 하루 평균 3만 7000여원에 총 3,600만 원 정도 쓴 셈이다. 이 대목에서 사람들은 믿을 수 없다며, 그 돈으로는 집 안에만 있어도 모자란다고들 한다. 사실 기록적인 숫자지만, 기록 수립을 위해 분투(?)한 것은 아니고 떠날 때 가진 돈이 적었을 뿐이다. 물론 노하우가 있었다. 아마 여행기를 차근차근 읽어본 이라면 알지 않을까.

아시아 5,121,146원 = 182일

항 목 별　비 용

항목	지출(원)	비율(%)	비고
숙박비	759,948원	14.8	
교통비	1,640,091원	32.1	
식비	903,227원	17.6	
입장료 & 관광	762,066원	14.9	
쇼핑	208,939원	4.1	
기타(간식, 비자 등)	846,875원	16.5	
총계	5,121,146원	100	

국 가 별　비 용

국가	총 지출액	체류 기간	하루 평균	비고
중국	636,163원	20일	31,808원	
베트남	627,443원	17일	36,908원	
캄보디아	225,595원	8일	28,200원	
태국	854,590원	14일	61,042원	방콕-카트만두 항공 이용
네팔	747,147원	28일	26,684원	
인도	617,492원	35일	17,643원	
파키스탄	251,381원	18일	13,966원	
이란	191,950원	22일	8,725원	현지인 집에 초대를 많이 받음
터키	969,385원	20일	48,469원	이스탄불-프랑크푸르트 항공 이용
총계	5,121,146원	182일	28,138원	

유럽 12,678,674원 = 183일

항 목 별 비 용

항목		지출(원)	비율(%)	비고
숙박비		1,726,545원	13.6	중고차 구입, 숙박을 해결함
교통비	전체	6,949,831원	54.8	
	중고차 구입	2,537,602원	20.0	중고차 구입비, 보험료, 세금 등
식비		1,548,893원	12.2	
입장료 & 관광		971,283원	7.7	
쇼핑		907,295원	7.2	
기타		574,827원	4.5	
총계		12,678,674	100	

총	지출(원)	여행 기간	하루 평균	비고
둘이서 여행	8,493,972원	149일	57,006원	
넷이서 여행	4,184,702원	34일	123,079원	
총계	12,678,674원	183일	69,282원	

북미 5,184,865원 = 200일

항 목 별 비 용

항목	지출(원)	비율(%)	비고
숙박비	1,637,400원	31.6	
교통비	1,826,124원	35.2	
식비	395,362원	7.6	밴쿠버 장기 체류(130일)

입장료 & 관광	15,000원	0.3	
쇼핑	45,416원	0.9	
기타	1,265,563원	24.4	밴쿠버 어학연수(12주)
총계	5,184,865원	100	

국 가 별 비 용

국가	총 지출액	체류 기간	하루 평균	비고
캐나다	3,989,375원	152일	26,246원	
미국	1,195,490원	48일	24,906원	지인 방문으로 경비 적게 듦
총계	5,184,865원	200일	25,924원	

중남미 8,792,700원 = 225일

항 목 별 비 용

항목	지출(원)	비율(%)	비고
숙박비	1,348,740원	15.3	
교통비	5,322,880원	60.5	국제선 2회/국내선 2회 항공
식비	618,940원	7.0	
입장료 & 관광	439,180원	5.1	
쇼핑	230,140원	2.6	
기타	832,820원	9.5	스페인어 연수(4주)
총계	8,792,700원	100	

국 가 별 비 용

국가	총 지출액	체류 기간	하루 평균	비고
멕시코	971,570원	18일	53,976원	

과테말라	936,760원	8일	117,095원	항공(과테말라시티-리마)
페루	689,730원	25일	27,589원	
볼리비아	1,093,770원	86일	12,718원	
칠레	568,000원	13일	43,692원	
아르헨티나	3,155,520원	51일	61,873원	항공(부에노스-케이프타운)
브라질	1,377,350원	24일	57,389원	
총계	8,792,700원	225일	39,079원	

아프리카 8,597,900원 = 82일

총 82일 중 60일 동안 넷이서 함께 여행

항 목 별 비 용

항목	지출(원)	비율(%)	비고
숙박비	1,656,710원	19.3	
교통비	2,872,000원	33.4	
식비	1,030,860원	12.0	
입장료 & 관광	2,143,680원	24.9	
쇼핑	379,650원	4.4	
기타	515,000원	6.0	
총계	8,597,900원	100	

국 가 별 비 용

국가	총 지출액	체류 기간	하루 평균	비고
남아공	1,152,300원	16일	72,019원	
짐바브웨	447,290원	5일	111,822원	
잠비아	446,430원	4일	111,608원	
탄자니아	2,443,510원	18일	135,750원	사파리(세렝게티 공원)

케냐	1,571,300원	3일	523,767원	항공(나이로비-카이로)
이집트	2,537,070원	39일	65,053원	다이빙 강습(다합)
총계	8,597,900	85일	101,152원	

중동 + 러시아 + 몽골 4,058,990원 = 90일

항 목 별 비 용

항목	지출(원)	비율(%)	비고
숙박비	1,118,750원	27.6	독일에서 지인 집 체류
교통비	1,440,370원	35.5	
식비	387,500원	9.5	
입장료 & 관광	170,120원	4.2	
쇼핑	167,420원	4.1	
기타	774,830원	19.1	
총계	4,058,990원	100	

국 가 별 비 용

국가	총 지출액	체류 기간	하루 평균	비고
요르단	297,000원	5일	59,400원	
이스라엘	213,370원	4일	53,343원	
시리아	431,380원	12일	35,948원	
터키	2,585,000원	10일	58,500원	항공(이스탄불 – 베를린)
독일	2,933,300원	19일	49,120원	항공(베를린 – 모스크바)
러시아	1,259,210원	25일	50,368원	
몽골	339,730원	15일	22,649원	
총계	4,058,990	90일	45,100	

길은 사람 사이로 흐른다

초판 1쇄 발행 2008년 7월 25일 초판 9쇄 발행 2012년 6월 30일

지은이 김향미 · 양학용 펴낸이 연준혁

출판 7분사
책임편집 김은주 제작_이재승 송현주

펴낸곳 (주)위즈덤하우스 출판등록 2000년 5월 23일 제13-1071호
주소 경기도 고양시 일산동구 장항동 846 센트럴프라자 6층 전화 031)936-4000 팩스 031)903-3891
전자우편 wisdom7@wisdomhouse.co.kr 홈페이지 www.wisdomhouse.co.kr
출력 탑그래픽스 종이 월드페이퍼 인쇄 · 제본 (주)현문

값 13,800원 ISBN 978-89-5913-323-9 03810

이 책의 국립중앙도서관 출판시도서목록(CIP)은 e-CIP 홈페이지(http://www.nl.go.kr/cip.php)에서 볼 수 있습니다.
(CIP 제어 번호 : CIP2008002101)